JESSICA CLARE

PERFECT

Für immer verführt

Aus dem amerikanischen Englisch
von Kerstin Fricke

BASTEI LÜBBE
TASCHENBUCH

BASTEI LÜBBE TASCHENBUCH
Band 17 618

Dieser Titel ist auch als E-Book erschienen

Vollständige Taschenbuchausgabe

Deutsche Erstausgabe

Titel der Originalausgaben:
»His Royal Princess« & »Beauty and the Billionaire: The Wedding«
Originalverlag: InterMix Books, New York
Published in Agreement with the author, c/o Baror International, Inc., Armonk, New York, USA

Textredaktion: Mona Gabriel, Leipzig
Titelillustration: © getty-images/Davies and Starr; © shutterstock/Ajuga
Umschlaggestaltung: FAVORITBUERO, München
Satz: Urban SatzKonzept, Düsseldorf
Gesetzt aus der Garamond
Druck und Verarbeitung: CPI books GmbH, Leck – Germany
Printed in Germany
ISBN 978-3-404-17618-2

5 4 3 2 1

PERFECT PASSION

Verführt

1

Sommer 2013

»Prinzessinnen sollten nicht für Hollywoodschauspieler schwärmen«, meinte Lady Margaret von Strauss zum gefühlt siebten Mal an diesem Tag zu Alex. »Das schickt sich einfach nicht.«

»Das ist keine Schwärmerei«, protestierte Alex erneut, die gerade in den Spiegel schaute und ihre dunkle Perücke zurechtrückte. Sie wickelte sich einen hellen Schal um das Haar und setzte eine große Brille mit runden Gläsern auf, die ihr Gesicht fast völlig verdeckte. »Ich möchte nur wissen, wie er wirklich aussieht.«

Okay, sie schwärmte tatsächlich für diesen Mann, aber das wollte Alex der steifen Margaret auf keinen Fall gestehen. Margaret sollte als ihre Gesellschafterin und Assistentin fungieren, doch aufgrund des großen Altersunterschieds schien Margaret für sie eher wie eine Mutter oder ein Babysitter zu sein. Du liebe Güte, es war ja nicht so, als ob Alex Luke Houston an seinem Filmset auflauern und ihm einen Heiratsantrag machen wollte. Es war doch wohl noch erlaubt, sich den Mann wenigstens mal anzuschauen.

Was war daran denn so schlimm? Eine solche Gelegenheit würde sie nie wieder bekommen. Im winzigen Bellissime wurden nur sehr selten Filme gedreht. Das Land lag eingezwängt zwischen Frankreich, der Schweiz und Italien und war zwar für seine Trüffel und seine Schokolade berühmt, aber nicht gerade von Touristen überlaufen. Und jetzt wurde ein Actionfilm inklusive einer rasanten Verfolgungsszene nur wenige Kilometer vom Königspalast entfernt gedreht?

Da musste Alex natürlich hinfahren und es sich ansehen.

Verträumt stieg sie vom Rücksitz der Limousine aus und sah Luke Houston deutlich vor ihrem inneren Auge. Er war unglaublich attraktiv und charmant, auch wenn seine Filme manchmal ein bisschen fragwürdig waren. Sie hatte sich *Mars Troopers* sieben Mal angesehen und war völlig fasziniert von der Figur, die er darin spielte. *Alien Overlord* hatte sie nur drei Mal gesehen, denn darin spielte er auch nur eine Nebenrolle. Die *Pirates!-Ahoy!*-Filme, in denen er einen raubeinigen Seemann verkörperte, der das Herz der Heldin eroberte, kannte sie hingegen in- und auswendig. Zwar neigte Alex nicht gerade zu Tagträumen, musste sich aber doch eingestehen, dass sie sich mehr als einmal gewünscht hatte, selbst diese Jungfrau in Nöten zu sein.

Oft träumte sie auch davon, Schauspielerin zu sein und so mehr Zeit in Lukes Nähe verbringen zu können.

»Wartet hier«, sagte Margaret zu Alex und legte ihr eine Hand auf den Arm. »Ich halte zuerst Ausschau nach Fotografen.«

Alex nickte und blieb geduldig neben der mit Efeu bewachsenen Wand eines alten Hauses stehen. Früher hatte man hier Schokolade gelagert, doch das Unternehmen war im letzten Jahr bankrottgegangen. Ihren »Quellen«

zufolge drehte man heute für den Film eine Pokerszene in diesem Lagerhaus. Wenn sie sich die zahlreichen Laster und Autos ansah, die entlang der Kopfsteinpflasterstraße parkten, stimmte das wohl. Vor lauter Aufregung spürte sie ein leichtes Flattern in der Magengegend.

Sie würde Luke Houston zu Gesicht bekommen, den heißesten, schärfsten Mann in ganz Hollywood.

Es war natürlich auch riskant. So unglaublich riskant, dass sie sich vor Angst am ganzen Körper versteifte, als ein Wagen vorbeifuhr. Wenn ihre Großmutter das herausfand, würde sich Alex einiges anhören müssen – wie schon so oft im vergangenen Jahr. *Nach all dem, was deine Mutter sich geleistet hat, ist vieles in Schieflage geraten. Deshalb müssen wir jetzt mehr denn je darauf achten, vor dem Volk ruhig und geeint aufzutreten.*

Genau das würde sie auch tun ... direkt, nachdem sie Luke getroffen hatte.

Margaret kehrte zu ihr zurück, nachdem sie einmal um das Gebäude herumgelaufen war. »Ich habe keine Paparazzi entdecken können«, berichtete sie leicht atemlos. »Möchtet Ihr das immer noch tun, Hoheit?«

Alex nickte. Sie würde jetzt keinen Rückzieher machen.

Margaret seufzte schwer und glättete ihr Haar. »In Ordnung. Dann gehen wir jetzt rein.« Sie öffnete die Tür des Lagerhauses, und die beiden Frauen traten ein. Natürlich klopften sie nicht an, denn das tat Alex nie. Wenn man anklopfte, gab man damit zu verstehen, dass man sich an einem Ort aufhielt, an dem man eigentlich gar nicht sein sollte, und um Erlaubnis bat. Doch Alex hatte noch nie für irgendetwas um Erlaubnis gebeten.

Ihre Schritte hallten im Inneren des Lagerhauses wider. Es schien ein eher kleines Gebäude zu sein und war auch nicht ganz so alt wie der Großteil der Bauwerke in Bellissime. Im Inneren wirkte es sehr leer. Die hohe Decke lag im Schatten, und vor ihnen befand sich ein ausgeleuchteter Bereich, um den mehrere Menschen herumstanden und auf den Mikrofone gerichtet waren. Dutzende Personen liefen herum, und überall schienen Stromkabel herumzuliegen. Am anderen Ende des Lagerhauses parkten zwei Wohnwagen, und auf einer Seite stand ein Tisch mit Sandwiches, Obst und Getränken, in dessen Nähe sich einige Mitarbeiter aufhielten.

Alex umklammerte ihre Clutch etwas fester und schaute sich aufgeregt um. Hier wurde also sein neuester Film gedreht. Was er wohl dieses Mal für eine Rolle spielte? Einen Spieler? Einen ehemaligen Gauner mit goldenem Herzen? Einen Milliardär auf Rachefeldzug?

Einer der Setmitarbeiter entfernte sich von der Gruppe am Tisch und kam mit gerunzelter Stirn auf die beiden Frauen zu. »Kann ich Ihnen helfen?« Er hatte einen ausgeprägten amerikanischen Akzent und schien nicht gerade erfreut zu sein, sie zu sehen.

Margaret trat vor und betrachtete ihn mit hochnäsiger Miene. »Ich möchte denjenigen sprechen, der hier das Sagen hat.«

Der Mann verschränkte die Arme vor der Brust. »Sie müssen wieder gehen. Während der Dreharbeiten haben Unbefugte hier nichts zu suchen.«

Verdammt! Dann drehten sie hier also wirklich! Mit ernstem Gesicht zupfte Alex an einem unsichtbaren Faden an ihrer Wolljacke herum und strich dann mit einer Hand über den dazu passenden Rock.

»Wer ist Ihr Vorgesetzter?«, wollte Margaret mit eisiger Stimme wissen.

»Ich bin hier für die Sicherheit zuständig, und wenn Sie nicht hochkant wieder rausfliegen wollen ...«

Alex räusperte sich. Sie waren nicht hier, um eine Szene zu machen, sondern wollten sich nur ein bisschen umsehen.

Margaret warf Alex einen schnellen Blick zu und nickte dann. Sie beugte sich zu dem Mann hinüber. »Ich bin Lady Margaret von Strauss, die persönliche Gesellschafterin Ihrer Königlichen Hoheit Prinzessin Alexandra Olivia III. von Bellissime.« Als der Mann sie nur verwirrt anblickte, fuhr sie fort: »Sie wissen schon, dass wir in diesem Land eine Monarchie haben, oder? Ihre Hoheit möchte sich gern den Filmset ansehen.«

Dem Mann fiel leicht die Kinnlade herunter, und er musterte Alex.

Diese neigte kurz den Kopf.

»Ich ... muss mit dem Regisseur reden. Warten Sie hier.« Er machte eine abwiegelnde Geste, hob sein Walkie-Talkie vor den Mund und murmelte etwas hinein, während er sich von ihnen entfernte.

Margaret kehrte an Alex' Seite zurück und schnaufte. »Ungehobelte Amerikaner.«

»Aber, aber«, erwiderte Alex beschwichtigend. Das war ihr Job. Sie war immer die Fehlerlose und Gütige, wohingegen Margaret die Böse mimte. »Wir stören hier bestimmt den ganzen Ablauf. Wenn uns der Regisseur bittet, wieder zu gehen, dann werden wir das auch tun.«

»Das wird nicht passieren, wenn er erst einmal weiß, wer Ihr seid«, entgegnete Margaret und schnaufte erneut hochnäsig. Sie war sehr altmodisch und schien nicht zu begreifen, dass sich die Gesellschaft veränderte und dass die Mitglieder der Königsfamilie in diesen … modernen Zeiten nicht mehr so verehrt wurden.

Ein großer, dünner Mann mit zerzaustem grauem Haar kam einige Minuten später auf sie zu, im Schlepptau den Sicherheitsbeauftragten, der eine finstere Miene machte. Seine Brille mit Drahtgestell saß irgendwie schief auf seiner Nase, und seine Kleidung wirkte etwas unordentlich. »Prinzessin!« Er streckte Alex die Hände entgegen. »Es ist uns eine große Freude, dass Sie uns mit Ihrem Besuch beehren.«

Alex reichte ihm die Hand und lächelte höflich, wobei sie diesen Protokollbruch geflissentlich ignorierte. Normalerweise verbeugten sich alle vor ihr, aber für Amerikaner galten viele der Regeln nicht, an die sich Europäer hielten, und eigentlich war ihr das auch nicht weiter wichtig. Margarets steife Haltung ließ vermuten, dass sie entrüstet war, daher sorgte Alex dafür, dass ihre Stimme umso freundlicher klang. »Ich hoffe, wir stören nicht, Mr …«

»Stanton. Nick Stanton.« Er schüttelte energisch ihre Hand.

»Ah. Sie waren auch für *Pirates! Ahoy!* verantwortlich, nicht wahr?«

Der Mann bebte förmlich vor Freude. »Ja, in der Tat! Sind Sie etwa ein Fan?«

»Und ob ich einer bin.« Alex schaute sich am Set um und versuchte, sich nicht anmerken zu lassen, dass sie nach jemand ganz Speziellem Ausschau hielt. »Drehen Sie hier einen ähnlichen Film?«

»Oh, nein, nein. Bei diesem Film wird es hauptsächlich um Verfolgungsjagden gehen.« Er lachte und klemmte sich ihre Hand in die Armbeuge, bevor sie es verhindern konnte. »Ich fühle mich sehr geehrt, dass Sie hergekommen sind! Darf ich Sie vielleicht ein wenig herumführen?«

»Ja, das wäre ganz reizend von Ihnen.« Alex strahlte den Mann an und hoffte, dass ihr bei der Tour auch die Hauptdarsteller vorgestellt wurden.

* * *

Eine Stunde später war Alex kurz über den Set geführt worden (wobei sie der Regisseur vor allem vor den Mitarbeitern zur Schau stellte) und betrat dann Mr Stantons von Papier überquellendes Büro, wo er ihr Geschichten aus Hollywood erzählte und berichtete, dass die Dreharbeiten in Bellissime viel preiswerter waren als in Prag, wo er zuletzt gedreht hatte. Alex behielt ihr höfliches Lächeln bei, auch wenn sie innerlich verzweifelt war, weil sie Luke Houston noch immer nicht gesehen hatte. Inzwischen hätte sie sich schon damit zufriedengegeben, den Mann wenigstens mal kurz irgendwo zu erspähen. Aber der Regisseur schien es nicht besonders eilig zu haben. Vielmehr drückte er ihr sogar ein Drehbuch in die Hand und bot ihr eine kleine Nebenrolle an, da sie doch so ein großer Fan war.

Natürlich lehnte Alex ab. Es wäre höchst unangebracht, dass ein Mitglied des Königshauses in einem solchen Film mitspielte, erst recht, wenn darin auch Sex, Nacktheit, Gewalt oder Fluchen vorkamen. Eine solche Rolle wäre der reinste PR-Albtraum.

»Sie können auf der Stelle vorsprechen«, schlug der Regisseur vor und deutete auf das abgegriffene Drehbuch.

»Dann kann ich Ihnen gleich sagen, woran Sie noch arbeiten müssen.«

»Das geht wirklich nicht«, erwiderte Alex leise. »Aber …«

Es klopfte an der Tür. »Mr Stanton?«

Der Regisseur verzog das Gesicht. *»Was ist?«* Seine Stimme klang schärfer, als Alex erwartet hatte, und Margaret, die neben ihr stand, zuckte zusammen.

»Die Fotografen sind hier.«

Fotografen? Alex' Magen zog sich zusammen, und sie warf Margaret einen leicht entsetzten Blick zu. Wie immer unterdrückte sie ihre Emotionen und ließ sich nicht anmerken, was tatsächlich in ihr vorging. Eine Prinzessin blieb immer ruhig und gelassen.

Aber bei Margaret sah die Sache ganz anders aus. »Fotografen?«

Der Regisseur zog die buschigen grauen Augenbrauen zusammen. »Aber ja. Wir haben die Lokalreporter hergebeten. Ich verstehe nicht …«

Alex' umklammerte ihre kleine Handtasche immer fester. Oh nein. Es durfte auf keinen Fall bekannt werden, dass sie sich auf einem amerikanischen Filmset umgesehen hatte. Dann würden sich die Leute nur fragen, was sie damit bezweckte, und ihren Charakter, ihre Motive und weiß Gott was noch alles infrage stellen. Das war übel. Das war sogar ganz übel. Und sie trug auch noch eine Perücke! Jeder würde doch denken, dass sie sich mit einem heimlichen Liebhaber treffen wollte!

Die Zeitungen würden die Geschichte lang und breit auswälzen. Schlimmer noch war allerdings, dass ihre Großmutter sehr enttäuscht von ihr sein würde.

»Die Prinzessin darf hier nicht gesehen werden.« Margaret stieß die Worte fast schon zischend zwischen zusammengebissenen Zähnen hervor. »Das gäbe einen Skandal, und der Palast würde Ihre Dreharbeiten unterbinden, sobald er davon erfährt.«

»Wollen Sie mir etwa drohen?«, begehrte der Regisseur auf.

»Es gibt doch bestimmt eine einfache Lösung aus diesem Dilemma«, schaltete sich Alex ruhig ein. »Vielleicht könnte ich ja durch die Hintertür hinausschlüpfen, während Sie die Fotografen vorne empfangen?« Sie würde ihre Hoffnung, Luke Houston zu sehen, einfach begraben und sich damit zufriedengeben müssen, ihn weiterhin auf der Leinwand zu bewundern. Doch es fiel ihr nicht leicht, sich ihre Enttäuschung nicht anmerken zu lassen. Margaret hatte von Anfang an recht gehabt: Dieser Besuch war ein großer Fehler gewesen.

»Vorausgesetzt, dass hinter dem Gebäude nicht auch jemand mit einer Kamera auf Euch wartet«, entgegnete Margaret säuerlich.

Alex warf dem Regisseur einen flehenden Blick zu.

Er schnippte mit den Fingern. »Sie könnten in einem der Privatwohnwagen warten, bis die Luft wieder rein ist«, meinte er und sprang auf. »Wir werden dafür sorgen, dass Sie niemand sieht, Prinzessin, und hinterher können Sie durch die Hintertür verschwinden.«

»Sprechen Sie sie mit ›Hoheit‹ an«, tadelte Margaret ihn.

Alex' Herz schlug wie wild in ihrer Brust, aber sie schenkte Mr Stanton ein süßes, entspanntes Lächeln. »Das wäre ganz wunderbar.«

2

Luke stand in seinem Wohnwagen unter der Dusche und seifte sich gerade das Gesicht ein, als könnte er so auch seinen Ärger über dieses Projekt wegspülen. Sie drehten erst seit einer Woche, und er hatte jetzt schon die Nase voll.

Er brauchte Urlaub, und zwar dringend. Als Schauspieler hatte man nur das Problem, dass man umso mehr Angebote bekam, je berühmter man war. Seine Karriere hatte dummerweise erst nach jahrelanger harter Arbeit und Nebenrollen in zahllosen Low-Budget-Filmen so richtig Fahrt aufgenommen.

Es entbehrte nicht einer gewissen Ironie, dass er jetzt, wo er seinem Ziel endlich näher kam, einfach nur noch wegwollte. Dabei war dieser Film nicht einmal besonders schlimm. Das Drehbuch ließ sich zwar nur als dämlich beschreiben, aber mit einigen Nachdrehs würden sich die schlimmsten Probleme schon ausbügeln lassen. Sein Co-Star war ein Dummchen und kokste, doch sie tauchte wenigstens jeden Tag am Set auf und kannte ihren Text. Der Regisseur hingegen stresste ihn immer mehr. Er hatte schon bei den Piratenfilmen mit Nick zusammengearbeitet, doch da war dieser noch verheiratet gewesen. Jetzt machte Nick eine üble Scheidung durch und hatte ständig etwas an Lukes Leistung auszusetzen. Lukes Nacken war völlig verspannt, und er drehte sich im Wasserstrahl. Natürlich wusste er, dass er nicht der beste Schauspieler in

Hollywood war, aber, verdammt noch mal, er hatte auch was im Kopf! Doch es hatte ganz den Anschein, als hätte Nick bei diesem Film lieber einen Trottel in der Hauptrolle gehabt. Immer wenn Luke einen Vorschlag machte oder seinen Text ein wenig abänderte, drehte Nick beinahe durch.

Luke hatte schon mit seinem Agenten darüber gesprochen, aber der war von diesem Film mehr als überzeugt. Seinen Worten zufolge gefiel dem Studio das Konzept sehr, und es sah ganz danach aus, als könnte Luke, der ohnehin immer bekannter wurde, dadurch endgültig zum Star werden. Wenn dieser Film an den Kinokassen Anklang fand, dann würde Luke endgültig in die erste Riege der Hollywoodschauspieler aufsteigen.

Daher biss er die Zähne zusammen und ertrug jeden noch so dämlichen Vorschlag. Er versuchte, nicht länger zu improvisieren und dem Regisseur genau das zu geben, was dieser haben wollte, auch wenn es ihm ungemein schwerfiel.

Aber dabei ging ihm die Liebe zu seinem Beruf verloren. Er verbrachte sehr viel Zeit in seinem Wohnwagen, blies Trübsal und trainierte, um seinen Frust abzubauen.

Das Wasser wurde langsam kalt, was ein Zeichen dafür war, dass er schon viel zu lange unter der Dusche stand. Seufzend schaltete Luke es aus und schnappte sich ein Handtuch. Schon bald würde man ihn wieder holen. Momentan war der Regisseur gerade damit beschäftigt, irgendeine wichtige Person in seinem Büro zu hofieren. Luke hatte die Gelegenheit genutzt, sich in seinen Wohnwagen zu verdrücken, um »seinen Text durchzugehen«. Nicht, dass das tatsächlich notwendig gewesen wäre. Sein »tiefsinniger, vielschichtiger« Attentäter hatte die geistige Bandbreite eines Höhlenmenschen.

Er rubbelte sich mit dem Handtuch die Haare trocken und verließ das kleine Badezimmer seines Wohnwagens.

Nur um festzustellen, dass er nicht alleine war.

Da stand eine Frau, die ihm den Rücken zuwandte. Sie trug ein prüdes marineblaues Kostüm mit einem Bleistiftrock, der bis zu den Knien reichte, und einem Blazer, der ihre schmalen Schultern betonte. Ihr Haar war fast komplett unter einem hässlichen Schal verborgen, und als sie den Kopf ein wenig zur Seite drehte, stellte er fest, dass sie eine Sonnenbrille trug, obwohl sie sich in seinem Wohnwagen aufhielt. Ihre Schuhe waren schlichte nudefarbene Pumps, und sie umklammerte eine winzige Handtasche. Sie starrte gerade eines der Poster an, die an der Wand hingen. Es stammte von seinem letzten Film, bei dem er es wider Erwarten sogar auf das Poster geschafft hatte. Seitdem sorgte sein Manager dafür, dass dieses Poster überall hing, wo er arbeitete.

Rasch wickelte sich Luke das Handtuch um die Taille. »Kann ich Ihnen helfen, Ma'am?«

Die Frau drehte sich um. Sie bewegte die Lippen, auch wenn kein Ton aus ihrem Mund kam, und presste sie dann fest zusammen. Ihre Augen konnte er hinter der riesigen Sonnenbrille nicht erkennen, aber er hatte den Eindruck, dass sie ihn … anstarrte. Nach einem Augenblick räusperte sie sich leise. »Der … Regisseur sagte, ich könne mich hier aufhalten.«

Ihre Stimme klang sanft und kultiviert, und sie hatte einen leichten Akzent. Anscheinend war sie eine Einheimische. Erneut musterte er sie von Kopf bis Fuß. Er konnte nicht erkennen, wie alt sie war, aber sie schien noch recht jung zu sein und hatte umwerfende Beine. Ihr enger Blazer ließ eine gute Figur erahnen. Aber warum hatte der Regisseur sie hergeschickt?

Es sei denn …

Luke stöhnte leise. Seit seiner Scheidung ging Nick häufig zu Prostituierten. Das war auch der Hauptgrund dafür, dass sie in Europa und nicht in Kanada drehten. In Europa stand man diesem Thema aufgeschlossener gegenüber, hatte er sich mehr als einmal von dem nervösen Regisseur anhören müssen, und außerdem könne man mit Sex hervorragend Stress abbauen.

Nick war natürlich nicht entgangen, dass Luke schon die ganze Woche sehr gestresst gewesen war.

Na, das würde auch ihr altmodisches Outfit erklären und dass sie eine Perücke trug. Falls Nick ihm wirklich eine Prostituierte geschickt hatte, dann war es besser, wenn das nicht auffiel, schließlich würde sie gleich in hohem Bogen wieder rausfliegen. Das Letzte, was er jetzt gebrauchen konnte, waren irgendwelche Verwicklungen. »Hören Sie, Miss. Ich weiß, warum Sie hier sind.«

»Ach ja?« Sie schien überrascht zu sein.

»Oh ja. Das ist zwar eine echt nette Geste von Nick, aber ich bin momentan einfach nicht in der Stimmung für … Gesellschaft.«

»Oh, aber ich bin auch gar nicht hier, um Ihnen Gesellschaft zu leisten«, erwiderte sie mit sanfter, charmanter Stimme. Ihm fiel auf, dass sie auf einer Wange ein Grübchen hatte.

Na, super. Sie war also nicht nur eine Prostituierte, sondern überdies auch nicht besonders helle. Er verdrehte die Augen, ging zu seinem Bett, das am anderen Ende des Wohnwagens stand, und griff nach seinen Boxershorts. »Wollen Sie die Sonnenbrille nicht absetzen? Damit führen Sie doch niemanden hinters Licht.«

»Nicht?« Ihre Stimme klang wehmütig.

»Nein.« Er ließ das Handtuch sinken, zog sich die Boxershorts an und drehte sich dann wieder zu ihr um.

In der Zwischenzeit hatte sie die Sonnenbrille abgenommen, und er war überrascht. Unter ihren kräftigen Augenbrauen musterten ihn klare blaue Augen, und sie hatte ein gleichmäßiges und majestätisches Gesicht. Dabei war sie nicht zart und hübsch wie die meisten der Frauen in Hollywood, die so häufig zum Schönheitschirurgen gegangen waren, bis ihre Wangen und ihre Nase perfekt aussahen. Diese Frau war elegant, wenngleich keine Schönheit, und jünger, als er erwartet hatte.

Überdies schien sie völlig schockiert zu sein, und ihr Blick zuckte immer wieder von seiner nackten Brust zu seinen Boxershorts und wieder zurück.

Er kniff die Augen zusammen. »Gibt es ein Problem?«

Sie legte den Kopf schief, als würde sie über die Frage nachdenken. »Nein, nicht das geringste.« Doch er bemerkte, dass sie ihre Handtasche fest umklammerte und ihre Fingerknöchel weiß hervortraten.

Eine nervöse Prostituierte, die mehr wie Mary Poppins als wie eine Nutte aussah? Entweder glaubte Nick, Luke hätte einen Fetisch, oder er hatte irgendetwas falsch verstanden. »Ziehen sich alle europäischen Escort-Damen so an wie Sie und sehen aus wie Lehrerinnen?«

Erneut klappte sie den Mund auf und wieder zu, ohne dass ein Ton herauskam, und es hatte den Anschein, als wollte sie etwas erwidern, wüsste jedoch nicht, was sie sagen sollte. Doch sie erholte sich rasch, und ihre schockierte Miene wich einem Lächeln. Das Grübchen tauchte auch wieder auf. »Das weiß ich wirklich nicht. Tragen die meisten Escort-Damen denn etwas anderes?«

»Meines Wissens schon.« Warum unterhielt er sich überhaupt mit ihr, anstatt sie aus seinem Wohnwagen zu werfen? Lag es daran, dass sie lächelte, als würde sie sich sehr über diese ganze Situation amüsieren? Etwas an diesem frechen Grübchen faszinierte ihn.

»Gibt es denn bestimmte Bekleidungsvorschriften?« Ihr Gesicht blieb völlig ernst, als sie diese Frage stellte.

»Anscheinend nicht, oder?« Als ihr Lächeln erneut aufblitzte, konnte sich Luke nicht entscheiden, ob er es erwidern oder eine finstere Miene aufsetzen sollte. Er hatte eine gottverdammte Nutte in seinem Wohnwagen. Tja, er hatte es wirklich weit gebracht, nicht wahr? Vielleicht sollte er sich geschmeichelt fühlen, aber tatsächlich war er viel eher beleidigt. »Was finden Sie so amüsant?«

Wieder lächelte sie und zuckte mit den Achseln. »Das hier ... Ich hatte mir das völlig anders vorgestellt.«

»Unser Kennenlernen?« Er hätte zu gern gewusst, was sie sich ausgemalt hatte. Dass sie vor ihm kniete und seinen Schwanz im Mund hatte? Dass er sie in seinem Wohnwagen über die Sofalehne legte und sie vögelte, bis sie seinen Namen schrie? Bei diesem Gedanken bekam er eine Erektion, und er nahm ein T-Shirt, das er sich vor den Leib halten konnte, damit sie nicht sah, was seine Tagträume mit ihm anstellten.

»Ich dachte, Sie wären ... größer.« Sie biss sich auf die Lippen und sah ihn fast schon betreten an.

»Sie scheinen nicht sehr viele Männer aus Hollywood zu kennen.« Er näherte sich ihr langsam.

»Das stimmt.« In ihren hellen Augen funkelte eine fast schon spielerische Neugier, während sie ihn beobachtete.

»Wir sind alle klein.« Luke beugte sich zu ihr herüber, ein bisschen zu nah sogar. Er hatte schon vor langer Zeit festgestellt, dass sich andere Menschen auf einen konzentrieren mussten, wenn man ihnen zu nahe kam, und normalerweise gaben sie einem dann, was man wollte. Sie sah ihm ruckartig ins Gesicht, und ihre Lider flatterten. »Dann ist die Realität nicht gut genug für Sie?«

Sie öffnete den Mund, und ganz kurz verspürte er den Drang, sie zu küssen und die Kontrolle über diese Situation an sich zu reißen. »Ich … Das habe ich nicht gesagt.«

»Und Sie würden es auch niemals tun.« Er beugte sich noch weiter vor. »Wir beide sind uns auf gewisse Weise ähnlich, nicht wahr? Wir werden dafür bezahlt, unseren Kunden eine Geschichte zu erzählen. Ihnen das vorzuspielen, was immer sie sehen wollen, und nicht so zu sein, wie wir wirklich sind.«

Aus irgendeinem Grund brachten seine Worte sie erneut zum Lächeln. »Da haben Sie nicht ganz unrecht.«

Er stellte fest, dass er sie angrinste. Sie war so … angenehm, und es fiel ihm schwer, weiterhin wütend auf sie zu sein. »Tja, Sie können Nick sagen, dass ich die Geste zu schätzen weiß, aber wirklich nicht auf …«, er deutete mit einer Hand auf sie, »Escort-Damen stehe.«

»Ich weiß wirklich nicht, ob ich Ihre Worte als erfreulich oder verletzend einstufen soll.«

»Keine Sorge, das ist auch für mich eine neue Situation.«

Wieder sah sie ihn fragend an. »Meinen Sie damit, dass Sie zum ersten Mal eine ... Escort-Dame wegschicken?«

»Es ist das erste Mal, dass überhaupt eine vor mir steht. Normalerweise bin ich in dieser Hinsicht genau wie jeder andere Mann und halte mich ans Buffet. Vermutlich sollte ich mich darüber freuen, dass ich es endlich geschafft habe.«

Sie wirkte irgendwie zufrieden. »Das liegt daran, dass Sie in Ihrem letzten Film so gut gewesen sind. Man hat Ihnen den Schmerz einfach abgekauft.«

Luke erstarrte. Schon wieder hatte es diese Frau geschafft, ihn zu überraschen. »In *Pirates*?«

Sie nickte begeistert und umklammerte ihre kleine Handtasche, die sie wie einen Schild vor sich hielt.

»Sie haben den Film gesehen?« Aber natürlich. Er kam sich sofort dumm vor, das überhaupt gefragt zu haben. Jeder hatte *Pirates! Ahoy!* gesehen, wenn auch nur wegen der wunderschönen Estrella George.

»Mehrmals sogar.«

Er schaute sie irritiert an. »Darin hatte ich die Hauptrolle, und es gab ein Happy End.«

»Aber es war offensichtlich, dass ihm erst vor Kurzem das Herz gebrochen worden war. Allein die Art, wie er sie angesehen hat ... Am Anfang des Films war offensichtlich, dass er eigentlich jemand anderen gesehen hat.« Ihre Miene wurde ganz verträumt. »Sie haben so verloren gewirkt.«

Luke rieb sich das Kinn und empfand eine seltsame Mischung aus Stolz und Verlegenheit. Er hatte die Rolle tatsächlich so angelegt, als wäre seinem Charakter gerade erst das Herz gebrochen worden. Da es so gut wie keine

Hintergrundinformationen gegeben hatte, war es sein Anliegen gewesen, die ganze Sache möglichst emotional rüberzubringen. Aber bisher war das niemandem aufgefallen. Sie war die Erste, die es bemerkt hatte. »Äh … Danke.«

Sie lächelte ihn ernst an. »Gern geschehen.«

So formell. Ein Lachen stieg in ihm auf, und er beugte sich vor und gab ihr einen Kuss auf die Wange. Sie war ja offensichtlich ein Fan, da konnte er ihr wenigstens etwas geben, das sie glücklich machte, wenn er schon nicht mit ihr ins Bett ging. »Ich weiß die Schmeichelei wirklich zu schätzen, aber das ändert gar nichts. Ich bin immer noch nicht interessiert.«

Sie berührte ihre Wange und errötete leicht. »Ich bin fast ein wenig enttäuscht.«

Ihm ging es ähnlich. Aber Luke deutete auf die Tür, und sie nickte und verließ den Wohnwagen. Sobald sie verschwunden war, ließ er sich auf die Couch fallen und rieb sich geistesabwesend den schmerzenden Penis. Diese Frau war doch gar nicht sein Typ: auf seltsame Weise zu elegant, viel zu sehr an seiner Karriere interessiert und außerdem eine Nutte.

Aber manchmal … Er seufzte. Manchmal war es auch schön, für seine Arbeit geschätzt zu werden, und das nicht nur von einem Regisseur oder Agenten. Luke rieb sich das Gesicht. Er musste wirklich ganz schön neben sich stehen, wenn er das alles in das Verhalten einer nervösen Escort-Dame hineininterpretierte.

Sein Handy summte und wies ihn auf eine eintreffende SMS hin. Er griff danach und schaute auf das Display. Es war seine Presseagentin.

Hier ist Beckee! Ich hörte gerade, Steve sucht jemanden, der zu Pressezwecken mit Janella Davidson ausgeht. Ein paar Premieren, Fototermine usw. Sie ist ein A-Promi. Interessiert?

Luke stöhnte auf. Er kannte Janella. Sie war ganz nett, ging jedoch mit all ihren Regisseuren ins Bett. Er wollte in der Öffentlichkeit nicht als der Kerl dastehen, dem sie Hörner aufsetzte, selbst wenn es nur eine vorgetäuschte Beziehung war. *Nein, danke.*

Okay, aber Sie brauchen eine Begleiterin, damit Sie in die Klatschspalten kommen!!!

Ich werde es mir überlegen, schrieb er zurück und legte das Handy weg. Er konnte nicht mal wütend auf Beckee sein. Sie machte nur ihren Job. Er war es, der auf einmal die Schnauze voll von allem hatte.

Endlich bekam er all das, wofür er so lange und hart gearbeitet hatte. Wie kam es dann, dass ihn plötzlich alles kaltließ?

3

Beim Frühstück mit ihrer Mutter nippte Alex verträumt an ihrem Tee.

»Du isst ja gar nichts, Schatz.« Ihre Königliche Hoheit Alexandra Olivia II. musterte ihre Tochter leicht besorgt, während sie selbst an einem Toastdreieck knabberte. »Fühlst du dich nicht wohl?«

»Es geht mir gut.« Alex stellte ihre Teetasse ab und griff pflichtbewusst nach Messer und Gabel. »Ich bin nur abgelenkt.«

»Hast du zu viel zu tun? Soll ich mit Mutter sprechen, weil sie dir zu viel aufbürdet?«

Alex schüttelte den Kopf und schnitt sich ein Stück von einem Würstchen ab. »Es hat nichts mit der Krone zu tun.«

»Dann hast du nichts dagegen, wenn ich mir ein wildes Wochenende in Monte Carlo gönne?« Ihre Mutter wackelte mit den Augenbrauen und grinste Alex an. »Meine königlichen Flügel ein bisschen ausbreite und mich ein wenig in der Männerwelt umschaue?«

»Mutter, bitte. Ich versuche zu essen.« Alex deutete auf ihren Teller, lächelte dabei jedoch.

Im letzten Jahr hatte es für Mutter und Tochter einige Veränderungen gegeben. Vier Jahre zuvor war Alex' Vater, Duke Jerome Von Schessel, bei einem Bootsunfall ums Leben gekommen. Ihre Mutter hatte pflichtbewusst um ihn getrauert, auch wenn es eine arrangierte und nicht immer glückliche Ehe gewesen war. Nachdem sie drei Jahre lang die trauernde Witwe gespielt hatte, war Prinzessin Alexandra II. zu ihrer Tochter gegangen und hatte ihr ihr Herz ausgeschüttet. Sie hatte ihr halbes Leben dem Thron gewidmet, wollte die andere Hälfte jedoch genießen. Daher hatte sie beschlossen, aus der Thronfolge auszuscheiden und selbst über ihr Leben zu bestimmen.

Damit hatte Alex zwar nicht das geringste Problem, da sie ihre Mutter liebte und wollte, dass diese glücklich war ... aber sie wollte auch nicht all die kleinen Details über die Liebeleien ihrer Mutter mit den königlichen Gärtnern, den Stallburschen, Spielern in Monaco und wem sonst noch hören. In der Öffentlichkeit war sie immer sehr diskret, aber Alex wusste mehr als genug über all das, was ihre Mutter so trieb.

Ihre Mutter seufzte erneut und legte ihren Toast auf den Teller. »Ich mache mir nun mal Sorgen um dich, Schatz.«

Alex aß einen Bissen, kaute und tupfte sich den Mund mit einer Serviette ab. »Ich kann dir versichern, dass es mir gut geht, Mutter. Großmutter gibt mir nur so viel zu tun, um mich nach und nach daran zu gewöhnen, bis ich ihr die Arbeit abnehmen kann. Es ist ja nicht so, als wäre ich nicht mein ganzes Leben lang darauf vorbereitet worden.«

»Das mag ja sein, aber bisher warst du immer die Zweite in der Thronfolge. Nun bist du die Thronerbin. Daher bin ich schon ein wenig besorgt, dass du mir irgendwann böse sein wirst.« Die Augen ihrer Mutter glänzten, und sie wirkte unglücklich.

»Auf gar keinen Fall. Ich möchte, dass du dein Leben

genießt. Außerdem gefällt es mir, Kronprinzessin zu sein. Nun habe ich ein Ziel vor Augen.«

Ihre Mutter lächelte sie an. »Aber lass dich nicht von der Rolle vereinnahmen. Du bist immer so ernst. Hast du denn noch nie jemanden kennengelernt, bei dem du dir gewünscht hast, du könntest die ganze Etikette einfach vergessen und ganz normal sein?«

Alex aß noch einen Happen, damit sie nicht sofort darauf antworten musste. Tatsächlich war genau das passiert. Sie dachte an Luke Houston und seine nackte Brust. An Luke Houston, der ihr einen Kuss auf die Wange gegeben hatte. An Luke Houston, der vor ihren Augen das Handtuch fallen gelassen und seine Boxershorts angezogen hatte.

Oh, sie dachte an jemanden, bei dem sie die ganze Etikette völlig vergessen würde.

Eigentlich dachte sie fast ständig an ihn und überlegte, wie sie einen Weg finden konnte, ihn wiederzusehen. »Du willst das Wochenende also in Monte Carlo verbringen, Mutter?« Sie behielt einen beiläufigen Tonfall bei, während sich ihre Gedanken überschlugen.

Vielleicht konnte sie die Filmleute ja in den Palast einladen? Das wäre gar nicht mal so abwegig. Wichtige Würdenträger und berühmte Besucher von Bellissime wurden häufiger zum Abendessen eingeladen und durch den Palast geführt.

Sie musste nur dafür sorgen, dass sowohl ihre Großmutter als auch ihre Mutter nicht anwesend waren …

* * *

Zwei Tage später hielt sich ihre Mutter in Monte Carlo auf, und ihre Großmutter war auf ihren Landsitz gefahren, um über das Wochenende frische Luft zu schnappen. Alex hatte den ganzen Palast für sich allein ... abgesehen von den gut einhundert Bediensteten natürlich. Aber die konnte sie schlecht wegschicken. Sie ließ einen persönlichen Kurier eine handschriftliche Einladung zum Essen und einer Tour durch den Königspalast von Bellissime überbringen. Ihr Bote hatte den Auftrag, den Regisseur und die wichtigsten Darsteller einzuladen und ihr bei seiner Rückkehr mitzuteilen, wer alles kommen würde. Innerlich hoffte sie, dass nicht etwa dreißig Personen auftauchten, wo sie doch nur eine sehen wollte. Aber der Anstand musste gewahrt bleiben, daher ignorierte sie ihre Besorgnis.

Während sie auf die Antwort wartete, ging Alex den Inhalt ihres Kleiderschranks durch. Alles, was sie besaß, war ... Großer Gott, ihre Kleidung war so unglaublich züchtig. Zwar bestanden die einzelnen Stücke aus den besten Stoffen, doch ihre Röcke waren eng (damit sie vom Wind nicht aufgewirbelt werden konnten) und lang, und ihre Kleider waren entweder sehr formell oder sahen fast aus wie Kostüme. Für einen »zwanglosen« Abend im Königspalast hatte sie einfach nichts anzuziehen.

Tatsächlich besaß sie nicht ein einziges lässiges Kleidungsstück.

Sie holte ein neues Oscar-de-la-Renta-Kleid hervor und ließ ihre Assistentin kommen. »Rufen Sie den Boten an und sagen Sie ihm, dass wir auf formeller Kleidung bestehen.«

»Sofort, Hoheit.« Die Frau verschwand schnell wieder, und Alex begutachtete ihre Kleider. Danach musste sie in der Küche anrufen und alles für die spontane Party planen. Die Angestellten mussten darüber informiert werden, dass das Chesterfield-Zimmer bereit gemacht werden musste und wie das Essen serviert werden sollte, und sie brauchte auch noch zusätzliche Diener, die den Gästen die Mäntel abnehmen und dafür sorgen konnten, dass Fußspuren sofort wieder von den Marmorfußböden verschwanden. Kurz darauf waren alle im Palast mit den Vorbereitungen beschäftigt, und Alex kleidete sich an.

Anstelle des Nackenknotens, den sie üblicherweise trug, ließ sie ihr lockiges Haar offen herabhängen. Sie schminkte sich dezent und trug kaum Schmuck und keine Krone. Die Krone wäre nun wirklich übertrieben gewesen. Sie entschied sich für ein wundervolles bodenlanges Kleid mit einem Glockenrock, der vorn etwas kürzer war als hinten, sodass ihre hochhackigen Schuhe hervorlugten. Der braungraue Brokatstoff wäre hässlich gewesen, wenn er nicht mit hinreißenden winzigen Blumen bestickt gewesen wäre, die sich rebenartig über den Rock und das Mieder rankten. Das hohe Mieder reichte ihr von der Hüfte bis zur Brust und war vorn gerade geschnitten, sodass sie kein Dekolleté zeigte (so etwas taten Prinzessinnen nicht!). Da das Kleid ärmel- und trägerlos war, hatte der Designer ein dazu passendes Bolerojäckchen geschneidert, denn sie durfte auf gar keinen Fall zu viel Haut zeigen. Alex überlegte kurz, ob sie die Jacke weglassen sollte, aber da am nächsten Morgen garantiert etwas über die Party in den Medien zu finden sein würde, wollte sie nicht noch mehr Öl ins Feuer gießen und zog das Jäckchen lieber an.

Als sie aus ihrem Zimmer kam, blieb ihr nur noch eine halbe Stunde bis zum Eintreffen der Gäste. Sie war nicht besorgt, dass niemand kommen würde. Natürlich würden sie erscheinen – wer schlug denn schon eine Einladung vom Königshaus aus? Als sie gerade ihren Ärmel zurechtrückte, kam ihr Bote auf sie zu.

»Wie viele haben die Einladung angenommen?«, erkundigte sich Alex.

»Vier, Hoheit. Soll ich die Namen nennen?«

Damit sie so wirkte, als könnte sie es kaum erwarten? Auf gar keinen Fall. Sie schüttelte rasch den Kopf, auch wenn sie am liebsten nachgehakt hätte, ob Luke Houston ebenfalls kommen würde. »Ich sehe sie ja dann beim Essen. Bitte sagen Sie den Angestellten, für wie viele Personen sie decken sollen.«

Er nickte, verbeugte sich und ging wieder.

Alex strich ihre Röcke glatt und betrat ihren Privatsalon, wo sie unbemerkt gegen ihre Nervosität ankämpfen konnte. Außerdem gab es noch einen Salon für Gäste und einen für die Königsfamilie. Sie griff nach einem Buch, konnte sich aber nicht wirklich konzentrieren. Ihre Gedanken drehten sich die ganze Zeit darum, wer wohl kommen würde. Der Regisseur und drei Fremde? Das wollte sie doch nicht hoffen. Falls Luke Houston nicht auftauchte, wäre sie sehr enttäuscht, durfte sich das aber auf gar keinen Fall anmerken lassen. Sie wollte, dass er sie sah, und sie wollte seinen Gesichtsausdruck mitbekommen, wenn er begriff, wen er da wirklich in seinem Wohnwagen kennengelernt hatte.

Wen er auf die Wange geküsst hatte. Vor wem er sich ausgezogen hatte. Bei der Erinnerung daran bekam sie ganz rote Wangen und presste sich einen Handrücken gegen die Stirn.

Die vereinbarte Zeit brach an, und Alex starrte zur Uhr hinüber. Sie kam niemals pünktlich. Ihre Großmutter, die Königin, beharrte darauf, dass Mitglieder der Königsfamilie immer fünf Minuten zu spät kommen mussten. Wenn man früher eintraf, wirkte man übereifrig, aber noch später zu erscheinen war unhöflich. In diesen fünf Minuten baute man jedoch die Erwartungshaltung auf. Jede Minute schien unendlich langsam zu verstreichen, und schließlich stöhnte Alex auf und überprüfte zum wohl einhundertsten Mal an diesem Abend ihr Make-up. Ihr Lipgloss sah makellos aus, ihre Augen waren dezent betont, ihr Haar fiel in perfekten Locken. An diesem Abend würden auch Fotos geschossen werden, und sie würde so aussehen wie immer: ernst und makellos. Eine Prinzessinnenpuppe, die lächelte und tat, was von ihr verlangt wurde.

Ihnen das vorzuspielen, was immer sie sehen wollen, und nicht so zu sein, wie wir wirklich sind.

Himmel, mit dieser Bemerkung hatte er wirklich ins Schwarze getroffen. Alex lächelte ihr Spiegelbild sanft an, kniff sich in die Wangen, um etwas mehr Farbe zu bekommen, und verließ dann ihren Privatsalon, um ihre Gäste zu begrüßen.

* * *

Luke zerrte an seiner eng gebundenen grünen Fliege. Normalerweise trug er gern Jacketts, aber die Fliege schien ihn an diesem Abend zu ersticken. Er hatte für seine Rolle viel trainiert und an Muskelmasse zugelegt, sodass sein Hals jetzt dicker war als früher. Als er schwer schluckte, schien sein Adamsapfel den Seidenstoff sprengen zu wollen, und ihm blieb nichts anderes übrig, als die Fliege wieder abzulegen.

Er konnte natürlich auch einfach wieder gehen.

Dies war das erste Mal, das Luke in eine derart ... einschüchternde Umgebung eingeladen worden war. Rote Teppiche und Filmpremieren waren nichts im Vergleich zu einem richtigen Königspalast. Eigentlich hätte er die Einladung am liebsten ausgeschlagen, da er in letzter Zeit ständig schlechte Laune hatte, aber der Regisseur hatte darauf bestanden, dass ihn seine Stars begleiteten.

»Die Prinzessin ist ein großer Fan meiner Filme«, hatte Nick an diesem Tag bestimmt schon zwölf Mal behauptet, und ganz offenbar entsprach das der Wahrheit, denn hier waren sie nun. Man setzte sie vor den Stufen eines Schlosses ab, das aus einem Märchen entsprungen zu sein schien. Einhundert Steinstufen führten von der Kopfsteinpflasterstraße zum Palasteingang. Hier sah es aus wie in einem der Historienschinken, die sein Agent auf gar keinen Fall in Betracht ziehen durfte – unzählige Fenster und Mauerbrüstungen und überall Angestellte. Zwei Diener in Livree öffneten ihnen die Türen, und Pamela Jones, sein Co-Star, kreischte vor Aufregung und umklammerte seinen Arm.

»Ist das nicht hinreißend, Luke?«

»Es ist mal was anderes«, murmelte er und kam sich vor wie im falschen Film. Sie drehten einen Actionstreifen über die Mafia, warum in aller Welt wurden sie dann eingeladen, mit Mitgliedern des Königshauses zu Abend zu essen? Das ergab doch keinen Sinn.

Das Innere des Palasts sah ebenso vornehm aus, wie er erwartet hatte. An den Wänden hingen Gemälde wichtiger Würdenträger, und überall waren Antiquitäten, edle

Teppiche und lauter unfassbar teure Dinge zu sehen. Ach, verdammt. Luke brach der Schweiß aus. Spielte man ihnen einen Streich? Das musste es sein! Irgendjemand aus einer dieser Fernsehshows würde gleich auftauchen und dafür sorgen, dass sie sich alle wie Vollidioten vorkamen.

Man führte sie in einen formellen Salon mit noch mehr antiken Möbeln und einem großen Marmorkamin, in dem trotz der warmen Sommerluft ein Feuer prasselte. Über dem Kamin hing ein riesiges Bild der Königin, die in einem Sessel saß und wie immer eine ihrer flauschigen weißen Katzen auf dem Schoß hatte.

»Glaubst du, wir werden heute Abend eine der Katzen sehen?«, fragte Pamela und stieß ihn am Arm an.

»Keine Ahnung.«

Einer der Diener räusperte sich, verschränkte die Hände und schaute sie an. »Ich würde gern Ihre Namen bestätigen, damit Ihre Platzkarten beim Essen korrekt sind. Bitte teilen Sie mir mit, ob alles richtig ist.« Er hielt eine Liste hoch und las mit sonorer Stimme vor: »Miss Pamela Jones.«

»Hier«, trällerte Pam.

Der Diener bedachte sie mit einem missbilligenden Blick, und Pam machte eine betretene Miene. »Ich wollte nicht wissen, ob Sie anwesend sind.«

»Entschuldigung«, sagte sie leise.

»Lucas Houston«, las der Mann weiter.

»Luke«, korrigierte er ihn. »Nur Luke Houston.«

Der Mann machte sich eine Notiz und fuhr fort. »Tony Crawford?« Der Bösewicht ihres Films hob die Hand. »Nicholas Stanton?« Der Regisseur nickte. Daraufhin faltete der Diener das Blatt zusammen und musterte sie ernst.

»Wenn Ihre Königliche Hoheit Prinzessin Alexandra den Raum betritt, erfordert es die Etikette von Bellissime, dass sich die Männer verbeugen und die Frauen einen Knicks machen. Sie ist mit ›Euer Hoheit‹ anzusprechen, solange sie Ihnen nicht die Erlaubnis erteilt, etwas anderes zu sagen.« Sein Blick gab ihnen zu verstehen, dass Letzteres sehr unwahrscheinlich war.

Pam nickte und knickste sofort.

»Doch nicht vor ihm«, meinte Luke. »Er ist nur ein Diener.«

»Stimmt.« Pam rieb sich die Nase. »Ich bin eben nervös.«

Das waren sie alle. Der Diener drehte sich um und ging wieder, wobei er die Türen hinter sich schloss. Nun waren die drei Schauspieler mit dem Regisseur allein.

»Ich habe euch doch schon erzählt, dass sie ein großer Fan von mir ist, nicht wahr?«, wiederholte Nick zum millionsten Mal an diesem Abend. »Sie liebt meine Filme.«

»Ist sie alt?«, fragte Tony. Er wirkte relativ gelassen, aber er war auch schon im Geschäft gewesen, bevor Luke überhaupt geboren worden war, daher war das hier für ihn möglicherweise ein alter Hut. »Ich kann mich nicht daran erinnern, in den Klatschspalten Fotos der Königsfamilie gesehen zu haben.«

»Die Mitglieder des Königshauses von Bellissime sind nicht so bekannt wie die aus Monaco oder Großbritannien und leben eher zurückhaltend.« Nick nickte vielsagend, als würde er sich mit diesem Thema sehr gut auskennen. »Es würde mich nicht überraschen, wenn sie einige Hebel in Bewegung gesetzt haben, damit wir den Film hier drehen. Meines Wissens sind sie alle große Filmfans.«

»Wow«, murmelte Pam beeindruckt.

Luke musste sich ein abfälliges Schnauben verkneifen. Er bezweifelte, dass irgendjemand aus der Königsfamilie auch nur die geringste Ahnung von Filmen hatte.

Die Türen in seinem Rücken wurden geöffnet, und zwei Diener kamen herein. Seltsamerweise schlug Lukes Herz auf einmal schneller. Der ganze Pomp war schon beeindruckend, das musste er zugeben.

»Ihre Königliche Hoheit Prinzessin Alexandra Olivia die Dritte von Beaulac und Thronerbin von Bellissime.« Die Diener traten beiseite und verbeugten sich.

Alle anderen verbeugten sich ebenfalls, nur Pam knickste. Luke kam sich absolut lächerlich vor, wie eine Marionette, die zur Belustigung anderer dienen sollte.

»Erheben Sie sich«, sagte eine sanfte, vertraute Stimme.

Erstaunt richtete Luke sich auf, und auf einmal starrte er in blaue Augen unter dichten Augenbrauen und ein elegantes, wenngleich nicht hübsches Gesicht mit einem Grübchen, an das er sich nur zu gut erinnerte.

Großer Gott! Er hatte die Prinzessin für eine Nutte gehalten. Das konnte doch nicht wahr sein! Er war vor Entsetzen wie gelähmt – doch dann bemerkte er ihren verschmitzten Gesichtsausdruck.

Da lachte er laut los. Sie hatte ihn ganz schön reingelegt.

4

Das Abendessen verlief ... auf wundervolle Weise merkwürdig.

Alex genoss die Speisen, sorgte dafür, dass die Unterhaltung nicht abebbte, und lauschte dem unablässigen Geplapper des Regisseurs mit betonter Aufmerksamkeit. Dabei wollte sie eigentlich die ganze Zeit Luke anstarren, ihn zur Seite nehmen und fragen, was er jetzt von ihr dachte. Das konnte sie natürlich nicht tun, schließlich befanden sich noch drei andere Menschen im Raum, aber sie hätte es zu gern gewusst.

Sie versuchte, ihren Gästen während des Essens ein bisschen was über die Kultur von Bellissime zu vermitteln. Die Weine stammten aus ihren eigenen Weingärten, und jeder Gang wurde mit zahlreichen Soßen aufgetragen, wie es in Bellissime üblich war. Alle sprachen vor allem dem Wein zu und ignorierten das sorgfältig zubereitete Menü, was dafür sorgte, dass die Unterhaltung immer lauter wurde. Da sie Expertin darin war, derartige Partys zu geben – selbst wenn es sich um schlechte handelte –, schenkte Alex jedem Gast dieselbe Aufmerksamkeit und merkte sich, was alle aßen und was sie verschmähten. Der Regisseur und Tony tranken und aßen mit Genuss und ließen alles liegen, was ihnen »fremd« vorkam. Die Schauspielerin, die neben Luke saß, trank ebenfalls nicht gerade wenig, schob die Speisen auf ihrem Teller jedoch mehr herum, als dass sie sie aß.

Luke trank nur Wasser, aß etwas Huhn und Gemüse und ignorierte alles andere.

Irgendwann kam das Gespräch auf den Film, womit sie gerechnet hatte, und Nick prahlte damit, dass er an den Kinokassen groß einschlagen würde. Alex beobachtete, wie Luke nach dem Salzstreuer griff, ein paar Körner auf seine Hand schüttete und sich diese über die Schulter warf.

Die angetrunkene Pam amüsierte sich sehr darüber. »Das kannst du in einem Königspalast doch nicht machen.«

Er erstarrte, als ihm klar wurde, was er gerade getan hatte.

»Das ist kein Problem«, versicherte ihm Alex. »Wirklich nicht. Sind Sie sehr abergläubisch, Mr Houston?« Sie schaute ihn an und wurde immer aufgeregter. Das war die Gelegenheit, sich endlich einmal mit ihm zu unterhalten!

Doch bevor er antworten konnte, bekam Pam beinahe einen Kicheranfall. »Oh ja, und wie! Er ist bei allem, was mit dem Film zu tun hat, total bekloppt. Neulich stand eine Leiter am Set, und wir mussten eine Szene neu drehen, weil er ständig in ihre Nähe kam und sich geweigert hat, darunter durchzugehen!«

Luke presste die Lippen aufeinander und trank dann schweigend einen Schluck Wasser.

Die Unterhaltung wurde ohne seine Beteiligung fortgesetzt, und Alex war enttäuscht. Während die anderen drei redselig und gut gelaunt waren, blieb Luke schweigsam und sagte nur etwas, wenn er direkt angesprochen wurde. Amüsierte er sich etwa nicht? War er von Alex genervt? Bei diesem Gedanken bekam sie ganz feuchte Handflächen.

Nach dem Essen machten sie ein paar Fotos für die unvermeidliche Presseerklärung, und dann fragte sie ihre Gäste, ob sie sie durch den Palast führen solle, weil das die Höflichkeit gebot. Natürlich waren sie sofort Feuer und Flamme, wirkten allerdings ein wenig enttäuscht, als sie sie an den königlichen Beschließer verwies, der für solche Rundgänge zuständig war.

Eine Prinzessin konnte das selbstverständlich nicht selbst machen.

Sie entschuldigte sich und zog sich in ihren Privatsalon zurück, wo sie mit ihrer Frustration rang. Möglicherweise wäre es besser gewesen, nur Luke und nicht alle zum Essen einzuladen. Aber sie wollte der Presse jetzt noch keinen Anlass zu Spekulationen geben, vor allem nicht an diesem Wochenende, an dem ihre Mutter gerade ihr Bestes gab, um dem Pressesprecher des Palastes einen veritablen Nervenzusammenbruch zu verschaffen. Sie erlebte in der Tat ein heißes Wochenende in Monte Carlo.

Alex seufzte. Manchmal wünschte sie sich, sie könnte so tapfer sein wie ihre Mutter und auf all das pfeifen, was andere über sie dachten. Vielleicht wäre sie dann dazu in der Lage gewesen, die anderen zu ignorieren, auf Luke zuzugehen und zu sagen: »Ich mag dich und möchte mich mit dir unterhalten und nicht mit diesen Dummköpfen. Was sagst du dazu?«

Doch ihr war schon von Geburt an eingetrichtert worden, sich streng an das Protokoll zu halten. Ihre Mutter hatte beinahe fünfundfünfzig Jahre gebraucht, um den Mut zu finden, das zu tun, was sie tun wollte. Und möglicherweise … Möglicherweise war es ja sogar besser, dass sie nicht die Gelegenheit bekommen hatte, sich mit Luke zu unterhalten. Sie hätte ja doch nur gekichert, ihn schwärmerisch angestarrt und sich zum Narren gemacht. Alex ließ sich auf eine elegante Chaiselounge fallen, seufzte und stützte den Kopf in die Hände.

»Störe ich?«

Als Alex überrascht aufblickte, stellte sie fest, dass Luke – der berühmte Hollywoodstar Luke Houston, verdammt noch mal! – im Türrahmen lehnte, obwohl sie die Tür hinter sich geschlossen hatte. Sie war derart in ihre Gedanken versunken gewesen, dass sie sein Hereinkommen gar nicht bemerkt hatte.

Erst jetzt klopfte er leise an die Tür und grinste sie schief an. »Hi.«

Sie blinzelte, und in ihrem Kopf ging alles durcheinander. *Du solltest nicht hier sein. Dieser Salon ist nur für Mitglieder der Königsfamilie gedacht. Wo sind deine Freunde? Die Angestellten könnten dich sehen …*

Aber alles, was ihr über die Lippen kam, war ein klägliches »Hi«.

»Ähm … Können wir kurz reden? Denn mir ist, als sollten wir das tun.«

Alex stand schnell auf und bat ihn herein. Er machte einen Schritt in den Raum, und sie schloss sofort die Tür hinter ihm und lehnte sich dagegen. Erst als die Tür geschlossen war, konnte sie wieder richtig atmen. Als er sie verwirrt anschaute, schenkte sie ihm ein entschuldigendes Lächeln. »Wenn die Angestellten Sie hier sehen …«

Er riss die Augen auf und deutete auf die Tür, an der sie noch immer lehnte. »Soll ich lieber wieder gehen?«

»Nein!« Sie presste sich erschrocken die Hände auf den

Mund, nachdem sie das Wort ausgestoßen hatte. »Ich meine, nein. Bitte setzen Sie sich doch.« Sie bot ihm einen Sessel an.

Doch anstatt sich hinzusetzen, lehnte er sich an die Tür, sodass sie jetzt ganz nah nebeneinanderstanden. Sie konnte sein Aftershave riechen, das würzig und ganz wunderbar duftete, und er war genauso groß wie sie. Alex konnte ihm direkt in die Augen sehen, und das war ein bisschen verwirrend und sehr aufregend. Lukes Grinsen wurde noch breiter. »Wann wollten Sie mir denn verraten, dass Sie eine Prinzessin sind?«

»Sie hatten mich doch schon durchschaut.« Himmel, in seiner Nähe bekam sie irgendwie keine Luft. »Warum hätte ich Sie da korrigieren sollen?«

Er lachte leise. »Ich bin nur froh, dass ich nicht all das mit Ihnen angestellt habe, was mir durch den Kopf geschossen ist.«

Hatte sie nicht eben schon Probleme beim Atmen gehabt? Bei seinen Worten wurde alles noch viel schlimmer. »Und was genau war das?«

»Na ja, ich muss zugeben, dass ich diese Verkleidung als züchtige Prostituierte faszinierend, Sie aber auch sehr nett fand.« Er zwirbelte eine ihrer Haarsträhnen um einen Finger. »Ist das Ihre richtige Haarfarbe?«

Sie nickte.

»Die Perücke war furchtbar.«

»Ich weiß, aber damit wollte ich verhindern, dass mich die Paparazzi erkennen.«

»Dann haben Sie also herumgeschnüffelt? Was für eine ungezogene Prinzessin.«

Bei seinen Worten wurde Alex ganz warm und aufgeregt. »Brave Prinzessinnen bekommen nicht das, was sie wollen, daher blieb mir keine andere Wahl.«

Er grinste erneut, als fände er diesen Gedanken unglaublich witzig. »Ich bin auch ein großer Fan von ungezogenen Prinzessinnen.«

»Ach, tatsächlich?« Großer Gott, flirtete er etwa mit ihr? Aber sie riss sich zusammen und fügte hinzu: »Aber ungezogene Prostituierte mögen Sie nicht?«

Sein Lachen hallte von den Wänden wider. »Nein, ich bin absolut kein Fan von Prostituierten.«

»Jetzt will ich es doch wissen ... Wie sind Sie überhaupt auf diese Idee gekommen? Ich fand jedenfalls nicht, dass ich wie eine gekleidet war.«

»Das waren Sie auch nicht. Ich dachte einfach ...« Er rieb sich mit einer Hand das Gesicht, und ihr fiel auf, dass er sehr große Hände hatte. »Ich hatte eine harte Woche am Set hinter mir, und einige Regisseure sind bekannt dafür, ihre Hauptdarsteller zu ›belohnen‹, indem sie ihnen Masseusen, Escort-Damen oder Drogen schicken, damit sie sich entspannen.«

Sie riss erschrocken die Augen auf. »Drogen? Etwa illegale Drogen?«

»Nein, sie schicken ihnen Nasenspray«, erwiderte er mit sarkastischem Unterton. »Natürlich illegale Drogen.«

Alex lief puterrot an und kam sich auf einmal sehr dumm vor. Was für eine blöde Frage. »Natürlich.«

»Sie leben hier wohl recht abgeschirmt, was, Prinzessin? Verzeihung, *Euer Hoheit*.« Er schnitt eine Grimasse. »Anscheinend ist das für uns beide eine ungewohnte Situation.«

»Bitte nennen Sie mich doch Alex.« Sie tat ihre Titel mit einer Handbewegung ab.

»Alex«, wiederholte er langsam, und sie erschauerte bei der Art, wie er ihren Namen aussprach. Das klang schön. Vielleicht sogar zu schön. »Ich bin Luke.«

»Ich weiß.« Sie biss sich auf die Unterlippe. »Ich bin ein Fan.«

»Das wusste ich bereits.«

»Aber ich bin kein Fan von Drogen und Unzucht mit Escort-Damen.«

Er lachte, und als er sie erneut ansah, war sein Lächeln so breit, dass sie seine weißen Zähne sehen konnte. »Das bin ich auch nicht. Wenn mir ein Regisseur einen Gefallen tun will, dann soll er mir meinen Personal Trainer für eine Übungsstunde schicken.«

Sie erwiderte sein Lächeln schüchtern und war erleichtert. Die Vorstellung, ihr glorifiziertes Bild von ihm könnte befleckt werden, hatte ihr überhaupt nicht gefallen.

Luke musterte ihr Gesicht, und sein Blick wanderte von ihren Augen zu ihrem Mund. Einen langen Augenblick verharrte er so, und ihr ganzer Körper schien ihn anzuflehen, dass er sie küssen sollte. Doch das tat er nicht. Stattdessen richtete er sich auf. »Ich wollte mich jedenfalls bei Ihnen entschuldigen, Prinzessin. Bestimmt habe ich Sie beleidigt, als ich Sie aus meinem Wohnwagen geworfen habe.«

»Nein, überhaupt nicht«, hauchte sie. Himmel, sie dachte noch immer jeden Abend an seine perfekten, runden, leicht gebräunten Pobacken, die sie zu Gesicht bekommen hatte, als er das Handtuch fallen gelassen hatte, um sich die Boxershorts anzuziehen. »Ich bin schließlich einfach so reingeplatzt.«

»So schlimm war das nicht. Ich sollte ja inzwischen wissen, dass man auf einem Filmset keine Privatsphäre hat.«

Da fiel ihr etwas ein, das er eben gesagt hatte. »Sie meinten, Sie hätten eine harte Woche gehabt? Darf ich fragen, warum?«

»Sie dürfen«, neckte er sie, verschränkte die Arme vor der Brust und lehnte sich an einen der schweren Eichensessel, die ihr Großvater so gemocht hatte. Dabei sah er gleichzeitig lässig und unglaublich attraktiv aus. »Der Regisseur und ich sind nicht immer einer Meinung.«

»Aber wieso denn das? Sie haben doch schon früher zusammengearbeitet, unter anderem bei *Pirates*.«

»Damals war Nick noch verheiratet. Der Single-Nick steht auf Prostituierte und mag es nicht, wenn man das Drehbuch ändern will.« Er schnitt eine Grimasse. »Dabei ist es nicht mal besonders gut.«

Nick hatte ihr eine Kopie des Drehbuchs gegeben, als er sie auf dem Set herumgeführt hatte, und beim flüchtigen Durchblättern war sie zu der Erkenntnis gekommen, dass es ganz furchtbar war. Allerdings hatte sie natürlich keine Ahnung, wie Hollywood-Drehbücher im Allgemeinen aussahen. »Können Sie mit ihm nicht darüber sprechen? Er möchte doch bestimmt, dass Sie zufrieden sind, schließlich sind Sie der Hauptdarsteller.«

»Einige Regisseure halten sich sehr eng an das Drehbuch. Sie müssen wissen, dass ich während des Drehs bereits versucht habe, einiges zu ändern und zu improvisieren. Ich wollte hier und da ein bisschen was anpassen und mehr

Tiefe hineinbringen. Aber er dreht immer sofort durch und lässt uns die ganze Szene neu drehen. Inzwischen ist mir klar, dass ich wie ein hölzerner Volltrottel aussehen werde, wenn der Film erst einmal fertig ist, und dass mich die Kritiker in der Luft zerreißen werden.« Er stieß frustriert die Luft aus und begann, auf und ab zu gehen. »Nick will einfach nicht begreifen, dass das Drehbuch schlecht ist, weil er es selbst geschrieben hat. Er kennt jede einzelne Zeile auswendig.«

»Oje.« Alex biss sich auf die Unterlippe. »Und was sagen Ihre Kollegen dazu?«

»Meine Kollegen? Sie meinen die anderen Schauspieler?« Er zuckte mit den Achseln. »Tonys Karriere ist ohnehin schon fast am Ende, da seine letzten Filme alle Flops waren, daher ist er froh, überhaupt noch arbeiten zu können, selbst wenn er nur eine Nebenrolle spielt. Pam geht es nur ums Geld. Sie dreht zwar Filme, aber eigentlich ist es ihr wichtiger, als Promi zu gelten und auf vielen Veranstaltungen gesehen zu werden. Ich bin außer Nick der Einzige, dem wirklich etwas an diesem Film liegt, nur dass wir dummerweise gegensätzliche Positionen haben.«

»Ihnen wird schon was einfallen«, versuchte sie, ihn zu besänftigen, kam sich aber sofort dämlich vor. Ihr kamen nutzlose Worthülsen über die Lippen, während er ihr von seinen Sorgen erzählte. Aber was konnte sie schon tun? Sie wollte, dass er sich noch länger mit ihr unterhielt, aber ihr fiel nichts ein, was sie noch sagen konnte. Zum ersten Mal in ihrem Leben fiel es ihr schwer, Konversation zu machen.

Luke schenkte ihr erneut ein schiefes Grinsen. »Vermutlich schon. Entschuldigen Sie, dass ich Ihnen damit auf die Nerven gehe.«

»Sie müssen sich nicht entschuldigen. Ich höre Ihnen gern zu, wenn Sie über Ihre Arbeit sprechen.« Sie hielt inne und verschränkte die Hände vor sich. »Aber ich bin immer noch der Ansicht, dass Sie versuchen sollten, mit Nick zu reden und ihm begreiflich zu machen, wie frustrierend das für Sie ist.«

»Das hört sich zwar nach einer guten Idee an, Prinzessin, aber die einzige Meinung, die ihn außer seiner eigenen interessiert, scheint die Ihre zu sein.«

Sie überlegte kurz. »Dann muss ich wohl mal meinen Einfluss auf ihn ausüben.«

Luke erstarrte. »Wie meinen Sie das?«

»Ich will damit sagen, dass wir einen Plan brauchen, wenn er meine Meinung tatsächlich respektiert.« Sie tippte sich mit einem Finger gegen die Lippen, dachte nach und wurde dann ganz unruhig, als sie bemerkte, dass Luke ihren Mund anstarrte. »Ich werde nächste Woche ans Set kommen, und wir sollten ein Signal ausmachen, mit dem Sie mir mitteilen können, dass Sie gerade etwas an einer Szene ändern.«

»Beispielsweise an mein Bein tippen?« Er ließ eine Hand sinken und tippte zweimal mit dem Zeigefinger gegen seinen Oberschenkel.

Sie nickte. »Und wenn er damit nicht einverstanden ist, teile ich ihm mit, dass ich die Szene so, wie Sie sie gespielt haben, ganz wundervoll finde. Wenn er meine Meinung wirklich derart zu schätzen weiß, wie Sie behaupten, dann sollte das doch funktionieren, oder?«

»Das würden Sie tun?«

Alex sah ihn verschmitzt an. »Sie haben offensichtlich nicht die geringste Erfahrung mit Prinzessinnen. Unsere beste Waffe sind Worte, mit denen wir anderen Honig ums Maul schmieren.«

»Und das machen Sie, um das zu bekommen, was Sie wollen?«

»Nicht immer. Normalerweise versuche ich nur, andere dazu zu bringen, die Dinge so zu sehen, wie ich es will.«

»Das ist doch dasselbe.«

Wirklich? Denn im Moment schienen sie auf derselben Wellenlänge zu sein, und doch bat er sie nicht, mit ihm auszugehen, obwohl sie sich das doch so sehr wünschte. Sie lächelte ihn an und wünschte sich fast schon verzweifelt, sie wüsste, wie man flirtet. Aber sie war in einem Königspalast voller Frauen aufgewachsen und dabei abgeschirmter gewesen, als sie es sich hatte eingestehen wollen. Sie ging nicht mit Männern aus. Jeder Mann, für den sie sich bisher interessiert hatte, stand mit ihr auf einer Stufe, und die beiden Länder hätten erst Verhandlungen führen müssen, bevor sie mit diesem Mann ausgehen konnte.

Aber jetzt hätte sie beinahe alles getan, um richtig mit Luke Houston flirten zu können. Um ihm zeigen zu können, wie sehr er ihr gefiel. Doch sie konnte nur blöd lächeln und ihn mit ihren Blicken anflehen, sie zur Kenntnis zu nehmen.

»Oh ... Das ist ein sehr nettes Angebot von Ihnen, Prinzessin. Wir werden ja sehen, wie gut unser Plan funktioniert.«

Sie neigte leicht den Kopf.

»Aber Sie müssen das wirklich nicht tun.«

»Das ist mir bewusst. Aber wir sind ... Freunde.« Dieses

Wort kam ihr nur sehr schwer über die Lippen, denn sie wünschte sich doch, dass sie weitaus mehr als nur Freunde waren. Sie wünschte es sich so sehr. *Bitte mich, mit dir auszugehen, Luke! Sag mir, dass du dich für mich interessierst. Bitte!*

Doch er nickte nur. »Sie sind eine gute Freundin.«

Beinahe hätte sie laut geseufzt, aber sie konnte es gerade noch verhindern. Ja, sie war wirklich eine gute Freundin. Eine nette, süße, ungefährliche *Freundin*.

Würg!

5

Am folgenden Montag wurde der Dreh morgens um sechs Uhr fortgesetzt. Als sich Luke einen Kaffee holte, bemerkte er, dass die Prinzessin ebenfalls am Set war. Sie trug wieder diese furchtbare Perücke, unter der sie ihre schönen blonden Locken verbarg, und die große Sonnenbrille, sodass er ihre strahlenden Augen nicht erkennen konnte. Auch heute hatte sie einen grässlichen schlichten Blazer und einen züchtigen Rock an, und er wusste bei ihrem Anblick beim besten Willen nicht mehr, wie er sie für eine Prostituierte hatte halten können. Selbst in ihrer Verkleidung strahlte sie Souveränität und Eleganz aus.

Und, Mann, sie stand so weit über ihm, dass er sich beinahe schlecht fühlte, weil er im Laufe des Wochenendes, immer wenn er an sie dachte, eine Erektion bekommen und sich dann befriedigt hatte. Möglicherweise lag das an ihrem jungfräulich wirkenden Mund und daran, dass sie nie die Kontrolle zu verlieren schien – außer in seiner Gegenwart. Er konnte genau erkennen, dass er sie nervös machte. Es war beinahe so, als wäre ihr wichtig, was er dachte, und das war für einen dämlichen Schauspieler ein äußerst ungewohntes Gefühl. Vielleicht lag es aber auch an ihren züchtigen Röcken und daran, dass er Freitagabend ihre zarten Fußknöchel und schlanken Füße unter ihrem Kleid hatte sehen können. Allein bei der Vorstellung, wie sie sich vorbeugte und ihre Riemchenschuhe auszog, hatte er mehrmals masturbiert.

Anscheinend stand er neuerdings auf Prinzessinnen. Darin unterschied er sich garantiert von den meisten anderen Männern, aber die hatten Prinzessin Alexandra von Bellissime auch nicht kennengelernt.

Alex, hatte sie mit rauer Stimme gesagt. *Bitte nennen Sie mich Alex.*

Oh ja, das hatte er getan. Er hatte sie unter der Dusche und mit seinem Schwanz in der Hand Alex genannt. Er hatte sie in seinen Träumen Alex genannt, in denen er sie über das Sofa in seinem Wohnwagen gebeugt und mit ihr geschlafen hatte. Er hatte sie Alex genannt, als er sie in seinen Tagträumen gedrängt hatte, seinen Penis in den Mund zu nehmen und sie ihm mit ihrer ernsten, königlichen Art einen Blowjob verpasst hatte.

Luke war sich ziemlich sicher, dass es sich nicht schickte, derartige Fantasien zu haben, in der eine Prinzessin die Hauptrolle spielte, aber Träume waren doch wohl noch erlaubt, oder nicht? Schließlich würde sie jemanden wie ihn nie eines zweiten Blickes würdigen, selbst wenn er noch so berühmt war. Sie war ein Fan von ihm und mochte Filme, doch das war auch schon alles. Frauen wie sie gingen mit Herzögen aus oder Männern, die Poloponys und dergleichen besaßen, und nicht mit Kerlen wie ihm, die im Osten von Texas in einem Wohnwagen aufgewachsen waren und Verwandte hatten, die Kautabak kauten und Tarnkleidung für eine angemessene Garderobe hielten.

Aber hier war sie und sah hübsch und süß aus. Er versuchte, sie nicht anzustarren, als ihr jemand vom Cateringservice eine Kaffeetasse gab und sie ihn anlächelte, als hätte er ihr ein kostbares Geschmeide geschenkt. Wieder einmal stand Nick neben ihr und kaute ihr ein Ohr ab, und sie war außerdem in Begleitung einer vertrockneten, wütend aussehenden, dürren Frau gekommen, sodass seine Chancen, sich zumindest kurz mit ihr zu unterhalten, gegen null gingen.

Aber als sie über den Rand ihrer Sonnenbrille aufblickte, ihm in die Augen sah und ihm auch noch unauffällig zuzwinkerte, konnte sich Luke ein Grinsen nicht verkneifen. Das würde in der Tat ein interessanter Tag werden. Die Szene, die sie heute drehen wollten, beinhaltete einen herzergreifenden Dialog, bei dem der Held der Heldin seine Vergangenheit gestand. Dieser las sich im Drehbuch allerdings derart hölzern, dass Luke sofort einige Ideen bekommen hatte, wie man es besser machen könnte.

Sehr viele Ideen sogar – und er war sich ziemlich sicher, dass Nick nicht eine davon gefallen würde.

Er nahm seinen Kaffee mit in die Garderobe und ließ sich einige Verletzungen ins Gesicht schminken, danach zog er sich die Sachen an, die seine Figur in der Szene tragen sollte. Sie verglichen sein Aussehen mit Fotos aus der letzten Szene, um sicherzustellen, dass seine Frisur und seine Kleidung auch richtig saßen, und als alles stimmte, war eine gute Stunde vergangen. Er ging zurück aufs Set, dehnte die Arme, ging im Kopf seinen Text noch einmal durch und versuchte, in die richtige Stimmung zu kommen.

Vielmehr hätte er das tun sollen, doch stattdessen beobachtete er Alex. Nick hatte ihr einen Stuhl neben seinen gestellt und redete noch immer auf sie ein. Sie hielten beide ein Drehbuch in den Händen, und Alex machte den Anschein, als würde sie fasziniert an den Lippen des Regisseurs hängen.

Hatte er die ganze letzte Stunde auf sie eingeredet? Die Frau musste ja eine Engelsgeduld haben.

Das Licht wurde angepasst, Pam kam mit ihren ebenfalls aufgemalten Verletzungen zum Set und sie setzten sich auf die Bettkante. In der Szene sollte seine Figur die Hände verschränken und seinen Text runterspulen, während er die ganze Zeit zu Boden starrte, aber er hatte vor, einiges zu verändern.

»Okay«, meinte Nick und stand auf. Er hielt sein verschlissenes Drehbuch in der Hand, und seine Brille saß ihm schief auf der Nase. »Luke, in dieser Szene erzählst du Pams Figur von deiner Vergangenheit. Von den schrecklichen Dingen, die du getan hast, und wie sehr du das alles bedauerst. Du überzeugst sie davon, dass du eigentlich kein schlechter Mensch bist, sondern nur einige schlechte Entscheidungen getroffen hast. Du hörst ihm einfach nur zu, Pam, und während er spricht, spiegelt sich immer größeres Entsetzen in deiner Miene wider. Okay? Dann los.« Er hob einen Finger in die Luft. »Action.«

Die Dialogzeilen flogen nur so durch Lukes Kopf. Er verschmolz mit seiner Rolle, schaute Pam an, die ihn besorgt musterte, und begann zu sprechen. Aber nicht so, wie es im Drehbuch stand, sondern so, wie er es für richtig hielt. Er erzählte ihr von seiner schlimmen Kindheit, umklammerte ihre Hand und zog sie dann langsam an sich. Als sie sich wehrte und panisch den Kopf schüttelte, ließ er zu, dass sich der Schmerz und die Qualen auf seinem Gesicht abzeichneten.

Doch er hatte gerade mal die Hälfte seines Textes hinter sich gebracht, als Nick brüllte: »Schnitt!«

Es war, als hätte er eine Blase zum Platzen gebracht.

Luke kehrte schlagartig in die Realität zurück und sprang frustriert auf. Verdammt! Er war so gut gewesen. Besser als gut sogar. Die Szene war unglaublich geworden, und selbst Pam hatte besser mitgespielt, als sie es üblicherweise tat. Man spürte es einfach, wenn eine Szene gut gelang, und genau das hatte er gerade empfunden.

»Du machst das völlig falsch, Luke«, fauchte Nick. »Verdammt noch mal, wie oft muss ich dir denn noch sagen …«

Ein lautes Schniefen ließ ihn verstummen. Nick drehte sich um, und Luke tat es ihm nach.

Die Prinzessin wischte sich mit einem Taschentuch die Augen ab. »Das war wunderschön und so emotional.« Sie schenkte ihnen ein strahlendes Lächeln und richtete ihre Aufmerksamkeit dann auf Nick. »Was stimmte denn bei der Szene nicht?«

Nick deutete auf das Drehbuch. »Hier steht doch eindeutig, dass er beim Reden auf seine Hände schauen soll!«

»Aber haben Sie denn nicht den Schmerz in seinem Gesicht gesehen?« Prinzessin Alexandra presste sich eine Hand an die Brust, als wäre sie zutiefst ergriffen. »Das war so bewegend. Ich konnte den Blick gar nicht abwenden, weil es mir so gut gefallen hat.«

Nick hielt inne, starrte sein Drehbuch an und lief dann auf und ab. »Am besten drehen wir beide Versionen und schauen hinterher, welche besser ist.«

Verdammt. Die Frau war gut. Er hatte völlig vergessen, ihr das vereinbarte Signal zu geben, aber sie war dennoch auf Zack. Die Prinzessin schenkte ihm ein Lächeln und tupfte sich die Augen ab, in denen noch immer Tränen schimmerten.

Die züchtige Prinzessin war eine weitaus bessere Schauspielerin, als er gedacht hatte.

* * *

In dieser Woche kam die Prinzessin jeden Tag in ihren sittsamen Kostümen und mit dieser furchtbaren Perücke an den Set und hörte sich stundenlang Nicks Gerede an, während die Dreharbeiten weiterliefen. Zwar wurde nicht jede Szene so angepasst, wie Luke es sich gewünscht hätte, aber er konnte dank Alex' unauffälliger Hilfe doch etwas mehr Tiefe in seine Rolle bringen, was auch dafür sorgte, dass sein Hass auf diesen Film schwand. Nach und nach bekam er das Gefühl, etwas zu erreichen, und immer, wenn er die Prinzessin sah und sie ihm zulächelte, wollte er entweder den Himmel preisen … oder sie sich schnappen und leidenschaftlich küssen.

Doch er tat keines von beidem, dachte allerdings sehr viel darüber nach. Es war zu schade, dass sie so weit über ihm stand, dass er absolut keine Chance hatte. Bisher war ihm nicht bewusst gewesen, dass er bei Frauen einen bestimmten Typ bevorzugte, aber ihre Eleganz und Selbstsicherheit brachten seine Libido ganz schön in Wallung. Insofern schien er wohl doch eine besondere Vorliebe für bestimmte Frauen zu haben, die lange Beine hatten, züchtige Röcke trugen, gerissen und klug waren und wussten, was sie wollten. Aber welcher normale, klar denkende Mann hätte das denn nicht gemocht? Er redete sich jedenfalls ein, dass es völlig normal war, bei seinem inzwischen schon obsessiven Masturbieren an Alex zu denken. Vielleicht lag das einfach nur daran, dass sie ständig da war, sie im Vorbeigehen aber gerade mal ein paar kurze Worte miteinander wechseln konnten. Möglicherweise war der Grund dafür aber auch, dass sie diese geheime Vereinbarung hatten, an die sie sich beide hielten.

Genau das musste es sein, beschloss er. Die Heimlichtuerei und der Gedanke, dass er seinem Regisseur damit eins auswischte, brachten seine Lust in Wallung – und nicht etwa die bescheidene Souveränität einer Frau, die immer schöner zu werden schien, je länger er sie anschaute. Es lag schlichtweg an der Gesamtsituation.

Die jedoch am Freitag sehr … unangenehm wurde.

Sie hatten vier großartige Drehtage hinter sich, vier Tage, an denen sich Luke mit seiner Figur verbunden fühlte und an denen sie tolle Szenen drehten, mit denen er zufrieden war. Als die Prinzessin am fünften Tag zum Set kam, stand ihr Stuhl bereits neben dem des Regisseurs, und die Assistenten wussten, dass sie ihr heißen Tee und keinen Kaffee bringen mussten. Sie kam munter ans Set, schenkte jedem ein liebenswürdiges Lächeln, während sie sich bereit machte, sich die Dreharbeiten des heutigen Tages anzusehen.

Luke starrte entsetzt in sein Drehbuch. Heute stand ein sehr emotionaler Streit auf dem Programm, der zu … wütendem Sex zwischen seiner und Pams Figur führte.

Und die Prinzessin war hier und sah ihm zu.

Verdammt. Das war echt … peinlich.

Er stieß die Luft aus und klemmte sich sein Drehbuch unter den Arm. Vielleicht konnte er Nick dazu überreden, diese Szene an einem anderen Tag zu drehen, am besten an einem, an dem die Prinzessin nicht hier war. Zum einen war er sich nicht sicher, ob er wirklich wollte, dass sie dabei zusah, wie Pam und er so taten, als würden sie miteinander schlafen. Zum anderen musste er sich für die Szene ausziehen, und es war schon unangenehm genug, mit dem Schutzstrumpf am Penis herumzulaufen, auch ohne dass die Prinzessin dabei zuschaute. Wenn der Strumpf dann steif wurde, wäre das für alle am Set überaus peinlich.

Oje … Wie sollte er dieses Problem lösen, ohne dass es zu offensichtlich wurde? Luke ging auf Nick zu, der bereits neben Alex saß und ihr alles über seinen letzten Film erzählte, während sie ihm bewundernd lauschte. Eigentlich war sich Luke sicher, dass er ihr diese Geschichte schon zweimal erzählt hatte, aber sie erweckte den Anschein, als würde sie Nick all ihre Aufmerksamkeit schenken, daher konnte er durchaus nachvollziehen, warum der Regisseur derart begeistert von ihr war.

Ihm ging es ja auch selbst nicht anders.

»Nick?« Luke räusperte sich, um den Regisseur auf sich aufmerksam zu machen. »Können wir uns kurz unterhalten?«

Nick schaute mit finsterer Miene zu Luke hinüber. »Müsstest du nicht längst in der Garderobe sein? Wir müssen anfangen, solange wir dank des Sonnenaufgangs noch so herrlich goldenes Licht haben.«

»Ja, ich weiß, aber ich hatte mir überlegt, ob wir heute nicht vielleicht lieber eine andere Szene drehen sollten. Irgendwie bin ich nicht in der Stimmung für diese.« Er warf der Prinzessin, die im Drehbuch herumblätterte, einen vielsagenden Blick zu und hoffte, dass Nick den Hinweis begriff.

Was er natürlich nicht tat. Der Regisseur runzelte die

Stirn. »Aber wir haben schon alles für diese Szene vorbereitet.« Er legte Nick eine Hand auf die Schulter.

»Ich weiß nicht, ob ich diese Szene vor Publikum spielen will«, meinte Luke in der Hoffnung, Nick doch noch zu vermitteln, worum es ihm eigentlich ging.

»Sollen wir den Set abriegeln? Wäre das nicht ziemlich lächerlich?« Wenn es eines gab, was Nick auf den Tod nicht leiden konnte, dann waren es Schauspieler mit Marotten. Normalerweise stimmte ihm Luke da voll und ganz zu, aber heute ...

Ausgerechnet in diesem Augenblick hob Prinzessin Alex den Kopf und sah ihn an, und als er in ihre blauen Augen blickte, kam ihm die zu drehende Szene noch viel schmutziger vor.

Er versuchte, sich eine neue Ausrede einfallen zu lassen. Pam hatte ihre Tage bekommen. Er hatte Bauchschmerzen und konnte auf keinen Fall eine Kussszene drehen. Irgendwas. Was auch immer. Aber als er Nicks unzufriedene Miene sah, wurde ihm klar, dass es das Beste wäre, die Klappe zu halten und die Szene einfach durchzustehen. »Ach, vergiss, dass ich was gesagt habe, und lass uns anfangen.«

In der Garderobe dachte Luke die ganze Zeit an Dinge, die völlig unerotisch waren. Das fiel ihm nicht besonders schwer, denn die Garderobiere war sicher schon an die achtzig. In der Szene sollte seine Figur – noch immer verletzt – bereits nackt im Bett liegen, wenn Pam hereinkam und ihn zur Rede stellte. Er würde aufstehen und sich mit ihr streiten, der Streit würde immer heftiger werden und schließlich in Lust umschlagen. Kein Problem. Er durfte nur nicht aus der Rolle fallen und musste immer schön weiterspielen.

Er musste einfach seinen Job machen.

Es gelang ihm, cool zu bleiben, als er mit nichts als einem Handtuch am Leib und dem Schutz auf seinem Penis zurück zum Set kam. Er war bereits geschminkt, und Nick ging vor seinem Stuhl auf und ab. »Na, endlich«, knurrte der Regisseur. »Können wir jetzt anfangen?«

Luke nickte und weigerte sich, zu Nick hinüberzuschauen. Wenn er das tat, würde er auch Alex sehen, und das Letzte, was er jetzt wollte, war, daran zu denken, dass sie jede seiner Bewegungen beobachtete.

Er betrat den Set und legte sich ins Bett. Über seinem Kopf wurde das Mikrofon in Position gebracht. Kameras standen rings um ihn herum, und zum ersten Mal in seiner Karriere wurde Luke nervös. Himmel, das war alles so verdammt unangenehm. Normalerweise war es ihm völlig egal, wer ihm beim Dreh zusah, weil das Schauspielern etwas Unpersönliches war. Jeder am Set hatte schon unzählige Male gesehen, wie Schauspieler so taten, als würden sie miteinander schlafen.

Aber heute war Alex hier. Für Alex war das alles neu, und sie würde nicht verstehen, wie gleichgültig ihm das alles war. Dass er Pam zwar küsste, aber nur an die Rolle dachte, die sie gerade spielte. Und wenn er so tat, als würde er mit ihr schlafen, dann war das alles nur ein unbeholfenes Nachahmen.

»Dann fangen wir jetzt an. Action!«, rief Nick.

Verdammt. Er musste sich auf die Rolle konzentrieren. Luke legte sich hin und drapierte eine Hand auf der Stirn, wie es seine Figur tun würde. Die Tür wurde geöffnet, und Pam kam herein.

»Wir müssen reden, Jason.«

»Es gibt nichts mehr zu bereden, Stef.«

»Das sehe ich anders.« Pams Stimme schwankte, wurde dann aber wieder kräftiger. Es gelang ihr gut, die zarte Heldin zu spielen, die ihre innere Stärke wiederfand. »Du hättest mir sagen müssen, wer du wirklich bist. Dass du ein ...«

»Ein was?« Er setzte sich im Bett auf, wobei sich die Bettdecke um seine Hüften bauschte. Für den Zuschauer würde es so aussehen, als wäre er nackt. Großer Gott, er war ja auch wirklich nackt, mit Ausnahme des hautfarbenen Schutzes auf seinem Penis. »Ein Mafioso? Ein Killer? Ein Auftragsmörder? Wann hätte ich das denn beiläufig erwähnen sollen, Stef?«

Auf der anderen Seite des Raums bebte Pam vor unterdrückter Wut. »Bevor ich mich in dich verliebt habe, du Mistkerl! Bevor ich in diese ganze Sache mit reingezogen wurde!«

Luke sprang aus dem Bett, und die Decke fiel zu Boden. Er lief durch den Raum, achtete dabei auf eine bedrohliche Haltung, und drückte die zitternde Stef/Pam gegen die Wand. »Und, was jetzt? Bin ich dir nicht gut genug? Darf ich dich nicht mehr anfassen, weil ich ein Killer bin? Begehrst du mich jetzt, wo du weißt, dass ich für die Mafia arbeite, weniger?« Er stemmte die Hände links und rechts neben ihrem Kopf an die Wand und beugte sich vor.

Stef/Pam erschauderte. »Jason ...«

Nun sollten sie sich eigentlich küssen. Es sollte ein leidenschaftlicher, wilder Kuss sein, und er musste ihr das Kleid vom Leib reißen, damit sie danach ins Bett fallen und miteinander schlafen konnten. Für die zwei Filmminuten, während derer sie »Sex« hatten, würden wahrscheinlich mehrere Stunden am Set nötig sein. Stunden, in denen sie immer wieder mit Wasser bespritzt wurden und in denen man versuchte, seinen Hintern ins rechte Licht zu rücken ...

Er beugte sich zu Pam vor ...

Sie keuchte. Ihr Atem roch nach Zwiebeln und Knoblauch. Hinter ihr krabbelte eine winzige Spinne die Wand entlang.

Das war ein Zeichen.

»Da ist eine Spinne!«, schrie Luke. »Sie steht auf dem Kopf. Wir müssen aufhören, das ist ein Unglücksbote. Ich bin in meinem Wohnwagen.« Er schnappte sich die Bettdecke, wickelte sie sich um die Hüften und stürmte vom Set.

Endlich hatte er eine Ausrede, auf die er sich stützen konnte. Alle wussten, wie abergläubisch er war. Zwar würden sie sich erst aufregen, dann jedoch damit leben können. Und er ... Er würde sich irgendetwas einfallen lassen, wie er damit umgehen konnte, dass ihm die Frau seiner Träume dabei zusah, wie er so tat, als würde er mit einer anderen Frau schlafen.

»Ist das sein Ernst?«, hörte er Pam hinter sich fragen.

»Komm sofort zurück, Luke!«, schrie Nick ihm hinterher.

»Ich muss eine Glückskerze anzünden«, erwiderte Luke. »Damit meine Chakras zurückgesetzt werden.« Das war natürlich völliger Blödsinn, hörte sich aber gut an. Er knallte die Tür seines Wohnwagens hinter sich zu und atmete erleichtert auf, als er endlich allein war. Verdammt! Warum fiel ihm das so schwer? Er zündete die Glückskerze an (an jedem Drehort entdeckte er eine in irgendeinem Supermarkt und kaufte sie vorsichtshalber), stellte sie ab, nahm sich dann ein Bier aus seinem Minikühlschrank und ließ sich auf die Couch fallen.

So wird das nichts.

Er trank einen Schluck Bier, konnte sich aber noch immer nicht entspannen. Dafür war er viel zu aufgedreht und verkrampft. Hielt Alex ihn jetzt für einen Idioten, weil er wegen einer Spinne vom Set gerannt war? Mann, das wollte er doch nicht hoffen!

Jemand klopfte an die Tür seines Wohnwagens.

»Verschwinde!«, brüllte er. Das war bestimmt Nick, der ihm einen Vortrag darüber halten wollte, dass er die Szene vermasselt hatte.

Die Tür wurde geöffnet, und Alex steckte den Kopf herein. »Können wir uns unterhalten, Luke?«

Damit hatte er nun am wenigsten gerechnet, dass ausgerechnet sie ihm folgte. Aber wie sollte er sich weigern? Notgedrungen winkte er sie herein.

Sie betrat vorsichtig den Wohnwagen und schloss die Tür hinter sich, um dann an der Wand stehen zu bleiben und ihn zu mustern. »Sie wirken heute irgendwie bedrückt.«

»Sie haben doch gehört, was ich eben gesagt habe. Das war ein Unglücksbote. Eine Spinne, die kopfüber am Set hängt, bringt Pech.« Das stimmte zwar nicht, klang in seinen Ohren aber durchaus unheilvoll und war außerdem die perfekte Ausrede. Er war ganz dafür, einen neuen Aberglauben zu erfinden, wenn er sich dadurch aus einer peinlichen Lage retten konnte.

Alex schaute ihn mit schräg gelegtem Kopf an. »Sie schienen auch schon vorher gestresst zu sein. Was ist los? Liegt es daran, dass ich da bin?«

Himmel, sie redete wirklich nicht um den heißen Brei herum. »Nun, wo Sie es erwähnen«, begann er vorsichtig und stand auf. Noch hatte er die Bettdecke um die Hüften geschlungen, und er hielt sie dort fest, während er auf Alex zuging. »Wie lange wollen Sie eigentlich noch bei den Dreharbeiten zusehen?«

»Wie meinen Sie das?«

»Ich würde gern wissen, warum Sie überhaupt hier auftauchen. Sie sind jeden Morgen schon bei Tagesanbruch da. Sie gehen abends zusammen mit allen anderen. Die ganze Woche über haben Sie bei den Dreharbeiten zugesehen und sich den ganzen Tag von Nick vollquatschen lassen. Mir ist klar, dass Sie das nicht tun, weil Sie ihn so interessant finden. Und ich bin Ihnen sehr dankbar für Ihre Hilfe bei mehreren Szenen, wüsste aber doch gern, was hier eigentlich los ist. Warum kommen Sie immer wieder her?« Verdammt, je näher er ihr kam, desto perfekter sah sie aus. Ihre Haut war wie Porzellan, ihre Lippen von einem wundervollen Rosa, bei dem er an unzählige versaute Dinge denken musste. Einige blonde Haarsträhnen lugten unter ihrer schwarzen Perücke hervor. Er hätte ihr das hässliche Ding am liebsten vom Kopf gerissen.

Und er hätte ihre leicht geöffneten Lippen so gern geküsst, aber das wäre wahrscheinlich sehr dumm. Männer wie er küssten keine Frauen wie sie.

Sie riss ein wenig die Augen auf, als wäre sie nicht daran gewöhnt, sich anmerken zu lassen, dass sie überrascht war. »Sie wollen wissen, warum ich jeden Tag herkomme?«

»Ja.«

»Ich dachte, das wäre offensichtlich. Ich warte darauf, dass Sie mich bitten, mit Ihnen auszugehen.«

Er starrte sie verblüfft an. Wenn sie ihm gerade erzählt hätte, die Erde sei eine Scheibe, hätte ihn das nicht mehr vom Hocker hauen können. »Was?«

»Ich sagte, dass ich darauf warte ...«

Er unterbrach sie mit einer Handbewegung. »Ich habe Sie schon verstanden, aber ich ... Ich glaube Ihnen einfach nicht. Warum sollten Sie sich wünschen, mit mir auszugehen?«

Dieses kaum erkennbare, rätselhafte Lächeln, das ihn so verrückt machte, umspielte erneut ihre Lippen. »Weil ich Sie mag.«

»Sie haben gesagt, ich wäre klein.«

»Das macht Sie nur menschlich. Und so klein sind Sie auch wieder nicht. Nur kleiner, als ich gedacht habe. Ich würde mich trotzdem darüber freuen, wenn Sie mit mir ausgehen möchten.«

»Sie sind eine Prinzessin. Ich bin nur ein ... Niemand.« Verdammt noch mal, er hatte noch nicht mal einen Collegeabschluss. Sie sollte doch wenigstens mit gebildeten Männern ausgehen. Sie war klug und brauchte jemanden, der einen Doktortitel hatte.

»Sie sind Luke Houston, und Sie sind witzig, intelligent und einer der besten Schauspieler, die ich je gesehen habe. Außerdem ...«

Schon hatte sie ihn überzeugt. Sie wollte sich auf sein Niveau herablassen? Dagegen hatte er nicht das Geringste einzuwenden. Er legte ihr die Hände auf die Schultern, zog sie an sich und küsste sie. Dabei stellte er fest, dass sie recht hatte: Er hatte genau die richtige Größe für sie, da er nur wenige Zentimeter größer war als sie und ihre Körper so perfekt zueinanderpassten.

Sie erstarrte kurz und drückte sich dann an ihn. Die Luft schien aus ihrer Lunge zu entweichen, als sie leise seufzte, dann legte sie die Hände an seine Brust. An seine nackte Brust, da er nichts als den Penisschutz trug. Ach, verdammt, das war ihm jetzt auch egal. Er drückte die Lippen auf ihre und küsste sie wild und leidenschaftlich. Ihre Reaktion war eher neugierig, und ihr Kuss wirkte fast schon … zurückhaltend. Doch er ersehnte sich eine andere Erwiderung von ihr. Sie entzog sich ihm zwar nicht, war aber auch nicht mit Leib und Seele dabei. Luke schob ihr eine Hand ins Haar, legte sie um ihren Nacken und vertiefte den Kuss, um ihre Zunge sanft und sinnlich mit der seinen zu umgarnen. Bei jeder Bewegung schien sie sich etwas mehr zu entspannen, bis sie sich schließlich an ihn klammerte und seinen Kuss erwiderte. Ein leises, kehliges Wimmern kam ihr über die Lippen, als er sich von ihr löste, und ihr Mund sah nach dem Kuss gerötet und leicht geschwollen aus.

Sie war wunderschön und schaute benommen in sein Gesicht.

»Du möchtest mit mir ausgehen?«, fragte er und gab ihr noch einen Kuss, bevor sie auch nur antworten konnte – allein aus dem Grund, weil er es konnte.

Alex nickte und schien noch immer ganz benebelt zu sein. Sie krümmte eine Hand an seiner Brust und schien sich zu verkrampfen. »Du … Du musst ehrlich zu mir sein«, hauchte sie. »Ich bin eine Prinzessin und weiß nicht, wie man um das bittet, was man haben möchte. Ich bin daran gewöhnt, dass man mir die Dinge auf einem Silbertablett serviert, ohne dass ich …«

»Sch«, flüsterte er und beugte sich vor, um sie gleich

noch einmal zu küssen. »Du magst mich also? Willst du mir das damit sagen, Süße?«

Sie nickte und hob das Kinn ein wenig in die Luft, damit er sie wieder küssen konnte.

Er kam ihrer stummen Bitte nach, obwohl er spürte, dass sein Penis in seinem Käfig immer praller wurde. Am liebsten hätte er Alex an die Wand des Wohnwagens gedrückt und sich an sie gepresst, aber er vermutete, dass er es bei ihr langsam angehen lassen musste. Damit hatte er kein Problem.

Aber er wollte ehrlich zu ihr sein. »Ich mag dich auch«, murmelte er zwischen seinen Küssen. »Ich habe dich vom ersten Augenblick an gemocht, und ich habe ziemlich versaute Tagträume von dir.« Bei diesen Worten erschauerte sie. »Doch du stehst verdammt weit über mir, Süße.«

»Das stimmt doch gar nicht«, hauchte sie. »Du bist der berühmte Luke Houston.«

»Und du bist Ihre Königliche Hoheit Prinzessin Alex, was auch immer danach noch so kommt.«

Sie musste kichern, als er ihren Titel derart verunstaltete, und er grinste sie an und genoss es, dass sie sich in seinen Armen erneut entspannte. Er legte ihr eine Hand an die Seite und streichelte sie durch den Stoff ihres Blazers hindurch. Ihr Lachen war wundervoll. Er fragte sich, wie viele Menschen es wohl zu hören bekamen. Für ihn war es jedenfalls etwas ganz Besonderes. »Möchtest du gern mit mir ausgehen, Prinzessin?«

»Prinzessin Alex was auch immer würde sehr gern mit dir ausgehen«, erwiderte sie und starrte seinen Mund an. »Wann und wo?«

»Morgen Abend. Wir sollten uns irgendwo treffen, wo

uns niemand sehen kann, damit du dieses hässliche Ding nicht tragen musst.« Er tippte mit einem Finger gegen ihre Perücke, die beim Küssen ein wenig verrutscht war, was ihn jedoch nicht weiter störte.

Sie biss sich auf die Unterlippe, woraufhin er innerlich aufstöhnte. »Ich werde mir etwas ausdenken und dir einen Chauffeur schicken, der dich abholt. Du solltest lieber auch unerkannt bleiben, nur um ganz sicher zu gehen.«

»Das klingt gut. Aber vorher musst du mir einen Gefallen tun.«

Ihr benommener, leicht benebelter Blick wurde etwas klarer. »Was denn?«

»Ich möchte, dass du für heute den Set verlässt. Du bringst mich ganz durcheinander.«

Auf einmal musterte sie ihn verständnisvoll, und ihr freches Grübchen blitzte wieder auf. »Weil du Pam küssen willst und das komisch ist, wenn ich dir dabei zusehe?«

»Weil es ganz furchtbar ist, Pam zu küssen. Sie müffelt nach Zwiebeln und Schnodder.« Als Alex ein angeekeltes Geräusch von sich gab, fühlte er sich gleich noch viel besser. »Ich kann es kaum ertragen, sie zu küssen, wo ich doch eigentlich dich küssen möchte. Aber das ist nicht real. Nichts von alldem hier ist echt. Und ich möchte nicht, dass du glaubst, ich würde dabei an sie denken.«

»Ach nein, Mr Houston. Wollen Sie mir etwa einreden, dass man uns in den Filmen nur etwas vorspielt?« Sie klimperte mit den Wimpern und spielte die Unschuldige. »Sehe ich etwa aus wie ein Dummkopf?«

»Nein, du siehst aus wie eine liebenswerte, wunderschöne Frau … Die aber auch nicht weiß, wie krank es in Hollywood manchmal zugehen kann. In ungefähr einer

Stunde wird man mir vermutlich den Hintern mit falschem Schweiß einsprühen, und dann sieht das Ganze gleich noch viel unglamouröser aus.«

Sie kicherte wieder und strich mit einer Hand über seinen Arm. Betastete sie etwa seine Muskeln? Möglicherweise bestand die Anziehungskraft ja wirklich auf beiden Seiten. »In Ordnung. Ich werde so tun, als hätte ich Kopfschmerzen bekommen – die jedoch nicht darauf beruhen, dass mir Mr Stanton schon zum siebten Mal in dieser Woche dieselbe Geschichte erzählt, wie ich betonen möchte. Das ist ganz bestimmt nicht der Grund dafür, dass ich mich zurückziehe.«

Er stöhnte. »Du hast all das nur ertragen, weil du darauf gehofft hast, dass ich mit dir ausgehen möchte?« Als sie nickte, küsste er sie erneut. »Dafür sollte man dich heiligsprechen.«

»Ich werde es dir mitteilen, wenn mir eingefallen ist, wie ich für mein gutes Benehmen belohnt werden möchte«, entgegnete sie keck, beugte sich dann impulsiv vor und knabberte an seiner Unterlippe.

Das war … das wohl Schärfste, was ihm jemals passiert war. »Tu mir einen Gefallen, Alex.«

»Hm?« Großer Gott, sie starrte seinen Mund an, als hätte sie nie etwas Köstlicheres gesehen.

»Schau nicht nach unten. Das solltest du jetzt nicht sehen.«

Sie tat es trotzdem, diese ungezogene Prinzessin.

6

Findest du, dass ich das bei einer Verabredung tragen kann?« Alex hielt sich einen champagnerfarbenen langärmligen Pullover hoch und begutachtete ihr Spiegelbild. »Oder ist das zu provokativ?«

»Schätzchen. Du weißt doch, dass ich dich liebe, nicht wahr?«

Alex drehte sich zu ihrer Mutter um, die auf der Kante von Alex' breitem Bett saß. »Aber natürlich.«

»Ein Pullover ist das wohl Schlimmste, was du bei einer Verabredung tragen kannst. Hast du nicht gesagt, du magst diesen Mann? Glaubst du wirklich, du kannst ihm das vermitteln, wenn du einen Pullover trägst?«

Alex starrte mit finsterer Miene in den Spiegel und grübelte darüber nach, was sie wohl anziehen sollte, um Luke so etwas zu verstehen zu geben. »Ich habe keine Ahnung.« Es kam ihr komisch vor, ihre Mutter in diesen Belangen um Rat zu bitten. Aber Lady Margaret, ihre Gesellschafterin, kam dafür ganz sicher nicht infrage. Margaret war eine alte Jungfer, der man nichts recht machen konnte. Falls sie herausfand, dass Alex Luke im Wohnwagen geküsst hatte, würde sie sofort zu Großmutter rennen, und dann bekäme Alex augenblicklich den Befehl, sich nicht länger zum Narren zu machen. Margarets Meinung nach durfte eine Verabredung mit einer Prinzessin nur unter Beaufsichtigung und erst nach einem gründlichen Hintergrundcheck erfolgen. Alex hatte überlegt, eines der Dienstmädchen anzusprechen, aber sie konnte nicht darauf vertrauen, dass die Sache dann nicht in einem Klatschmagazin landete.

Daher war sie zu ihrer Mutter gegangen, die in den letzten Jahren richtig aufgeblüht und weltoffen geworden war, wie es sich Alex früher nie hätte vorstellen können.

Dieser weltoffene Mensch saß jetzt auf Alex' Bettkante, blätterte in einem Modemagazin und war gegen alles, was ihre Tochter bei ihrer Verabredung anziehen wollte. Selbst jetzt schüttelte sie den Kopf. »Du willst doch sexy aussehen, Schatz. Sexy und gut, aber auch lässig. Wie wäre es mit einer Jeans?«

»Jeans?«, wiederholte Alex verblüfft.

»Du weißt schon, Denim.«

»Ich besitze keine Jeans, Mutter.« Im Palast hielt man es für unangebracht, dass eine Prinzessin Jeans trug. Dieses Kleidungsstück war viel zu lässig!

Die Augen ihrer Mutter funkelten. »Dann ist es ja gut, dass ich gleich mehrere besitze und wir dieselbe Größe haben. Komm mit, wir gehen in meine Suite.«

»Du besitzt *Jeans*?« Was kam als Nächstes, Handschellen und Haschisch? Großer Gott!

Ihre Mutter nickte und nahm Alex' Hand. Schon liefen sie wie zwei Teenager durch die langen Flure des Palastes. Im Zimmer der älteren Alexandra herrschte immer das reinste Chaos. Sie ließ die Zimmermädchen nicht so oft herein wie ihre Tochter, daher lagen überall Kleidungsstücke herum, der Boden war übersät mit Schuhen und das Bett war nicht gemacht. Alex erschrak bei diesem Anblick, doch ihre Mutter blieb ungerührt.

»Aber wir brauchen auch noch ein paar schöne Schuhe für dich, Schatz. Du kannst nicht ständig diese langweiligen Omaschuhe anhaben, die du ständig trägst. Zu einer Jeans und einer durchsichtigen Bluse solltest du etwas Niedliches mit Riemchen anziehen.«

»Eine durchsichtige Bluse?« Alex war sich nicht sicher, ob sie das wirklich wollte. Immerhin war sie ja schon regelrecht dreist gewesen, indem sie ihn um diese Verabredung gebeten hatte. »Mama, ich bin mir nicht sicher ...«

»Ach, sei still und lass mich nur machen. Wenn du einen Amerikaner beeindrucken willst, dann wirst du mit deiner palasttauglichen Garderobe nicht weit kommen.« Sie schob ein paar Schuhe beiseite und ging zu ihrem riesigen Kleiderschrank. »Ich dachte an etwas Grünes oder Dunkelblaues. Blau steht dir so gut.« Nachdem sie einige Minuten lang in ihrem begehbaren Kleiderschrank verschwunden war, kam sie mit einer Wickelbluse in der Hand wieder heraus. »Wie wäre es damit?«

»Das ist eine schöne Bluse«, sagte Alex, die immer noch skeptisch war. Falls ihr die Bluse wirklich gefiel, würde ihre Mutter schon etwas finden, was sie daran auszusetzen hatte. Der seidige Stoff fiel locker herunter, und Alex stellte fest, dass sie sich durchaus vorstellen konnte, so etwas anzuziehen.

Ihre Mutter strahlte und verschwand erneut im Kleiderschrank. Einen Augenblick später kehrte sie mit einer Skinny-Jeans in der Hand wieder zurück, sowie nudefarbenen Peeptoes (die Alex normalerweise nicht tragen durfte) und einem schmalen Mieder.

Alex griff nach einem der Schuhe. »Mama! Wo hast du die denn her?«

»Die gibt es überall, Schätzchen. Und ich gehe nun mal gern einkaufen ...«

»Aber Großmutter ...«

»Ich bin vierundfünfzig Jahre alt, Alexandra, da lasse ich mir doch von niemandem mehr vorschreiben, was ich anzuziehen habe. Das weiß deine Großmutter auch. Und jetzt probier alles an, damit wir sehen können, wie du darin aussiehst.«

Alex trat hinter einen Paravent und zog sich um. Die Jeans saß wie eine zweite Haut, was sich gleichzeitig verrucht und ziemlich verwegen anfühlte. Aber heutzutage trug doch jeder Jeans, oder nicht? Daher sollte es doch nicht so ungewöhnlich sein, wenn sie auch eine anhatte. Doch bei der Bluse sah die Sache schon anders aus. In dem Augenblick, in dem Alex sie über dem Mieder anzog, wusste sie auch, warum ihre Mutter sich dafür entschieden hatte. Der züchtige Schnitt war trügerisch, denn der Stoff war so dünn, dass er an ihren Brüsten klebte, und der lockere Ausschnitt reichte so weit herunter, dass man den Ansatz ihres Dekolletés sah. Alex zupfte ein wenig daran herum, aber der Stoff rutschte trotz ihrer Bemühungen immer wieder herunter. »Ich weiß nicht, ob ich diese Bluse wirklich anbehalten sollte.«

Als sie vor ihre Mutter trat, seufzte diese und legte sich die Hände unter das Kinn. »Du siehst so sexy aus, Liebes. So müssen sich amerikanische Mütter fühlen, wenn sie ihre Töchter zum Abschlussball schicken.«

Alex musterte ihr Spiegelbild in dem Ganzkörperspiegel. Sie musste zugeben, dass sie auf einmal völlig anders aussah. Als sie die Schuhe anzog, sah es so aus, als bestünde sie aus kilometerlangen Beinen, über denen sinnlicher dunkelblauer Seidenstoff den Blick auf ein Dekolleté freigab. Das sah schon sehr gut aus, gestand sie sich ein und drehte sich vor dem Spiegel hin und her.

»Ich muss dir etwas gestehen«, meinte ihre Mutter. »Ich mache mir Sorgen um dich, Alex, Schätzchen. Dein Vater war ein guter Mann, aber wir haben uns nicht geliebt.«

»Das weiß ich.« Alex fummelte an der Bluse herum, denn immer, wenn dieses Thema zur Sprache kam, wurde es irgendwie komisch. Alex hatte ihren Vater geliebt, aber auch immer gewusst, dass die Beziehung zwischen ihm und ihrer Mutter sehr distanziert gewesen war. Er hatte während Alex' Kindheit viel Zeit in seinem Heimatland verbracht, und auch wenn ihre Mutter nach seinem Tod angemessen getrauert hatte, war doch offensichtlich gewesen, dass sein Tod ihr nicht das Herz gebrochen hatte.

»Deine Großmutter und ich sind uns in vielen Dingen uneinig, vor allem in Bezug auf die Tatsache, dass sich die Welt verändert hat und eine Prinzessin meiner Meinung nach keine arrangierte Ehe mehr eingehen sollte.«

Alex schaute ihre Mutter blinzelnd an. »Was willst du mir damit sagen?«

»Ich will damit sagen, dass mir egal ist, was deine Großmutter zu sagen hat. Du gehst jetzt aus und schläfst mit diesem Mann, Schatz.«

»Mutter!« Alex starrte sie entsetzt an. »Das ist doch nur eine Verabredung.«

Ihre Mutter lächelte nur. »Ja, das weiß ich, aber so fangen alle Beziehungen an. Mit einer Verabredung.«

* * *

Alex verriegelte ihre Zimmertür, nachdem sie das Bitte-nicht-stören-Schild an den Türknauf gehängt hatte. Sie nahm sich ihre Handtasche, zog ein paar Badelatschen über und drückte einen Knopf unter dem Kaminsims. Ihr Spiegel glitt zur Seite und gab einen Geheimgang frei, durch den man zu einem Hintereingang des Palasts gelangte. Sie duckte sich, trat in den engen Korridor und kam in der Nähe des alten Kutschenhauses wieder heraus, in dem sich heute die Gästezimmer befanden. Dort wartete ihr persönlicher Chauffeur auf sie. Anstatt eine der schwarzen Limousinen der Familie zu nehmen, schlug sie vor, dass sie mit Gregorys Wagen fuhren. Die Paparazzi, die ständig vor den Toren des Königspalasts warteten, würden diesem Auto nicht folgen.

Aus genau diesem Grund legte sich Alex daher auf den Rücksitz des kleinen Peugeots.

»Ist alles in Ordnung, Hoheit?«, erkundigte sich Gregory, als sie durch das Tor fuhren.

»Alles bestens, vielen Dank.«

»Wir werden gleich beim Hotel sein. Ich habe in seinem Zimmer Bescheid gesagt, dass wir unterwegs sind.«

»Das war sehr freundlich von Ihnen, Gregory. Danke.«

Als sie einige Kilometer vom Palast entfernt waren, setzte sich Alex auf, da sie davon ausging, dass die Gefahr jetzt gebannt wäre. Allerdings klopfte ihr Herz noch immer wie wild, und sie hatte Angst, sich umzudrehen, weil sie befürchtete, dass ihnen doch ein Wagen gefolgt war. Doch es schien alles gut gegangen zu sein. All dieser Aufwand nur, damit sie sich mit Luke Houston treffen konnte. War das die Sache überhaupt wert?

Was für eine dumme Frage. Selbstverständlich war es die Sache wert.

Sie befühlte ihre Lippen und erinnerte sich an den Kuss und dass er dabei fast nackt gewesen war. Es war durch und durch schamlos von ihr, aber sie hätte ihn am liebsten völlig unprinzessinnenhaft am ganzen Körper berührt. Sie konnte nur hoffen, dass sie seinen Kuss gut erwidert hatte. Abgesehen von ein paar familiären Wangenküssen war das ihr erster richtiger Kuss gewesen, und es war ihr verdammt peinlich, es erst in diesem Alter erlebt zu haben. Die meisten Mädchen erlebten ihren ersten Kuss im Teenageralter, aber Alex hatte derart abgeschirmt gelebt, dass sie ihren ersten Kuss mit achtundzwanzig von Luke bekommen hatte. Das war doch irgendwie … nicht richtig.

Sie rückte ihre Bluse zurecht, sodass der Ausschnitt etwas tiefer war. Manchmal war es so unglaublich langweilig, immer das brave Mädchen zu spielen. Heute würde sie versuchen, einfach normal zu sein, und sie würde sich amüsieren.

* * *

Luke rückte seine Baseballkappe zurecht, als der kleine senfgelbe Wagen am Straßenrand hielt. Da weder der Fahrer noch die Person, die auf dem Rücksitz saß, ausstiegen, schöpfte er Verdacht und beugte sich vor, um durch das Fenster zu schauen. Und da entdeckte er Alex, die ihre große dunkle Sonnenbrille trug sowie die schreckliche Perücke, die sie garantiert in einem Kostümgeschäft gekauft hatte, und ihn nervös anlächelte. Aber ihr strahlendes Lächeln war durch und durch Alex, und er musste es einfach erwidern, als er einstieg und sich neben sie setzte.

»Hey, Prinzessin.«

»Hi«, erwiderte sie und klang dabei nervös und atemlos. »Hat man dich erkannt? Müssen wir auf einem Umweg aus der Stadt fahren? Sollten wir ...«

Er schüttelte den Kopf. »Es ist alles gut. Die Leute erkennen Promis nur, wenn sie auch damit rechnen, einen zu sehen. Die meiste Zeit können wir völlig unbehelligt herumlaufen.« Als sie ihn skeptisch ansah, nahm er ihre Hand und drückte sie. »Ganz bestimmt. Vertraust du mir?«

Nach einem Augenblick nickte sie.

»Dann können wir doch darauf verzichten, oder?« Er nahm ihr die Sonnenbrille ab, damit er ihre wunderschönen Augen sehen konnte. Das war schon viel besser. Er sah sie so gern an, vor allem, wenn ihr Grübchen zum Vorschein kam, so wie jetzt.

»Jetzt kann ich wenigstens etwas sehen«, meinte sie keck. »Im Dunkeln ist diese Sonnenbrille wirklich ein Graus.«

Luke grinste und spielte mit einer Locke ihrer Perücke herum. »Willst du die nicht auch abnehmen?«

Sie schien kurz nachzudenken. »Kann ich mir deine Baseballkappe ausleihen, falls es erforderlich wird?«

»Aber klar.«

Alex hob eine Hand und nahm sich die Perücke ab, unter der ihr geflochtenes blondes Haar zum Vorschein kam. Sie zog einige Haarnadeln heraus und fuhr sich mit den Fingern durch ihre Mähne. Jetzt fiel ihr das Haar über die Schultern, wodurch sie leicht zerzaust, aber auch sehr lebendig und so wunderschön aussah, dass sein ganzer Körper darauf reagierte. »Besser?«

»Viel besser.«

Sie schenkte ihm ein schüchternes Lächeln. »Ich hoffe, du hast nichts dagegen, dass wir das Abendessen in einem anderen Land einnehmen. Es gibt da ein wundervolles kleines Restaurant gleich jenseits der Grenze zu Frankreich. Oder ist dir das nicht anonym genug?«

»Frankreich klingt gut. Und mein echter Name ist nicht Houston, daher ist das kein Problem. Aber was ist mit dir?«

Sie zuckte mit den Achseln. »Ich überquere regelmäßig die Grenze. Wir werden sie einfach bitten, diskret zu sein.« Ihre kleine Hand lag zwischen ihnen auf dem Sitz, und das kam ihm irgendwie nicht richtig vor. Daher nahm er sie und verschränkte die Finger mit ihren. Es fühlte sich gut an, sie zu berühren, selbst auf diese harmlose Weise.

Sie biss sich auf die Unterlippe, lächelte aber und rutschte auf dem Sitz etwas näher an ihn heran.

Da sie nach Frankreich fuhren, ging er davon aus, dass sie eine Weile im Wagen sitzen würden, und er war völlig zufrieden damit, Alex' Fingerknöchel mit dem Daumen zu streicheln und ihr dabei zuzuhören, wie sie leise über das Wetter sprach und interessante Stellen erwähnte, an denen sie im Dunkeln vorbeifuhren. An der Grenze hielten sie kurz an und sprachen mit dem dort postierten Beamten, doch der war sehr nett, überprüfte nur schnell ihre Ausweise und ließ sie dann weiterfahren. Luke war überrascht, als sie eine Viertelstunde später bereits auf den Parkplatz eines Restaurants fuhren, und auch ein wenig enttäuscht. »Ich dachte, wir würden länger unterwegs sein.«

Alex kicherte und entzog ihm ihre Hand. »Bellissime ist

ziemlich klein, falls du das vergessen hast. Wir sind das drittkleinste Land der Welt mit gerade mal etwas über vierzig Quadratkilometern und drei Städten.«

»Wow. Ich kenne Leute, deren Grundstücke größer als vierzig Quadratkilometer sind.«

»Das bezweifle ich nicht. In Amerika ist vieles anders, nicht wahr?«

Es war anders, aber er konnte nicht behaupten, dass er Bellissime deshalb weniger mochte; vielmehr genoss er hier den Charme der Alten Welt. Das sagte er Alex auch, als er ihr die Tür öffnete und sie dann ins Restaurant führte. Sie bewegte sich steif und war offensichtlich nervös, da sie sich ständig hektisch umsah, was er von ihr so nicht kannte. Daher beugte er sich zu ihr herüber und legte ihr eine Hand an den Rücken. »Ich weiß, dass du eine gute Schauspielerin bist, Prinzessin. Benimm dich einfach locker und normal, dann wird dich niemand beachten.«

»Seltsamerweise komme ich mir aber vor wie auf dem Präsentierteller«, murmelte sie.

Als sie näher an ihn herantrat, stieg ihm ihr Parfüm in die Nase, das leicht nach Zitrusfrüchten und gleichzeitig süßlich und sauber duftete. Es passte zu ihr. Verdammt! Zufälligerweise senkte er den Blick und schaute in den Ausschnitt ihrer lockeren Bluse, und schon presste sich seine Erektion gegen den Reißverschluss seiner Jeans. Sie mussten schnellstmöglich einen Platz in einer dunklen Nische finden.

»Bon soir«, begrüßte sie der Maître, als sie hereinkamen. *»Vous voulez une table pour deux?«*

»Frag ihn, ob wir eine Art Separee haben können«, raunte Luke ihr ins Ohr und beugte sich dabei so weit zu ihr herüber, dass seine Lippen ihre Haut berührten, weil er einfach nicht anders konnte.

Sie hielt zwei Finger in die Luft. *»Nous voudrions bien une cabine privée, s'il vous plaît.«*

»Mais bien sûr. Suivez-moi s'il vous plaît.«

Alex nahm Lukes Hand und zog ihn mit sich. Er musste ihr zugutehalten, dass sie durch das Restaurant ging, als hätte sie hier das Sagen, und er war sich ziemlich sicher, dass sich nicht ein einziger der anderen Gäste nach ihnen umdrehte. Das war gut. Rasch nahm er die Baseballkappe ab, und als sie zu ihrem Tisch im hinteren Teil des Restaurants geführt wurden, stellte er zufrieden fest, dass dieser durch hohe Wände vom restlichen Teil abgetrennt war und sie hier ihre Ruhe haben würden. Die Einzigen, die sie jetzt noch sehen konnten, waren die Kellner, die ständig die Küche in der Nähe betraten oder verließen.

Nachdem sich Alex hingesetzt hatte, nahm er ebenfalls Platz. Ihr Kellner rasselte einige Sachen auf Französisch herunter, mit denen er nichts anfangen konnte, und Alex lächelte und lauschte dem Mann aufmerksam. *»Bon. Merci«*, sagte sie dann.

»Was hat er da alles runtergespult?«, wollte Luke wissen, sobald sie allein waren.

»Er sagte, er wäre schon ewig einer deiner größten Fans und möchte nachher zu deinem Hotelzimmer kommen, um dir eine heiße Massage zu verpassen«, meinte sie verschmitzt.

Luke schnaubte und nahm ihre Hand, um sie erneut zu streicheln. »Netter Versuch. Was hat er wirklich gesagt?«

»Sprichst du kein Französisch?«

Er schüttelte den Kopf. »Du redest hier mit einem sehr

ungebildeten Mann, Alex. Ich kann von Glück reden, dass ich nicht in Englisch durchgefallen bin.« Eigentlich war er sich auch da nicht mal so sicher, sondern vermutete eher, dass sein Schulabschluss genau an diesem Punkt gescheitert war. Aber das erzählte er ihr lieber nicht, da sie ihn ohnehin schon in so vielen Belangen übertrumpfte. »Sprichst du viele Sprachen?«

»Nur ein paar. Französisch, Italienisch, Spanisch, Deutsch und ein bisschen Portugiesisch, auch wenn ich zugegebenermaßen sehr viel raten muss.« Ihr sanftes Lächeln gab ihm zu verstehen, dass sie ihn gerade nicht auf den Arm nahm.

»Das nennst du ›ein paar‹? Meine Fresse.«

Alex musterte ihn besorgt. »Du vergisst, dass wir ein kleines europäisches Land sind. All diese Sprachen werden tagtäglich um uns herum gesprochen, daher wäre es unhöflich, sie nicht zu beherrschen.«

Tja, dann war er wohl ein sehr unhöflicher Kerl, aber manchmal kam er sich in ihrer Gegenwart auch vor wie ein Idiot.

Er ließ sie die Bestellung übernehmen, da sie die Sprache fließend sprach, und das kam ihm wie ein merkwürdiger Rollentausch vor. Sie schien sein Unbehagen jedoch nicht zu bemerken, was vermutlich daran lag, dass sie nicht besonders oft mit Männern ausging. Der Wein, den sie bestellte, schmeckte köstlich, und er war sehr beeindruckt, als ihr Teller gebracht wurde und voller köstlicher Gemüsestücke und Soßen war. Das noch zischende Steak, das einen Augenblick später vor ihm abgestellt wurde, bewies ihm, dass sie ihn besser kannte, als er erwartet hatte.

»Auf unsere erste Verabredung?«, fragte sie und hob ihr Weinglas.

»Auf die erste von hoffentlich sehr vielen.«

Sie errötete auf höchst reizende Weise, und Luke entspannte sich wieder. Nachdem sie ihre Unterhaltung wieder aufgenommen hatten, begann er, den Abend und Alex' Gesellschaft sehr zu genießen. Sie war klug und witzig und konnte ebenso gut zuhören wie Geschichten erzählen.

Kurze Zeit später war der Rollentausch jedoch vorbei, als die Rechnung gebracht wurde. Alex starrte sie verwirrt an. »Ach herrje.«

»Was ist denn?«

Sie sah ihn peinlich berührt an. »Ich ... Ich habe kein Geld dabei. Daran habe ich nicht einen Gedanken verschwendet, da ich ...«

Er lachte und griff nach der Rechnung. »Mach dir deswegen keine Sorgen, Alex. Ich regle das schon.«

»Okay.« Sie lächelte ihn nervös an. »Aber ich komme mir wirklich sehr dumm vor, dass ich etwas so Selbstverständliches vergessen habe.«

Etwas Selbstverständliches, das in ihrer Welt keine Bedeutung zu haben schien. Aber er konnte auch nachempfinden, wie sie sich fühlte. Sie befanden sich gerade beide in einer für sie ungewohnten Lage, was auch erklärte, warum ihm dieser ganze Abend irgendwie merkwürdig vorkam.

Luke bezahlte und gab vorsichtshalber auch ein großzügiges Trinkgeld, da er nicht wusste, wie man das in Frankreich so machte. Alex konnte ihm das auch nicht sagen, und es war ihnen zu peinlich, sich bei jemand anderem danach zu erkundigen. Als sie das Restaurant verließen, stand der Mond hoch am Himmel, und ein kalter Nebel hing tief über den Straßen.

»Es sieht wunderschön aus«, meinte Alex und seufzte zufrieden. »Wollen wir noch einen Spaziergang machen? Unten am Fluss ist eine wunderschöne Brücke, die ich dir gern zeigen würde.«

Dann war sie auch noch nicht dazu bereit, den Abend enden zu lassen? »Das klingt gut.« Er nahm ihre Hand und verschränkte die Finger mit ihren. Es war schön, einfach nur mit ihr zusammen zu sein. Wirklich schön.

Sie unterhielten sich über den Film und einige der Szenenänderungen, die Luke mit Alex' Hilfe durchgesetzt hatte, und er erzählte ihr eine Geschichte über etwas, das Nick am letzten Filmset passiert war, die sie beide zum Lachen brachte. Viel zu schnell hatten sie den Fluss erreicht und standen auf der schmalen Brücke.

»Ist das nicht ein wunderschöner Abend?«, fragte Alex leise. »Aber es ist auch schade, dass es so neblig ist, sonst könnte man die Berge in der Ferne erkennen. Im Mondlicht sehen sie wunderschön aus.« Sie erschauerte leicht und verschränkte die Arme vor den Brüsten.

Weil Luke nicht wirklich ein Gentleman war, fiel ihm auf, dass ihre Bluse im feuchten Nebel an ihren Brüsten klebte und dass er ihre Brustwarzen deutlich erkennen konnte, und – großer Gott! – er hätte sie so gern berührt. Mit einem leisen Stöhnen wandte er sich ab und rückte seine Hose zurecht, damit sie seinen, ähm, Enthusiasmus nicht bemerkte.

»Ist alles okay?« Ihre Stimme klang besorgt.

Verdammt, hatte sie sein Stöhnen etwa gehört? Was sollte er jetzt sagen, damit sie nicht gleich durchdrehte? *Ich rücke nur meine Erektion zurecht? Nach einem Blick auf deine Titten habe ich einen Steifen bekommen?* Er entschied sich für eine beschönigte Version der Wahrheit. »Es fällt mir gerade unglaublich schwer, dich nicht zu küssen.«

Alex lachte. »Ich wäre bereit, dieses Opfer zu bringen, wenn du dich darüber freust.«

Er drehte sich zu ihr um und grinste sie an. »Und ich werde auch nicht von den königlichen Wachen erschossen, weil ich mich in der Öffentlichkeit an der Prinzessin vergriffen habe?«

Sie trat etwas näher an ihn heran und griff nach seinem Revers. »Nicht, wenn die Prinzessin möchte, dass man sich an ihr vergreift.« Dann beugte sie sich vor, bis sich ihr Mund – und ihre Brüste, du liebe Güte! – direkt vor ihm befand. »Außerdem bin ich heute Abend nur Alex, falls du das vergessen hast.«

»Zufälligerweise kann ich Alex ganz gut leiden, weißt du.« Er schob eine Hand in ihr Haar, das wild und lockig herunterfiel. Sie schloss die Augen und schien in seinen Armen sehr zufrieden zu sein. Er musste sie einfach anfassen. Sie lehnte sich an ihn und hob das Kinn an, und er küsste sie.

Ihr Mund war weich und süß und schmeckte leicht nach Wein. Luke spürte, wie sie in seinen Armen erschauerte, und er wollte sie trösten, sie wissen lassen, dass alles gut war und dass er sie unglaublich gern küsste. Aus irgendeinem Grund hatte er den Eindruck, dass sie äußerst scheu war, was Intimitäten betraf. Lag das an ihrer Herkunft? Oder war sie tatsächlich so unschuldig, wie sie auf ihn wirkte? Bei der Vorstellung, dass Alex einen anderen

Mann küssen könnte, überkamen ihn Hilflosigkeit und Eifersucht, und er zog sie enger an sich. Sie gehörte ihm, verdammt noch mal.

Sein Kuss wurde immer besitzergreifender. Er schob seine Zunge in ihren Mund und eroberte sie. Als sie ein leises Stöhnen ausstieß, verspürte er einen gewissen maskulinen Stolz, und sie lehnte sich immer enger an ihn, als würde ihr Leben davon abhängen, dass sich ihre Lippen nicht voneinander lösten. Er begehrte sie. Am liebsten hätte er sie mit in sein Hotelzimmer genommen, ihr diese verführerische Bluse ausgezogen und ihre Brüste enthüllt, die ihn schon den ganzen Abend lockten, ihr die enge Jeans von den langen Beinen gestreift und herausgefunden, wie sie nackt aussah. Er wollte eine Faust in ihren Haaren ballen und sie lieben und ...

Ach, verdammt, er durfte nicht vergessen, dass sie eine Prinzessin war. Eigentlich konnte er schon von Glück reden, dass er überhaupt mit ihr sprechen durfte.

Widerstrebend löste er sich von ihr und ignorierte ihren leisen Protest. »Du zitterst ja«, stellte er fest und rieb ihr die Arme. »Soll ich dir meine Jacke geben?«

»Bietest du mir etwa gerade an, dich für mich auszuziehen, Luke Houston?« Sie legte den Kopf schief und schaute ihn keck an, aber ihre Stimme klang leise und atemlos, und ihre Lippen waren nach den Küssen leicht geschwollen. Himmel, sie sah so unfassbar sexy aus. Zum Anbeißen. Wieso hatte sich noch niemand diese hinreißende Frau geschnappt und dafür gesorgt, dass sie die Seine wurde? Warum war sie noch single? Die Männer aus ihren Kreisen mussten alles Idioten sein. Sie war die umwerfendste Frau, die er je gesehen hatte, und in Hollywood waren ihm mehr als genug heiße Frauen über den Weg gelaufen.

»Möchtest du denn, dass ich mich für dich ausziehe, Prinzessin? Denn das würde ich tun.«

Sie riss die Augen auf und klammerte sich an ihn. »Vielleicht … Nicht heute. Aber schon bald.« Sie klang enttäuscht und krallte die Finger in sein Hemd.

Ihre Hände waren eiskalt, und er bekam ein schlechtes Gewissen. Es war doch kein Wunder, dass sie fror. Sie hielten sich in den Bergen auf, und die Luftfeuchtigkeit war hoch. Sofort zog er sein Jackett aus und legte es ihr um die Schultern. »Du sollst dich ja nicht erkälten, Prinzessin. Dann könntest du nächste Woche ja nicht mehr an den Set kommen.«

Sie schob die Arme durch die Ärmel und wickelte das Jackett eng um sich, wobei sie aussah wie ein Kind, obwohl sie beinahe gleich groß waren. Aber er hatte eindeutig breitere Schultern als sie. Ihr Lächeln war verschmitzt. »Möchtest du denn wirklich, dass ich wieder an den Set komme? Nicht, dass es irgendwann langweilig wird, mich dort zu sehen.«

»Auf gar keinen Fall.« Die Vorstellung, sie nicht mehr zu sehen, war unerträglich … Ihm war klar, dass er dann den Verstand verlieren würde. Vielleicht würde er dann einfach vor dem Palast auftauchen und verlangen, dass sie erneut mit ihm ausging.

Alex wurde ganz still, und ihre Miene sah mit einem Mal besorgt aus. »Ich bin nicht sehr gut in diesen Dingen, Luke.«

»Worin bist du nicht gut?«

»Darin, mit Männern auszugehen.« Sie zupfte an seinem

Ärmel herum. »Das mag jetzt vielleicht sehr direkt von mir sein, aber ich bin die Kronprinzessin und warte im Allgemeinen nicht darauf, dass etwas passiert. Auch wenn ich irgendwo mal gelesen habe, dass Frauen einem Mann, den sie gern haben, erst einmal die kalte Schulter zeigen sollen, kommt das für mich schlichtweg nicht infrage. Daher würde ich gern wissen, ob wir uns wiedersehen werden. Du kannst dich natürlich weigern und musst dir keine Sorgen machen, dass du meine Gefühle verletzen könntest.«

Er konnte sich weigern? Nachdem er sie gerade geküsst hatte, als gäbe es für ihn nichts Schöneres auf der Welt? Wohl kaum! »Muss ich dich erst noch einmal küssen, um dir zu zeigen, was ich für dich empfinde?«

»Das könntest du tun«, erwiderte sie und trat näher an ihn heran.

Er legte ihr die Hände auf die Wangen und küsste sie, bis sie wie Wachs in seinen Armen lag und erneut leise seufzte. »Ich möchte dich wiedersehen, Prinzessin Alex was auch immer«, murmelte er. »Aber wie fangen wir das an?«

Sie kicherte. »Sollen meine Leute deine Leute kontaktieren?«

Das war eine furchtbare Antwort ... aber vermutlich auch die realistischste. »Warum ist es nur so schwer, wenn sich zwei Menschen einfach verabreden wollen?«

Sie zuckte mit den Achseln und schlang die Arme um seine Taille. »Weil wir keine normalen Menschen sind?«

»Ich könnte damit leben, dass wir ›nicht normal‹ sind, wenn ich dich dann öfter sehen kann.«

Das Funkeln in ihren Augen, als sie zu ihm aufblickte, war einfach unbeschreiblich.

7

Am nächsten Morgen hing Alex beim Frühstück ihren Tagträumen nach, als eine der großen weißen Katzen ihrer Großmutter auf den Tisch sprang und an ihrem Teller vorbeischlenderte. Alex griff nach ihrer Toastscheibe und schob sie aus dem Weg, ohne auch nur mit der Wimper zu zucken, da sie mit ihren Gedanken ganz woanders war.

Beispielsweise bei Lukes Jackett, das sie noch immer hatte und das leicht nach seinem Aftershave duftete. Bei ihren Küssen auf der Brücke und der Art, wie er mit ihr gesprochen hatte, als würden sie einander ihre Geheimnisse anvertrauen. Bei den kleinen Witzen, die sie beide gemacht hatten. Bei der Art, wie er beim Gehen die Finger mit ihren verschränkt hatte.

Der Luke Houston aus den Filmen war sexy und dynamisch. Aber der echte Luke Houston war einfach ein Traummann. Sie biss von ihrem trockenen Toast ab und musste lächeln. Morgen würde er wieder am Set sein, und sobald sie das Frühstück mit ihrer Großmutter hinter sich gebracht hatte, würde sie vorbeigehen …

»Alexandra.« Die durchdringende Stimme ihrer Großmutter war noch immer kräftig genug, um durch den ganzen Raum zu hallen.

»Ja, Großmutter?« Alex setzte sich gerade hin und kam sich vor wie ein ungezogenes Kind, als sie zu ihrer Großmutter hinüberschaute. Königin Alexandra Olivia I. war schon über achtzig, aber noch immer eine beeindruckende Dame … meistens zumindest. Zwar kam es zuweilen schon mal vor, dass sie ein wenig verwirrt und müde wirkte, doch an den meisten Tagen war sie noch ebenso scharfsinnig und gewitzt wie in ihrer Jugend. Alex liebte sie … aber sie hatte auch ständig Angst, sich ihr Missfallen zuzuziehen. Ihre Großmutter konnte dickköpfig und unerbittlich sein, wenn sie eine andere Meinung hatte als Alex, und sie waren schon häufiger aneinandergeraten.

»Was hältst du von Roderick?«

Roderick? Alex rutschte auf ihrem Stuhl herum und versuchte, sich auf das Gespräch zu konzentrieren. Der einzige Roderick, den sie kannte, war einer ihrer Cousins, der ebenfalls der Königsfamilie angehörte. »Meinst du Cousin Roderick?«

»Ja. Hast du vor zu heiraten, und falls ja, was hältst du von ihm?« Die Adleraugen ihrer Großmutter musterten Alex über den gewaltigen Esstisch hinweg, und die Königin blätterte beiläufig eine Seite in der Zeitung vor sich um.

Der Toastbissen, den Alex gerade im Mund hatte, wollte auf einmal nicht ihre Kehle herunterrutschen. Ob sie heiraten wollte? Und dann auch noch Roderick? Sie schluckte schwer und nippte an ihrem heißen Tee. »Ich … Ich weiß nicht. Eigentlich habe ich noch gar nicht über eine Ehe nachgedacht.«

Ihre Großmutter faltete die Zeitung zusammen und schob sie ihrer Enkelin zu, was diese sehr überraschte. »Dann willst du mir damit also sagen, dass das hier nur eine Affäre ist?«

Mit zitternden Händen nahm Alex die Zeitung hoch.

Die Katze miaute und rieb sich an ihrer Hand, aber Alex ignorierte sie. Auf dem Titelblatt der Bellissime-Nationalzeitung war Alex zu sehen, wie sie Luke auf der Brücke in Frankreich küsste. »Der Hollywoodliebhaber der Prinzessin« lautete die Schlagzeile. Darunter stand etwas kleiner: »Skandal im Königspalast oder von der Königin gebilligt?«

Alex schluckte schwer und kam sich jetzt erst recht wie ein ungezogenes Kind vor. »Ich …«

»Du hast mich nicht um Erlaubnis für diese Verabredung gebeten.« Die Stimme der Königin klang vernichtend. »Dabei kennst du die Regeln, Alexandra. Wir sind die Stimme des Volkes von Bellissime. Wir repräsentieren es in unseren Taten und Worten. Was glaubst du wohl, was für eine Botschaft du durch so etwas vermittelst?«

Dass Luke Houston einfach unwiderstehlich ist? Dass ich auch nur ein Mensch bin und mich in einen attraktiven Mann verliebt habe? »Es tut mir leid …«

»Es muss dir nicht leidtun«, fiel ihr die Königin ins Wort. »Sag mir lieber, wie die Reaktion des Palasts darauf deiner Meinung nach aussehen sollte. Ist dies eine Affäre wie eine dieser geschmacklosen Liebeleien, die deine Mutter in Monaco zu pflegen beliebt und die ich geflissentlich ignoriere?«

Alex riss die Augen auf. Ihre Großmutter wusste Bescheid?

Die alte Dame winkte mit einer mit zahlreichen Ringen behängten Hand ab. »Ich bin nicht dumm, Alexandra. Und ich weiß, dass deine Mutter sehr lange Zeit unglücklich gewesen ist. Solange sie diskret ist und da sie aus der Thronfolge ausgeschieden ist, interessiert sich niemand dafür. Aber du bist meine Erbin.« Sie starrte Alex eindringlich an. »Und?«

Alex konnte den Blick nicht von dem Foto abwenden. Es war zwar körnig, aber eindeutig auf dieser Brücke aufgenommen worden. Darauf sah sie mit ihrem offenen Haar so unangemessen, aber auch so überaus … glücklich aus. Normalerweise posierte sie immer perfekt für die Fotografen, und sie hatte jahrelang geübt, wie sie die Hände halten, den Kopf bewegen und wie viel Zähne sie zeigen musste. Doch dieses Bild war nicht gestellt, und es sah einfach … wunderbar aus. Sie wollte mehr davon. »Es ist nicht nur eine Affäre«, gestand sie leise. »Ich mag ihn sehr und würde gern öfter mit ihm ausgehen.«

»Dann wird der Palast eine entsprechende Presseerklärung herausgeben.« Ihre Großmutter legte sich eine Serviette auf den Schoß und griff nach ihrer Teetasse. »Die Prinzessin ist in einer Beziehung mit einem Amerikaner und möchte, dass ihre Privatsphäre gewahrt bleibt.«

Alex konnte es nicht fassen. »Du … Du bist damit einverstanden? Wirklich?«

Das runzlige Gesicht der Königin wurde sanfter. »Alexandra, Liebes, du bist meine Erbin, aber vor allem bist du meine Enkelin. Ich liebe dich und deine Mutter sehr, und ich weiß nur zu gut, dass deine Mutter der Krone zuliebe eine unglückliche Ehe ertragen musste. Es tut mir in der Seele weh, dass ich sie dazu gedrängt habe, auch wenn du aus dieser Ehe hervorgegangen bist. Aber wenn ich dir dasselbe traurige Schicksal ersparen kann, dann werde ich alles dafür tun.«

»Danke.« Alex wäre am liebsten aufgestanden und hätte ihre Großmutter umarmt, aber so etwas taten sie nun einmal nicht. Daher gab sie sich damit zufrieden, die alte Dame über den Tisch hinweg anzulächeln. »Ich bin so froh, dass du mich verstehst.«

Die Königin zwinkerte ihr einfach nur zu.

* * *

Auf der anderen Seite der Stadt starrte Luke entsetzt das Foto auf dem Titelblatt der Zeitung an. Die Schlagzeile sprang ihm förmlich ins Gesicht: »Der Hollywoodliebhaber der Prinzessin«. Man hatte sie auf der Brücke fotografiert, wie Alex sich an ihn presste und ihr offenes Haar vom Wind aufgewirbelt wurde. Dabei hatte er ihr doch geschworen, dass man sie nicht erkennen und in Ruhe lassen würde.

Doch da hatte er sich offenkundig geirrt, und jetzt kam er sich deswegen wie ein Mistkerl vor.

Doch seine Presseagentin war begeistert.

»Großer Gott, Luke. Du machst wirklich keine halben Sachen, was?«, säuselte Beckee ins Telefon. »Können wir eine Presseerklärung herausgeben? Bitte. Bittebittebitte!«

»Auf gar keinen Fall«, erklärte Luke und warf die Zeitung beiseite. Er rieb sich frustriert das Gesicht. »Mir wäre es lieber, wenn deswegen möglichst wenig Tamtam gemacht wird.«

»Willst du mich verarschen?« Beckee kreischte so laut, dass er das Telefon vom Ohr weghalten musste. »Der heißeste aufstrebende Hollywoodschauspieler ist mit einer europäischen Prinzessin zusammen. Diese Story wird nicht einfach wieder verschwinden, mein Freund. Das kannst du vergessen. Du wirst in jeder Klatschzeitung zu finden sein. Aber wenn wir es richtig angehen, kannst du davon profitieren. Daher sollten wir …«

»Wir geben keine Erklärung heraus.« Er musste mit Alex reden. Sich entschuldigen. Irgendetwas tun. Sie war bestimmt am Boden zerstört. Würde sie jetzt überhaupt noch mit ihm ausgehen wollen?

»Luke, wir müssen darüber reden.« Inzwischen klang Beckee richtiggehend genervt. »Das ist die beste Publicity, die du dir für den Film wünschen könntest, es sei denn … Mir fällt gerade etwas ein. Könntest du die Beziehung mit ihr erst anfangen, wenn der Film in die Kinos kommt?«

»Ich werde jetzt auflegen«, sagte Luke und tat das dann auch. Mann, was für ein Schlamassel. Er starrte die Decke seines Hotelzimmers an. An manchen Tagen war es die Hölle, Schauspieler zu sein. Wo war der Spaß an der Rolle geblieben? Daran, sich in einer Figur zu verlieren? Sein Gesicht auf der Leinwand zu sehen? Jetzt schien es nur noch darum zu gehen, wer gerade mit wem zusammen war.

Kaum hatte er sein Handy hingelegt, da bekam er auch schon eine SMS.

Beckee: *Was ist mit einem Exklusivinterview? Wärst du damit einverstanden? Nur ein kleiner Fernsehsender! Eine Late-Night-Show. Keine große Sache.*

Nick: *Ich kann es nicht fassen, dass du mich so hintergehst. Nach allem, was ich für deine Karriere getan habe. RUF MICH AN!*

Tony: *Hey, Bruderherz. Ich hab dein Foto mit der Prinzessin gesehen. Ist sie deine Alibifreundin, oder ist es eher umgekehrt? LOL.*

Beckee: *Media Weekly will dich auf dem Cover haben!!! Können wir eine Erklärung abgeben? Bitte! Nur eine ganz kurze!*

Er schaltete sein Handy aus. Wenigstens summte es jetzt nicht mehr ständig, weil er neue Nachrichten bekam. Vielleicht wäre es das Beste, wenn er duschte, sich anzog und ins Fitnessstudio des Hotels ging. Wenn er sich beim Training richtig anstrengte, wäre er hoffentlich in der Lage, diesen ganzen Mist für eine Weile zu vergessen. Nachdem er sich eine Jogginghose und Turnschuhe angezogen hatte, trat er aus einer Laune heraus auf den Balkon und schaute nach unten.

Vor dem Hoteleingang stand eine ganze Traube an Reportern mit Kamera in der Hand und wartete gespannt. So weit sein Blick reichte, waren die schmalen Straßen von Bellissime mit Autos verstopft, und lautes Hupen hallte durch die Luft, als genervte Autofahrer versuchten, sich einen Weg durch die Wartenden zu bahnen.

Verdammt. Warteten die alle auf ihn?

Während er heruntersah, fuhr eine schwarze Limousine, auf deren Motorhaube zwei winzige Flaggen von Bellissime flatterten, vor. Die Fotografen versammelten sich darum, und Luke verkrampfte sich. Wollte ihn die Prinzessin etwa im Hotel besuchen? Auf einmal schien das gar keine so schlechte Idee mehr zu sein. Er konnte nicht anders und musste am Fenster stehen bleiben, und als die Tür geöffnet wurde, hielt er den Atem an.

Ein Mann im schwarzen Anzug stieg aus. Frustriert wandte sich Luke ab und zog die Vorhänge zu. Jetzt benahm er sich schon wie ein trübsinniger Teenager. Es wurde Zeit, dass er mal für eine Weile an etwas anderes dachte, und darum musste er jetzt unbedingt ins Fitnessstudio. Er befestigte seinen MP3-Player am Arm und verließ das Zimmer, um durch den Flur in Richtung Fahrstuhl zu gehen.

Als er gerade davor ankam, wurden die Türen geöffnet und ein Mann im schwarzen Anzug und mit Chauffeursmütze kam heraus, der Luke überrascht anstarrte. »Mr Houston?« Er reichte ihm einen Umschlag.

Luke zog die Kopfhörer aus den Ohren und betrachtete das Kuvert. »Was ist das?« Auf dem roten Teppich waren ihm schon die verrücktesten Dinge in die Hand gedrückt worden, aber das hier schien wirklich nur ein simpler Briefumschlag zu sein.

»Ich glaube, das ist eine Einladung, Sir.« Der Mann verschränkte die Hände und wartete.

Doch Luke behielt den Umschlag nur in der Hand. Als der Chauffeur keine Anstalten machte zu verschwinden, musterte er ihn irritiert.

»Ich soll auf Ihre Antwort warten, Sir.«

»Ah.« Luke riss den Umschlag auf und zog die Karte heraus. Sie war eierschalenfarben und auf der Vorderseite prangte das Wappen von Bellissime. Im Inneren stand ordentlich gedruckt: *Ihre Königliche Hoheit Kronprinzessin Alexandra Olivia III. lädt Sie ein, heute mit ihr das Dinner einzunehmen. Um Punkt neunzehn Uhr wird ein Wagen für Sie bereitstehen.*

Darunter war in einer femininen Handschrift etwas hinzugefügt worden: *Ich hoffe, du bist jetzt nicht sauer. Kommst du heute Abend zum Essen? Ich verspreche dir, dass wir dort mehr Privatsphäre haben werden als auf der Brücke. Liebe Grüße, Alex.*

Ein Lächeln stahl sich auf seine Lippen. Junge, Junge, sie verlor wirklich keine Zeit, was? Das war ziemlich mutig und auch ganz schön draufgängerisch von der schüchternen Prinzessin. Er vermutete, dass sie das Foto in der Zeitung gesehen hatte und davon ausging, dass es ihm auch nicht entgangen war. Daher ging sie eben einfach aufs Ganze. Wenn er wirklich an ihr interessiert war, dann gab sie ihm – ungeachtet des Fotografenmobs, der sie jagte – eine Chance. War ihm das jedoch alles zu viel, dann konnte er die formelle Einladung einfach höflich ablehnen, ohne ihre Gefühle groß zu verletzen.

Er schob die Karte wieder in den Umschlag und schaute den wartenden Chauffeur an. »Lässige oder formelle Kleidung?«

»Palastkonform-lässig, Sir.«

Das hieß vermutlich, dass er auf die Krawatte, aber nicht auf das Jackett verzichten konnte. »Bitte teilen Sie der Prinzessin mit, dass ich die Einladung annehme.«

Der Mann nickte und verschwand in der Fahrstuhlkabine.

Luke wartete, bis er weg war, und steckte sich dann den Umschlag in die Tasche. Dabei konnte er sich ein Lächeln nicht verkneifen. Heute Abend würde er Alex wiedersehen, seine gerissene Prinzessin.

Er konnte es kaum erwarten.

8

Drei Wochen später

Die Medien drehen völlig durch«, teilte Beckee Luke mit. Er saß auf dem Rücksitz der Limousine, die man ihm geschickt hatte, und seine aufgeregte Presseagentin konnte gar nicht mehr aufhören zu plappern. »Seit Wills und Kates Hochzeit sind die Leute nicht mehr so verrückt nach einer Königsfamilie gewesen. Und da die Prinzessin jung und hübsch ist und du der berühmte Luke Houston bist, kriegen sich die ganzen Reporter gar nicht mehr ein.« Er konnte hören, wie Beckee auf ihrem Schreibtisch mit Papier raschelte. »Ich werde hier überhäuft mit Anfragen von Leuten, die dich in ihrer Show haben wollen – Barbara Walters, Oprah, sie sind alle heiß auf dich. Das ist der reinste Wahnsinn!« Sie klang völlig begeistert.

Sie glaubte, das wäre der Wahnsinn? Sie hatte ja keine Ahnung. Luke schnitt eine Grimasse und schaute aus dem Fenster der langsam fahrenden Limousine. In Bellissime waren die Medien noch viel schlimmer. Es sah fast so aus, als wären Fotografen und Reporter aus jedem europäischen Land hergekommen und versuchten, ihn und Alex zusammen zu erwischen. Sie gingen ihm im Hotel auf die Nerven. Sie standen vor den Türen, wenn er an den Set kam. Sie umzingelten den Wagen, den Alex ihm jedes Mal schickte, um ihn zu einer ihrer Verabredungen abzuholen.

Die Leute hatten sogar schon angefangen, ihre Zelte vor den Toren des Königspalastes aufzuschlagen, nur um ein Foto von ihm oder von ihr schießen zu können. So langsam befürchtete er schon, nicht mal mehr auf die Toilette gehen zu können, ohne dass ihn ein ganzer Haufen Bodyguards begleitete. Privatsphäre war zu etwas geworden, das es für ihn nicht mehr gab, dabei hatte Luke geglaubt, nach all den Jahren, die er jetzt in Hollywood an seiner Karriere arbeitete, wäre er inzwischen an alles gewöhnt.

Wie sich herausgestellt hatte, nahm das Ganze jedoch unfassbare Ausmaße an, sobald man eine Beziehung mit einer Prinzessin anfing. Verdammt, inzwischen folgte man ihnen sogar per Hubschrauber in der Hoffnung, ein Foto von ihnen machen zu können.

War sie diesen ganzen Wahnsinn denn wirklich wert?

Und ob sie das war!

Es war die reinste Freude, in Alex' Nähe zu sein. Er hatte noch nie jemanden wie sie kennengelernt. Sie war witzig, verspielt, intelligent, konnte sich über jedes Thema mit ihm unterhalten und überraschte ihn immer wieder. In Gesellschaft war sie sehr selbstbewusst, doch wenn es um ihn und das Küssen ging, wurde sie schüchtern. Luke war von ihr wie besessen. Er träumte nachts von ihr, hatte nach dem Aufwachen allein sie im Kopf, und es fiel ihm schwer, sich weiterhin auf den Film zu konzentrieren, weil er seine Zeit viel lieber mit ihr verbringen wollte. Er war ihr mit Haut und Haaren verfallen, was er noch bei keiner anderen Frau erlebt hatte.

Beckee redete weiterhin auf ihn ein, aber er hörte ihr schon gar nicht mehr zu. Viel lieber dachte er an Alex, was er in letzter Zeit sowieso ständig tat. Heute Abend wollten sie in Ruhe im Palast essen, weil sie bei ihrem letzten Versuch, ein Restaurant zu besuchen, trotz ihrer Verkleidung von Fotografen belästigt worden waren. Außerdem gab es da noch die königlichen Gärten, und Luke hoffte, mit Alex darin verschwinden zu können, um im Dunkeln noch ein bisschen herumzuknutschen. Da sie ansonsten ständig von anderen Menschen umgeben waren, kamen die Intimitäten einfach zu kurz – was jedoch nicht daran lag, dass sie es nicht versuchten. Es war vielmehr so, als würden ständig Funken zwischen ihnen sprühen, die jedoch von anderen Menschen in ihrer Umgebung immer wieder gelöscht wurden. Es war unglaublich frustrierend.

»Möchten wir etwas zu dem Superhelden-Drehbuch sagen, das dir angeboten wurde, um deinen Fans ein bisschen Futter zu geben?«

»Hm?« Luke versuchte, ihr aufmerksamer zuzuhören. »Welches Superhelden-Drehbuch?«

»Gibt es mehr als eins? Ich rede von dem Big-Budget-Projekt.«

Tatsächlich hatte er allein in der letzten Woche vier Angebote bekommen, alles Actionfilme oder Blockbuster. Selbstverständlich war er begeistert ... aber auch ein bisschen enttäuscht, dass ihm die Rollen nicht etwa aufgrund seiner schauspielerischen Leistung angeboten wurden, sondern weil er mit einer Prinzessin zusammen war. All das sorgte dafür, dass sein Zynismus in Bezug auf seinen Job immer größer wurde und er sich vor den Fans mehr in Acht nahm. Wenn sich die Medien immer so benahmen, dann war ihm das Leben als B-Promi lieber und er wollte gar kein A-Promi sein.

Allerdings sah es ganz danach aus, als könnte er sich das nicht aussuchen.

Die Limousine näherte sich den Palasttoren, vor denen auch jetzt eine große Menschentraube wartete. Neben den üblichen Paparazzi war eine Absperrung errichtet worden, hinter der Mädchen im Teenageralter Schilder hochhielten, auf denen stand: Wir lieben dich, Luke! Du bist der beste Schauspieler von Bellissime!

Ach, das konnte doch nicht wahr sein. »Ich muss jetzt auflegen und ein paar Autogramme geben, Beckee.«

»Na, dann los und erobere die Herzen der Leute, Süßer!«

Er beendete das Gespräch und legte das Handy neben sich auf den Sitz. »Können wir kurz anhalten?«

Der Fahrer – Alex' Fahrer – runzelte die Stirn. »Ich halte das nicht für besonders klug, Sir.«

»Es gehört sich aber so. Ich kann die Kids doch nicht enttäuschen. Lassen Sie mich schnell ein paar Autogramme geben und ein paar Fotos mit ihnen machen, dann bin ich auch schon wieder da.« Er war der Ansicht, wenn jemand schon stundenlang auf ihn wartete, dann war es das Mindeste, dass er wenigstens ein Autogramm bekam. Außerdem war es schlechtes Karma, seine Fans zu enttäuschen. Die Paparazzi waren ihm völlig gleichgültig, aber er wollte seine Fans glücklich machen. Schließlich wusste er noch gut, wie es war, als Kind in einen Star vernarrt zu sein. Himmel, er erinnerte sich sogar noch daran, wie er seine Kollegen an seinem ersten Drehtag bewundert hatte.

Der Wagen hielt an, und Luke stieg aus und winkte.

Sofort fing der Mädchenpulk an zu kreischen und wie wild die Schilder zu schwenken. Die Palastwachen vor dem Tor machten ein finsteres Gesicht, blieben jedoch auf ihrem Posten.

»Ich kann nur eine Minute bleiben«, sagte Luke, als die Blitzlichter bereits aufflackerten und die Handys hochgehoben wurden. »Ich wollte nur kurz Hallo sagen und euch für eure Unterstützung danken.« Er trat vor, und schon wurden ihm Fotos zusammen mit Stiften entgegengehalten. Sofort griff er nach dem ersten Bild, begrüßte den Fan, unterschrieb das Foto und posierte für das obligatorische Selfie.

Die Freudenschreie verrieten ihm, dass er diesen Fans gerade eine Riesenfreude bereitete, daher gab er gleich das nächste Autogramm. Die Menge drängte sich gegen die Absperrung, die ins Wanken geriet, woraufhin eine der Wachen vortrat. Einige Leute, die weiter hinten standen, fingen an zu drängeln, und auf einmal bekam Luke fast eine Kamera ins Gesicht.

»Bitte beruhigt euch wieder«, ermahnte er seine Fans und zwang sich, immer weiter zu lächeln. »Ihr bekommt alle ein Autogramm, okay? Aber hört bitte auf zu drängeln.«

»Ich liebe dich, Luke!«, kreischte jemand aus den hinteren Reihen.

»Ich dich auch«, erwiderte er, und alle lachten.

Luke unterschrieb noch ein Foto und beugte sich vor, damit das Mädchen ein Selfie mit ihm machen konnte. Da sie sehr klein war, hockte er sich vor die Absperrung, doch auf einmal drängte die Menge erneut nach vorn und jemand packte sein Hemd. Auch andere Hände griffen nach ihm, und das Kreischen wurde ohrenbetäubend.

Einen Augenblick später wurde er nach hinten gezerrt

und prallte mit dem Hinterkopf gegen das metallische Absperrgitter. Er spürte noch einen steckenden Schmerz, und dann wurde ihm schwarz vor Augen.

* * *

»Mr Houston ist verletzt.« Lady Margaret kam in Alex' Zimmer gerannt.

Alex, die an ihrer Frisierkommode gesessen und ihr Handy angestarrt hatte, sprang sofort auf. Die Königin war der Ansicht, dass Handys nicht standesgemäß wären, aber Alex hatte sich »vorsichtshalber« doch ein privates Handy angeschafft, sodass Luke ihr Nachrichten schicken konnte. Gerade hatte sie sehnsuchtsvoll eine davon noch einmal gelesen. Jetzt legte sie das Handy weg und zog den Gürtel ihres Seidenbademantels enger zu. Sie war in Kürze mit Luke verabredet und wollte sich eigentlich gleich ankleiden. »Was?«

»Er ist verletzt worden. Er hat vor dem Tor Autogramme gegeben, und ein paar Fans haben ihn angegriffen. Dabei ist er mit dem Kopf gegen die Absperrung gestoßen und hat das Bewusstsein verloren.« Margaret rang die Hände. »Was sollen wir denn jetzt machen?«

Alex' Brustkorb zog sich vor Schreck zusammen. *Oh, Luke. Hoffentlich ist dir nichts Schlimmes passiert.* »Bringen Sie mich zu ihm.«

»Aber ...« Margaret war entsetzt. »Ihr seid nicht angezogen!«

War das jetzt wirklich wichtig? Alex rannte aus ihrem Zimmer und die Treppe herunter. Margaret blieb ihr dicht auf den Fersen. »Wo ist er?«

»Ich glaube, man hat ihn in den Grünen Salon gebracht.«

»Und was ist mit dem Hofarzt? Wurde er bereits gerufen?«

»Das weiß ich nicht …«

»Dann finden Sie es heraus«, blaffte Alex, sprang die letzten Stufen hinunter und hielt auf den Grünen Salon zu. »Und sagen Sie dem Hofsekretär, dass ich ihn brauche!« Sie mussten eine Presseerklärung herausgeben, bevor die Sache außer Kontrolle geriet.

Einen Augenblick später stürzte sie in den Salon, und ihr Herz schlug so schnell, dass sie schon glaubte, es würde aus ihrer Brust springen. Da war er; er lag auf einer malvenfarbenen Chaiselongue, war furchtbar blass und ließ die Gliedmaßen herabhängen. Ein Wachmann drückte ihm ein blutverschmiertes Tuch an die Stirn, und ein zweiter ging in der Nähe auf und ab.

Oh, großer Gott!

Die beiden Wachmänner blickten sofort auf, als sie hereingestürmt kam. »Ist er am Kopf verletzt?«

»Ja, Hoheit.« Einer der Männer räusperte sich verlegen und vermied es, Alex in die Augen zu sehen, während er weiterhin das Tuch auf die Wunde drückte. »Er ist hart gegen die Absperrung geprallt. Es wurden einfach zu schnell zu viele Leute.«

»Wir haben den Arzt gerufen«, teilte sie dem Mann mit, nahm ihm den Lappen ab und begutachtete die Wunde. Da war so viel Blut, aber sie wusste auch, dass Kopfverletzungen immer stark bluteten. Sie würde jetzt nicht in Panik geraten. »Wurde die Menge auf der Straße zerstreut?«

»Der Hauptmann der Wache kümmert sich gerade darum, Hoheit.«

»Gut.« Sie streichelte Lukes Wange und hielt Ausschau nach weiteren Wunden, aber ansonsten schien er unverletzt zu sein. Er atmete auch gleichmäßig, wofür sie sehr dankbar war. Ihr Herzschlag beruhigte sich langsam wieder, und sie übernahm die Kontrolle. Immerhin erwartete man das auch von ihr. »Ich habe Margaret gebeten, den Arzt zu rufen, und der Sekretär wird auch gleich hier sein. Ich möchte, dass dieser Raum bewacht wird und kein Ton über das, was hier vorgefallen ist, nach draußen dringt. Haben Sie mich verstanden?«

»Aber natürlich, Hoheit.« Die beiden Wachmänner verbeugten sich.

»Einer von Ihnen sollte etwas Wasser und saubere Kleidung holen. Der andere bezieht draußen vor der Tür Stellung. Außer Margaret und den Personen, nach denen ich geschickt habe, darf niemand hier hereinkommen. Wo hält sich die Königin heute auf?«

»Ich glaube, sie ist bei einer Eröffnung, Hoheit. Eure Mutter urlaubt in Griechenland.«

Sie nickte. Das war gut. Eine Sorge weniger. Je weniger Personen davon wussten, desto besser. »Vielen Dank.«

Die Männer verließen den Raum, und sie war mit Luke allein. Alex legte ihn ganz auf die Chaiselongue und zog ihm die Schuhe aus, damit er es etwas bequemer hatte. Auf einem Sessel in der Nähe lag ein kleines besticktes Kissen, aber er hatte bereits eins unter dem Kopf und sie wollte ihn so wenig wie möglich bewegen. Während sie auf das Wasser und die Kleidung und auch den Arzt wartete, zupfte sie unruhig an Luke herum.

Das war alles ihre Schuld. Alex blickte auf sein attraktives Gesicht hinab und widerstand dem Drang, ihre Lippen auf seine zu pressen. Stattdessen nahm sie seine Hand und verschränkte die Finger mit seinen.

Es musste sich einiges ändern, so viel stand fest.

Luke schlug flatternd die Augen auf und drückte ihre Hand. »Hey, Prinzessin.«

»Beweg dich nicht«, sagte sie leise. »Der Arzt müsste gleich hier sein.«

»Es geht mir gut. Ich habe nur leichte Kopfschmerzen.« Er wollte sich aufsetzen, erstarrte jedoch, als Alex ihn mit einem eisigen Blick bedachte, den sie sonst nur aufsetzte, wenn sie sehr beleidigt war. »Aber ich kann auch genauso gut hier liegen bleiben und mich von dir umsorgen lassen.«

»Das ist schon besser.«

Als der Arzt eintraf, hatte Alex den Großteil des Blutes vorsichtig von Lukes Stirn entfernt, sich ein Kleid übergezogen, das ihr Margaret gebracht hatte, und eine Presseerklärung herausgegeben. Die Medien waren darüber informiert worden, dass Luke vor den Palasttoren ins Straucheln geraten war und bis auf Weiteres auf dem Palastgelände bleiben würde, um vom Arzt behandelt zu werden, und dass es sich dem Anschein nach um keine schwere Verletzung handelte.

Dieses »dem Anschein nach« machte Alex unfassbar nervös. Sie wusste so gut wie nichts über Kopfverletzungen. Daher blieb sie an Lukes Seite und hielt seine Hand, während der Arzt ihn untersuchte.

»Sie haben die Kopfwunde ausgewaschen?«, fragte der Arzt und runzelte die Stirn. »Das hätten Sie mir überlassen sollen. Wenn eine ungewöhnlich starke Blutung aufgetreten wäre, hätte es Probleme geben können.«

Alex erstarrte. »Gibt es denn Probleme?«

Luke drückte wieder ihre Hand. »Es geht mir gut. Wirklich.«

Der Arzt leuchtete Luke mit einer Stiftlampe ins Auge und führte einige Tests durch. »Seine Pupillen haben dieselbe Größe. Es scheint keine Gehirnerschütterung zu sein. Die Wunde muss allerdings genäht werden, und er sollte während der nächsten Tage unter Beobachtung bleiben, um sicherzugehen, dass im Gehirn keine Schwellungen auftreten.«

Schwellungen im Gehirn? Alex bekam es mit der Angst zu tun. »Ich möchte, dass er rund um die Uhr überwacht wird«, erklärte sie. »Wenn Sie dafür einige Kollegen in den Palast holen müssen, dann tun Sie das bitte. Aber es ist mein Wunsch, dass Luke die bestmögliche Pflege erhält.«

»Du wirst mir noch die Finger brechen, wenn du meine Hand weiterhin so fest drückst, Prinzessin«, murmelte er.

Oh. Sie ließ ihn los und fummelte an der Decke herum, mit der sie ihn zugedeckt hatte.

Der Arzt nickte. »Wir werden dafür sorgen, dass er Ruhe bekommt. Keine Telefone, kein Fernsehen und keine Bücher oder Zeitschriften. Sie müssen sich einfach entspannen.«

Luke versuchte, eine Hand an die Stirn zu legen. »Ich muss einen Film drehen.«

»Nein, im Moment gibt es etwas Wichtigeres«, erwiderte sie pikiert und nahm seine Hand, bevor er noch die Wunde anfassen konnte. Dann wandte sie sich wieder an den Arzt. »Er wird bis auf Weiteres hierbleiben.«

Der Arzt runzelte die Stirn. »Ich bin mir nicht sicher, ob sich das ziemt, Hoheit.«

Sie sah ihn mit hochgezogenen Augenbrauen an. »Ich bin hier diejenige, die entscheidet, was sich ziemt und was nicht. Oder bin ich etwa nicht die Kronprinzessin?«

»Natürlich sind Sie das«, meinte der Arzt, der knallrot anlief, »aber Sie sind auch eine unverheiratete junge Frau …«

»Wir leben im einundzwanzigsten Jahrhundert und nicht im ersten. Ich kann durchaus unter demselben Dach leben wie ein Mann, ohne mich gleich auf ihn zu stürzen.« Als sich die Röte des Arztes noch weiter vertiefte, riss sie sich zusammen. »Luke wird ständig unter Beobachtung sein, und wir werden dafür sorgen, dass er keinen Augenblick allein bleibt. Sein Zimmer wird bewacht, und jemand wird ihn überallhin begleiten. Wir werden eine entsprechende Presseerklärung herausgeben, falls das nötig sein sollte.«

»Und was wird die Königin dazu sagen?«, fragte der Arzt.

Alex zögerte keine Sekunde. »Die Königin wird natürlich wollen, dass es Mr Houston an nichts fehlt. Und jetzt leiten Sie bitte alles in die Wege.«

Luke schenkte ihr ein schläfriges Grinsen, als wäre er stolz auf ihren autoritären Tonfall, und sie hätte am liebsten noch einmal seine Hand gedrückt.

9

Eine Woche mit einer Kopfverletzung war eine verdammt lange Woche, stellte Luke fest. Obwohl der Arzt ihm mitgeteilt hatte, dass er wieder arbeiten durfte, genesen war und es sich nur um eine eher kleine Verletzung handelte, bestand Alex darauf, dass er es langsam angehen ließ. Die Lichter in seinem Zimmer waren mit Absicht gedämpft, und er durfte keinen Besuch empfangen, nicht telefonieren, ins Internet gehen, fernsehen oder Drehbücher lesen.

Abgesehen von der Verletzung war die ganze Situation allerdings sehr angenehm. Die ständigen Anrufe aus Hollywood blieben aus, und er konnte Alex viel öfter sehen. Sie frühstückten jeden Morgen zusammen, sie nahm die Mahlzeiten an seiner Seite ein und aß dieselben langweiligen Speisen wie er, und da er nicht viel tun durfte, leistete sie ihm Gesellschaft und unterhielt sich mit ihm. Er schlief viel, aber die meiste Zeit redeten sie miteinander.

Er wurde es nie leid, ihre Stimme und ihr heiseres, süßes Lachen zu hören. Ihm war klar, dass er sich mehr und mehr in diese Frau verliebte und dass das ein Problem war. Sie war für ihn unerreichbar, und selbst wenn dem nicht so wäre … musste er diesen Film zu Ende drehen.

Bei den Dreharbeiten hatte man schon viel zu lange auf ihn verzichten müssen.

Luke lag in einem luxuriösen Bett in einer der Suiten des

Palasts, die normalerweise für königliche Besucher reserviert waren. Ein ganzer Berg Kissen steckte in seinem Rücken, und über den Beinen hatte er eine flauschige Decke liegen. Den Pyjama, den er trug, hatte ihm Alex' persönliche Einkäuferin besorgt, und seine Sachen waren aus dem Hotel hergebracht worden. Er war ausgeruht und hatte es so bequem wie möglich. Trotzdem sehnte er sich danach, wieder mit dem Training anfangen zu dürfen.

Alex war an seiner Seite, hatte sich in einen Sessel gekuschelt, unterdrückte ein Gähnen und schrieb gerade einige Notizen für die Angestellten. Ihm war schon aufgefallen, dass sie immer wach zu sein schien, und er fragte sich, ob sie genug Schlaf bekam.

Luke streckte eine Hand aus und stieß sie sanft an. »Müde?«

»Was? Nein, alles gut.« Sie schenkte ihm ein strahlendes Lächeln. »Aber ich könnte noch eine Tasse Tee vertragen.«

Ja, sie sprach dem Tee ebenso zu wie er dem Kaffee. »Es geht mir gut, und das weißt du auch, nicht wahr?«

»Einer der Ärzte meinte, dass du dich vielleicht lieber noch eine Woche länger ausruhen solltest ...«

»Aber alle anderen haben mich für gesund erklärt. Du kannst ihnen ruhig glauben, Alex. Sogar die Naht ist bereits verheilt, siehst du?« Er deutete auf den winzigen roten Striemen an der Stelle, wo die Wunde gewesen war.

Sie presste die Lippen aufeinander und betrachtete ihn unglücklich.

»Kann ich mein Handy zurückhaben?«

»Auf gar keinen Fall.« Ihr Blick war ganz Sturheit und Strenge.

»Ich muss mit Nick reden.«

»Ich habe schon mit ihm gesprochen. Sie setzen die Dreharbeiten erst fort, wenn es dir wieder besser geht.«

Er seufzte frustriert und stieß sie noch einmal an. »Du bist ganz schön dominant.«

»Ich bin die Kronprinzessin.«

Luke lehnte sich in die Kissen zurück. »Dann habe ich also überhaupt nichts zu sagen?«

Ihre Miene wurde etwas sanfter, und sie schien betreten zu sein. »Ich will ja nicht anmaßend sein, Luke, aber es ist nun mal so ...«

»Ich weiß schon, was du sagen willst, Prinzessin. Es ist frustrierend. Aber es geht mir wirklich gut. Meine Kopfschmerzen sind schon lange verflogen, und ich bekomme mehr und mehr den Eindruck, dass du dich meinetwegen verrückt machst.«

»Das tue ich nicht«, protestierte sie und setzte sich gerade hin.

»Doch, das tust du.« Er klopfte neben sich aufs Bett. »Warum kommst du nicht her und kuschelst dich an mich? Wir könnten zusammen ein Nickerchen machen.«

Sie kaute auf ihrer Unterlippe herum und sah unsicher zu ihm hinüber. Eine leichte Röte stieg ihr in die Wangen. »Wenn uns jemand sieht ...«

»Falls jemand hereinkommt, dann sieht er nur zwei erschöpfte Menschen, die vollständig angezogen nebeneinander im Bett liegen und schlafen, und wird sich nicht das Geringste dabei denken.«

Alex zögerte noch immer. Erst als er erneut auf das Bett klopfte, stand sie langsam auf und klappte ihr Notizbuch zu. »Ich komme aber nicht unter die Decke.«

»Ist gut.«

Sie trat neben das Bett und ließ sich vorsichtig darauf nieder. Seine überkorrekte Prinzessin. Luke rutschte ein Stück zur Seite und bedeutete ihr, dass sie sich neben ihn legen sollte. Nach einem schnellen Blick zur Tür zog sie die Schuhe aus und krabbelte auf das Bett.

Großer Gott! Er war heilfroh, dass er unter der Decke lag, weil er so seine Erektion verstecken konnte. Allein der Anblick, wie sie über das Bett auf ihn zukrabbelte, regte seine Fantasie bereits an und war unvergesslich.

So lange war er noch mit keiner Frau ausgegangen, ohne dass sie über das Küssen hinausgekommen waren. Auch wenn es unglaublich schön war, Alex zu küssen, wollte er doch mehr. Vielleicht war dies der richtige Zeitpunkt, um es zu versuchen. Er war schließlich auch nur ein Mensch.

Sie schmiegte sich an ihn, legte den Kopf an seine Schulter, und er spürte, wie sich ihre Brust gegen seine drückte. Nachdem sie ihm einen Arm um die Taille gelegt hatte, seufzte sie leise.

»Besser?«, erkundigte er sich mit rauer Stimme, während sein Penis aufgrund ihrer Nähe noch steifer wurde.

Sie nickte und pikte ihm mit einem Finger in die Rippen. »Du solltest aber auch schlafen.«

»Du hast ja recht.« Er schloss die Augen und tat so, als würde er sich entspannen. Allerdings war das völlig unmöglich. Nicht, wenn sie ihren warmen, aufregenden Körper an seinen drückte, wenn ihm der Duft ihres Shampoos in die Nase stieg und wenn ihr Haar seine Haut kitzelte. Wenn er den Kopf nur ein wenig zur Seite drehte, berührten sich ihre Nasenspitzen. Er konnte sie küssen, an sich ziehen und ihr zeigen, dass er bereit war, den nächsten Schritt zu machen, wenn für sie dasselbe galt.

Das Geräusch ihres leisen, gleichmäßigen Atmens riss ihn aus seinen Gedanken.

»Alex?«, flüsterte er und blickte auf sie herab. Sie hatte die Augen geschlossen, und ihre Gesichtszüge waren erschlafft. Offenbar war sie eingeschlafen.

Verdammt. Das war ja wieder klar, dass sie ausgerechnet dann einschlief, wenn er beschloss, ihre Beziehung auf die nächste Ebene zu bringen. Im nächsten Augenblick bekam er jedoch bereits Schuldgefühle. Sie war erschöpft, weil sie ihn gepflegt und sich Sorgen um ihn gemacht hatte. Natürlich hatte sie sich das Nickerchen redlich verdient. Er drückte ihr einen Kuss auf den Scheitel und zog sie enger an sich. Dabei ignorierte er die Reaktion seines Körpers und machte es sich gemütlich.

Der Sex würde noch ein wenig warten müssen. Einige Dinge waren es durchaus wert, dass man darauf wartete, und das traf in diesem Fall eindeutig zu.

* * *

Als Alex aus ihrem Nickerchen aufwachte, wusste sie zuerst gar nicht, wo sie sich befand. Ihr war ganz warm und sie fühlte sich geborgen in den Armen, die sie festhielten. Sie presste ihre Wange an eine breite Brust.

Luke.

Sie gähnte und versuchte, über ihn hinweg auf die Uhr zu sehen.

»Es ist schon spät«, murmelte er und legte den Arm fester um sie.

Er war wach? Du liebe Güte! Alex setzte sich auf und schaute auf ihn herab. »Wie lange bist du schon wach?«

»Schon eine Weile.« Luke zog die Mundwinkel hoch. »Du warst so müde, da habe ich es nicht übers Herz gebracht, dich zu wecken.«

»Ach, Unsinn. Du bist hier der Patient und ...«

Er legte ihr einen Finger an die Lippen und brachte sie zum Schweigen. »Ich mag der Patient sein, aber es ist nicht richtig, dass sich meine Prinzessin völlig verausgabt, um mich zu umsorgen.«

Bei seinen Worten kribbelten ihre Brustwarzen. Seine Prinzessin? Das klang ja fast so, als ob ... als ob er wollte, dass das so blieb. Als würde er sie schätzen und bewundern. Alex leckte sich die Lippen und blickte auf ihn herab. Sein Blick war sanft, aber darin lag auch eine Sinnlichkeit, die ihren ganzen Körper in Alarmbereitschaft versetzte. Als sie zögerte, ließ er seine Hand über ihren Arm gleiten und streichelte sie.

»Ist alles in Ordnung?«

Ob alles in Ordnung war? Der Mann, den sie liebte, hatte eine Kopfverletzung und ... Oh.

Sie war verliebt.

Verblüfft starrte Alex ihn an. War sie nicht schon immer ein wenig in Luke verliebt gewesen? Selbst als sie ihn noch nicht persönlich kennengelernt hatte, war er für sie der Inbegriff all dessen gewesen, was sie sich bei einem Mann wünschte: Attraktivität, Witz, Charme, Höflichkeit und Güte, denn all das strahlte er in seinen Interviews aus. Seitdem sie sich kannten, war ihre gute Meinung von ihm nur noch besser geworden und ... Ja. Sie hatte sich definitiv bis über beide Ohren in ihn verliebt.

Bevor sie es sich anders überlegen konnte, beugte sie sich vor und küsste ihn zärtlich.

Luke stöhnte und legte erneut die Arme um sie, um sie an sich zu ziehen. Er schob ihr die Zunge in den Mund, und dann verlor sie sich in dem Kuss, den sie ebenso leidenschaftlich erwiderte. Als er sie auf sich zog, spürte sie auf einmal die eindeutige Wölbung seines Gemächts, das sich gegen sie presste. Alex keuchte auf, aber sie wollte nicht aufhören. All das hier war wunderschön und aufregend und genau das, was sie wollte. Instinktiv bewegte sie die Hüften auf ihm und nahm erfreut sein tiefes Stöhnen zur Kenntnis. Sie konnte ihm ebenfalls Lust bereiten.

»Du bist so unglaublich sexy, Prinzessin.« Er schob ihr eine Hand ins Haar und vertiefte ihren sinnlichen Kuss noch weiter. »Und du gehörst mir, nicht wahr, Alex?« Mit der anderen Hand strich er über ihren Arm, doch sie hatte den Eindruck, dass er sie an ganz anderen Stellen berühren wollte, aber unsicher war, ob er die Erlaubnis dazu hatte.

»Ja«, hauchte sie an seinem Mund. »Ich gehöre dir, Luke.« Diese Worte auszusprechen war aufregend, und sie fühlte sich dabei trotzdem stark.

Er stieß die Luft aus, ließ eine Hand an ihre Brust wandern und umfing sie sanft. »Ich möchte dich schon seit Wochen berühren. Das war die reinste Folter, aber jeder Augenblick mit dir ist das Warten wert, Alex. Ich bin süchtig nach deinem Lächeln, dem Geruch deines Shampoos, der Art, wie du jedem das Gefühl gibst, wichtig zu sein, deinem hinreißenden Grübchen …« Er rieb ihre steife Brustwarze mit dem Daumen und jagte einen Stromstoß durch ihren Körper. »Bitte sag mir, dass ich nicht der Einzige bin, der beinahe durchdreht, weil wir so gut wie nie allein sein können.«

»Das bist du nicht.« Wieder bewegte sie das Becken auf ihm. Am liebsten wäre sie zu ihm unter die Decke gekrochen. Sie wollte ihre überhitzte Haut an seine drücken. Sie wollte …

Jemand klopfte an die Tür.

Sofort zuckte Alex zusammen, rollte sich von Luke herunter und kroch auf die andere Bettseite. Sie stürzte sich in ihren Sessel, griff nach ihrem Notizbuch und strich sich mit einer Hand das Haar glatt. Ach, herrje. Sah sie etwa aus, als hätte sie ihn gerade geküsst? Konnte man ihre Brustwarzen durch den Pullover hindurch sehen? Vorsichtshalber hielt sie sich das Notizbuch vor die Brust. »Herein«, rief sie dann und stellte erleichtert fest, dass ihre Stimme ganz ruhig klang.

Luke ließ sich wieder auf die Kissen sinken und fuhr sich mit einer Hand durch das zerzauste Haar. Seine Miene war ebenfalls unergründlich. Sie waren beide richtig gute Schauspieler.

Eine der Krankenschwestern kam mit einem Tablett in der Hand herein. »Ich wollte nur nach Ihnen sehen. Was macht der Kopf?«

»Es geht mir gut.« Luke verschränkte die Arme vor der Brust. »Wirklich gut.« Er klang leicht gereizt.

Alex sprang auf. »Ich sollte wirklich gehen, da ich heute noch einiges zu erledigen habe.« Sie lächelte Luke höflich an und hoffte, dass er ihr die Frustration ansehen konnte. »Dann bis morgen früh.«

Er nickte. »Bis dann, Prinzessin.«

Sie ging hinaus und stolzierte durch einen der langen

Flure des Königspalasts von Bellissime. Dabei schossen ihr lauter ungehörige Gedanken durch den Kopf, aber eines wurde ihr langsam sonnenklar.

Die Beziehung mit Luke musste einen Schritt weitergehen. Sie wollte mit ihm schlafen. Es war Zeit, damit aufzuhören, die prüde Prinzessin zu spielen, für die sie alle hielten, und sich zu nehmen, was sie haben wollte.

* * *

Spät in der Nacht, als sich alle im Palast längst schlafen gelegt hatten, war Alex noch immer wach. Sie dachte an Luke.

Genauer gesagt dachte sie an den Geheimgang, der an ihr Zimmer grenzte – und der unter anderem auch mit Lukes Suite verbunden war.

Aus der Königsfamilie wusste niemand von diesem Gang. Außerdem war ihre Mutter verreist und ihre Großmutter viel zu alt und in ihren Gewohnheiten festgefahren, um nachts bei ihr aufzutauchen.

Alex konnte sich zu Luke schleichen. Zu ihm ins Bett steigen. Sie konnten einfach nur kuscheln, so wie sie es bei ihrem Nachmittagsnickerchen getan hatten, was unglaublich schön gewesen war. Oder … sie konnten noch mehr tun. Sie war bereit für sehr viel mehr. Und sie vermutete, dass sie Luke nicht lange überzeugen musste. Trotzdem zögerte sie und war hin- und hergerissen zwischen dem, was sie wollte, und dem, was angemessen war. Eine Prinzessin warf sich einem Mann nicht an den Hals, auch nicht in der heutigen Zeit. Wenn sie zu ihm ging, verstieß sie damit gegen jegliche Form des Anstands, die ihr beigebracht worden war. Falls das herauskam, würde es einen Riesenskandal geben. Man würde sie in den Zeitungen zur Schlampe erklären und Bellissime durch den Kakao ziehen. Ein solcher Skandal würde jahre-, wenn nicht gar jahrzehntelang im Gedächtnis bleiben.

Aber ... Es würde niemand herausfinden. Lukes Zimmer war nicht einsehbar, es war spät, und niemand wusste von dem Geheimgang.

Unsicher fummelte sie am Gürtel ihres Bademantels herum. Was wäre, wenn sie zu ihm ging und er sie abwies? Oder schlimmer noch ... Wenn er mit ihr schlief und dann ganz Hollywood vom Sex mit einer Prinzessin erzählte? Wenn sie so etwas Riskantes tat, musste sie sich in Bezug auf ihn auch ganz sicher sein.

Doch es gab keine Sicherheiten. Sie musste ein Risiko eingehen.

Mit zitternden Händen öffnete und schloss sie ihren Bademantel und zögerte noch immer. War sie wirklich dazu bereit? Aber was würde passieren, wenn sie sich nie traute?

Dann würde sie ihr ganzes Leben lang eine jungfräuliche Prinzessin bleiben, so wie Königin Elizabeth I. von England.

Möglicherweise musste sie dann irgendwann einen Mann heiraten, den sie gar nicht liebte, so wie ihre Mutter und Großmutter vor ihr, einfach nur, weil es so von ihr erwartet wurde.

Oder ... sie könnte es einfach wagen.

Alex warf noch einen letzten Blick in den Spiegel und legte dann den Schalter um, mit dem sich die Tür zum Geheimgang öffnen ließ. Immerhin ging es hier um ihr

Leben, und sie würde es ebenso wie den Mann, den sie begehrte, für sich beanspruchen. Solange sie zögerte, würde sie in demselben lieblosen Trott feststecken, der ihr Leben bisher gewesen war, und sie war es so leid.

Sie wollte das Risiko mit Luke eingehen. Bitte, bitte, mach, dass ich mich in dir nicht irre.

Neben der Tür stand immer eine Taschenlampe bereit, und sie schaltete sie ein und ging den engen Gang entlang, während in ihrem Kopf alles durcheinanderging. Schlief Luke schon? Sollte sie ihn schlafen lassen, damit er schnell gesund wurde? Die Ärzte sagten, er wäre wieder ganz genesen, aber drängte sie ihn möglicherweise, nur weil sie mit ihm schlafen wollte? War sie am Nachmittag als zu herrisch rübergekommen? Würde er sie für vulgär halten, wenn sie ihm jetzt derartige Avancen machte?

Großer Gott, sie musste diese Sache endlich aus dem Kopf bekommen, sonst wurde sie noch völlig verrückt, bevor sie ihr Ziel überhaupt erreicht hatte. Sie tippte sich kurz an die Wange, um wieder klarer denken zu können, und richtete den Schein der Taschenlampe gegen die verborgenen Türen, die zu den verschiedenen Zimmern führten, während sie nach der Suite Ausschau hielt, in der sich Luke aufhielt. Dann zögerte sie erneut. Beging sie gerade einen großen Fehler? Sobald sie sein Zimmer erst einmal betreten und ihre Absichten klargemacht hatte …

Tja, dann gab es kein Zurück mehr. Sie musste sich daher absolut sicher sein, dass sie das auch wirklich wollte. Alex richtete die Taschenlampe auf ihre Füße und wackelte in ihren Slippern mit den Zehen. Sollte sie wirklich weitergehen oder lieber umkehren?

Sie machte den nächsten Schritt.

10

Luke schlief noch nicht. Himmel, wenn man wie er ständig ein Nickerchen machte, weil man kein Handy, keinen Computer, keine Bücher und keinen Fernseher hatte, dann war es ein Wunder, dass er nachts überhaupt noch schlafen konnte. Im Moment starrte er die Zimmerdecke an und grübelte.

Er dachte über seine Karriere nach, den Film, seine Zukunft ... und Alex.

Im Laufe des letzten Monats waren ihm die Augen geöffnet worden. Er hatte sich immer mit Händen und Füßen gewehrt, wenn seine Presseagentin darauf drängte, dass er mit bekannten Frauen ausging, um so in die Klatschspalten zu kommen. Es ging ihm schließlich nicht darum, gesellschaftlich aufzusteigen. Aber jetzt schien es nur noch darum zu gehen. Er war nun mit Alex zusammen, und allein in den letzten beiden Wochen hatte man ihm mehr Hauptrollen angeboten als in den letzten acht Jahren seiner Schauspielerkarriere. Eigentlich sollte er sich darüber freuen, aber stattdessen ärgerte er sich. Man wollte ihn nicht wegen seiner schauspielerischen Fähigkeiten, sondern weil er bekannt war und Schlagzeilen machte.

Überdies war er davon überzeugt, dass Nick stinksauer auf ihn sein musste. Die Dreharbeiten waren zum Stillstand gekommen, da Luke nicht arbeiten konnte. Aber auch als er noch am Set gewesen war, hatte er nicht alles gegeben. Er hatte die Sexszene verpfuscht und immer wieder neue Ausreden vorgebracht (obwohl Alex nicht einmal zugesehen hätte), bis Nick beschlossen hatte, es anders zu regeln und einfach auszublenden. Luke kam sich komisch vor, wenn er mit Pam vor der Kamera intim wurde, weil er genau wusste, dass Alex das später sehen würde. Nick hatte sich geärgert und einen Wutanfall bekommen, aber Luke hatte nicht nachgegeben. Seitdem Luke Bettruhe halten musste, hatte sich Nick nicht einmal hier blicken lassen, obwohl er den Palast jederzeit aufsuchen durfte.

Wütend war wahrscheinlich nicht das richtige Wort, um Nicks Gemütszustand zu beschreiben. Bestimmt war er kurz davor, die Rolle neu zu besetzen, konnte das aber nicht tun, weil Lukes Name in Hollywood gerade in aller Munde war. Gut, das war zynisch. Im Augenblick konnte Nick nichts Besseres als Luke passieren, um die Leute an die Kinokassen zu locken, daher würde er auch nichts unternehmen.

Außerdem vermutete er, dass Nicks angekratztes Ego einen derben Dämpfer bekommen hatte, als herausgekommen war, dass sich Alex für Luke und nicht für ihn interessierte. Manchmal waren Regisseure in dieser Hinsicht sehr merkwürdig.

Alex. Seine Gedanken wanderten immer wieder zu ihr und ihrem süßen Gesicht, dem Grübchen, das stets zu sehen war, wenn sie lächelte. Wie unglaublich sexy sie vorhin in seinem Bett ausgesehen hatte. Er hätte sie am liebsten auf den Rücken gedreht und sich auf sie gelegt. Doch in ihrer Beziehung machten sie nur sehr langsam Fortschritte – quälend langsam, wie er fand. Er begehrte sie, und er wollte mehr von ihr. Nachdem er sie zuvor in seinem Bett gehabt hatte, kam es ihm jetzt, wo er allein darin lag, viel zu groß vor.

Er schob eine Hand unter die Bettdecke, streichelte sein Glied und dachte daran, wie sich Alex' Mund angefühlt und was für leise Geräusche sie von sich gegeben hatte, als er sie geküsst hatte. Himmel, sie hatte einfach umwerfend ausgesehen. Es kam ihm falsch vor, sich jetzt hier in dem piekfeinen Schlafzimmer einen runterzuholen, wo sie doch nur wenige Zimmer entfernt schlief, aber wenn er sich nicht bald entspannte, würde er noch den Verstand verlieren. Wenn er nur an Alex dachte, war er bereits erregt, und das hatte nicht nur mit ihrem Körper zu tun, sondern auch mit ihrem Lächeln, ihren angeregten Unterhaltungen und der Art, wie sie sich aufrichtig freuen konnte.

Es hatte ihn ganz schön erwischt, das konnte er nicht leugnen. Aber es machte ihm auch nichts aus. Es fühlte sich gut und richtig an, mit ihr zusammen zu sein, als hätte er den Teil von sich gefunden, den er so lange vermisst hatte.

Luke streichelte erneut seinen Penis. Zu schade, dass seine andere Hälfte gerade in ihrem jungfräulichen Bett ein Stück den Flur entlang lag. Er hätte sich zu gern in ihr Zimmer geschlichen, wäre unter ihre Bettdecke geschlüpft und …

Die Wand bewegte sich.

Luke setzte sich ruckartig im Bett auf und schaltete das Licht ein. Der Palast mochte ja alt sein, aber hier spukte es doch nicht, oder? Sein Herz schlug ihm bis zum Hals, als sich die Schatten bewegten.

Dann betrat Alex sein Zimmer.

»Prinzessin? Was zum Henker …«

Sie legte einen Finger an die Lippen, schaltete ihre Taschenlampe aus, drehte sich zur Wand um und berührte eine Stelle am Rahmen eines alten Gemäldes. Die Wand glitt wieder zu, und Alex trat näher.

Er starrte sie entgeistert an. »Ist das ein Geheimgang?«

Sie nickte, und er bemerkte, dass ihr das Haar offen auf die Schultern fiel. Unter ihrem Seidenbademantel zeichneten sich ihre Brüste ab, als sie sich dem Bett näherte. »Bitte erzähl niemandem etwas davon, Luke. Nur die Königsfamilie kennt diese Gänge, und sie sind eigentlich für Notfälle gedacht.«

»Ich werde kein Sterbenswörtchen sagen.« Er setzte sich im Bett auf, und die Decke rutschte auf seine Hüfte herunter. Hoffentlich wurde seine Erektion dadurch verdeckt, die jetzt, wo Alex hier war, erst recht nicht verschwinden wollte – noch dazu, wo sie einen so scharfen Seidenbademantel trug. »Was machst du hier? Ist alles in Ordnung?«

Anstatt ihm eine Antwort zu geben, kam sie immer näher. Als sie neben dem Bett stand, rechnete Luke schon damit, dass sie sich auf die Bettkante oder in den Sessel daneben setzen würde, doch stattdessen kletterte sie auf ihn und küsste ihn.

Wow! Wenn das ein feuchter Traum war, dann wollte er nie mehr aufwachen. Stöhnend schob Luke ihr eine Hand ins Haar, drückte sie an sich und küsste sie mit der ganzen Leidenschaft, die sich in den vergangenen Wochen in ihm aufgestaut hatte. Sie erwiderte seinen Kuss, und ihre Lippen waren weich und süß, und bevor sie sich aus seinen Armen wand, stieß sie ein leises Wimmern aus. »Ich möchte mit dir schlafen, Luke.«

»Prinzessin … Baby, bist du dir sicher?« Er konnte spüren, wie sie zitterte.

Aber sie nickte und presste die Nase gegen seinen Hals. »Ich möchte, dass wir auf jede erdenkliche Weise zusammen sind. Willst … Willst du mich?«

Ob er sie wollte? Hatte sie den Verstand verloren? Er wurde beinahe verrückt vor Lust. Doch er schob sie von sich herunter, damit sie sich neben ihn ins Bett legen konnte. Dann nahm er ihre Hand und schob sie vorsichtig und langsam unter die Bettdecke, damit sie seine Erektion spüren konnte. »Ist dir das Antwort genug?«

Sie keuchte leise auf. »Oh … Habe ich dich etwa gerade unterbrochen?«

Er lachte und gab ihr einen Kuss. Ihre Hand auf seinem Glied zu spüren, war so unfassbar schön. »Das kannst du einem Mann ohne Fernseher und Internet nicht verdenken. Ich muss mir doch irgendwie die Zeit vertreiben, daher habe ich an meine Prinzessin gedacht.«

Sie legte die Hand enger um seinen Penis, und er stieß zischend die Luft aus.

»Du hast dabei an mich gedacht?«, murmelte sie atemlos.

»Ich denke ständig an dich.« Luke strich ihr mit einer Hand über die Seite. »Du gehst mir einfach nicht mehr aus dem Kopf.«

»Da bin ich aber froh, dass es nicht nur mir so geht«, erwiderte sie mit einem scheuen Lächeln und drückte sein Glied und seine Hoden.

»Allerdings bin ich noch nicht so weit gekommen.«

»Masturbieren Prinzessinnen etwa nicht?«

Ihr schockiertes Keuchen war ihm Antwort genug.

»Das werte ich als Nein.« Er beugte sich vor und küsste sie sanft. »Hollywoodschauspieler tun so was aber. Insbesondere, wenn sie mit heißen Prinzessinnen zusammen sind.«

Sie sah ihn mit sanftem Blick an und biss sich auf die Unterlippe, als sie seinen Mund musterte. Ihre Hand lag noch immer an seinem Penis, und er musste zugeben, dass ihm das gefiel. Sehr sogar. »Möchtest du mich weiter streicheln, während ich dich küsse, Prinzessin?«

»Nur wenn dir das gefällt.«

»Oh, und wie mir das gefällt.« Er küsste sie erneut und strich mit der Zunge über ihre Lippen. Als sie den Mund öffnete, vertiefte er den Kuss. Während er die Zunge in ihren Mund stieß, bewegte er das Becken, als wäre beides miteinander verbunden. Als Reaktion darauf stöhnte Alex leise. Wieder küsste er sie, und als sie den Kuss zögerlich erwiderte, wurde ihm erst so richtig klar, dass sie vermutlich sehr unerfahren war. Er hob den Kopf. »Gehe ich recht in der Annahme, dass du noch Jungfrau bist, Süße?«

Alex zuckte zurück und nahm die Hand von seinem Glied. Sie schaute ihn erschrocken und auch ein wenig peinlich berührt an. »Wie kommst du darauf?«

Aufgrund ihres Verhaltens? Weil sie zwar nicht unglaublich gut küssen konnte, ihren Mangel an Erfahrung jedoch durch Enthusiasmus wieder wettmachte? Weil er nicht glaubte, dass der Palast ihr viele Freunde gestattet hatte? »Du erweckst einfach nur den Eindruck, als hättest du bisher sehr abgeschirmt gelebt. Das ist doch nichts Schlimmes. Ich möchte nur wissen, ob ich es lieber langsam angehen lassen sollte.«

Sie entspannte sich ein wenig. »Es ist mir egal, ob du es

langsam oder schnell angehen lässt, solange wir nicht aufhören.«

»Aber du bist noch Jungfrau?«

Sie nickte. »Ändert das irgendwas?«

»Nur wenn du das möchtest.«

»Das tue ich nicht.« Sie legte ihm eine Hand auf die Brust und presste sie gegen seine nackte Haut. »Ich hoffe, du hast jetzt keine schlechtere Meinung von mir.«

»Nein, ich halte sehr viel von dir, Alex.« Wieder küsste er sie und knabberte an ihrer vollen, weichen Unterlippe herum. Danach ließ er die Lippen über ihr Kinn und ihren Hals wandern. »Das solltest du doch inzwischen wissen.«

Sie erschauerte und legte die Hände auf seine Schultern, als müsste sie sich an ihm festhalten. »Ich habe mit Beziehungen im Allgemeinen sehr wenig Erfahrung. Du wirst in einigen Belangen Nachsicht mit mir haben müssen.«

»Ach, das kriegen wir schon hin«, meinte er mit frechem Grinsen. »Ich zeige dir nur zu gern alles, was du wissen willst.« Luke setzte sich auf und legte eine Hand an den Gürtel ihres Bademantels. »Darf ich?«

Alex nickte, wirkte jedoch sehr zurückhaltend. Diese Frau, die sich in einer Unterhaltung mit einem Dutzend Würdenträgern behaupten konnte, war in seiner Gegenwart schüchtern? Das war erstaunlich. Er wollte, dass sie sich entspannte, aber wenn er sie nicht betrunken machen wollte, dann musste er das wohl allein mit Worten schaffen.

Doch mit Worten konnte Luke sehr gut umgehen. Zugegebenermaßen sprach er meist Worte aus, die sich andere Menschen ausgedacht hatten, aber Alex' Schönheit inspirierte ihn. »Du hast so wunderbar weiche Haut«, sagte er leise, nahm die Hand von ihrem Gürtel und beschloss, damit noch ein wenig zu warten. Stattdessen strich er mit den Fingerknöcheln über ihren Unterkiefer. »Deine Haut fühlt sich an, als würde ich ein Blütenblatt berühren. Und du bist so wunderschön.« Langsam ließ er die Hand weiter nach unten wandern, über ihren elegant geschwungenen Hals und in ihren Ausschnitt. Er streichelte die weiche Haut zwischen ihren Brüsten und beugte sich vor, um sie dort zu küssen.

Sie keuchte und fuhr mit den Händen durch sein Haar.

»Bin ich zu schnell?«, fragte er und zog eine Spur aus Küssen über ihre nackte Haut. Sie duftete nach Seife, und ihre Haut war warm und so weich, dass seine Begierde stetig größer wurde. Er wollte jeden Zentimeter von ihr streicheln.

»Nein, alles gut.« Alex klang ein wenig atemlos, krümmte aber die Finger in seinem Haar und rückte nicht von ihm ab. Er spürte, wie sie erschauerte, als er die Zunge über ihre Haut schnellen ließ. Das gefiel ihm. Er konnte es kaum noch erwarten, dass sie noch viel mehr erschauerte, wenn er sie leckte.

»Dann hast du nichts dagegen, dass ich dich küsse?«

Ihr Lachen klang ein wenig nervös. »Du darfst auf keinen Fall damit aufhören.«

»Oh, das habe ich auch gar nicht vor.« Er ließ die Zunge über ihre Haut gleiten und schob den Stoff mit dem Kinn ein Stück zur Seite. Alex erschauerte erneut, zog sich jedoch nicht zurück, daher beschloss er, einen Schritt weiter zu gehen. Er griff nach dem Gürtel, setzte sich auf und sah ihr ins Gesicht, während er den Knoten langsam löste.

Ihre Augen funkelten, sie öffnete leicht die Lippen und sah so angespannt und ernst aus, dass er sie entweder küssen oder durchkitzeln wollte. Beim Sex sollte es um Spaß und Entspannung gehen, aber Alex machte ein Gesicht, als würde sie in tausend Stücke zerspringen, wenn er einen Witz machte oder lachte.

Daher beschloss er, sie wie die Göttin zu behandeln, die sie für ihn war. Denn er wollte nicht, dass sie auch nur einen Augenblick an sich zweifelte. Er wollte sie so anbeten, wie sie es verdiente.

Der Knoten löste sich, und er schob den Stoff auseinander, wobei er es kaum erwarten konnte, sie anzusehen.

Alex war wunderschön. Damit hatte er natürlich gerechnet, aber es war etwas völlig anderes, sie bekleidet zu betrachten, als sie halb nackt und ausgestreckt auf seinem Bett vor sich zu haben. Ihre Haut war cremeweiß, und hier und da zeichnete sich ein kleiner Leberfleck ab. Ihr Bauch war flach, ihr Bauchnabel perfekt. Sie trug ein seidiges Höschen in Blassrosa mit Spitze am Saum, das gleichzeitig züchtig und sündig wirkte. Ihr Becken war ausgeprägt, und dort war sie etwas fülliger, sodass ihr Hintern voll und rund aussah und es bestimmt eine Freude wäre, sie von hinten zu nehmen.

Sein Penis zuckte allein bei dem Gedanken. Luke schloss die Augen und stöhnte. »Großer Gott, du bist so wunderschön. Darf ich dich streicheln?«

»Natürlich.«

»Überall?«

Auch ihr atemloses Lachen war wunderschön. »Ich werde dich nicht davon abhalten, Luke. Das ist schließlich der Grund, aus dem ich hier bin. Ich möchte, dass du mich berührst.« Sie drückte die Finger fester gegen seine Haut.

Nun würde er nicht mehr fragen, sondern einfach tun, wonach ihm der Sinn stand. Luke schob den Bademantel auseinander, bis er ihren ganzen Körper sehen konnte, strich mit einem Fingerknöchel über ihren Bauch und betrachtete sie. Sie bekam bei seiner Berührung eine Gänsehaut, und ihre Brustwarzen wurden steif, sodass er es kaum erwarten konnte, sie zu kosten.

Verdammt, er wollte jeden Zentimeter von ihr kosten. In diesem Augenblick wurde er richtiggehend gierig.

»Darf ... Darf ich dich auch nackt sehen?« Ihre scheue Frage riss ihn aus seinen Gedanken.

Innerlich verfluchte er sich, dass er so ein Idiot war. Natürlich wollte sie ihn ebenfalls ansehen. Er schob die Bettdecke beiseite, bis sie zu Boden fiel. Darunter trug er nichts als seine Boxershorts, und ihr Blick wanderte über seinen Körper, wobei sie sehr zufrieden wirkte. Sie strich ihm mit einem Finger über einen Arm, fuhr eine Sehne auf seinem Bizeps nach, und er malte sich aus, wie sie dasselbe bei seinem Penis tun würde.

Allein bei dieser Vorstellung wäre er fast gekommen. Er konnte es kaum erwarten, auch die Boxershorts loszuwerden, damit sie seinen Anblick ebenso genießen konnte wie er den ihren. Luke stand rasch auf, zerrte sich die Shorts fast schon vom Leib und warf sie zur Seite. Natürlich wusste er, dass er einen ansehnlichen Körper hatte: In Hollywood mussten Hauptdarsteller sexy und muskulös sein, vor allem Actionstars. Doch bis zu diesem Augenblick hatte ihn nie wirklich interessiert, ob er den Frauen gefiel. Er stemmte die Hände in die Hüften, und sein Glied wippte, als er zurück zum Bett ging, auf dem Alex ausgestreckt lag. »Ist das immer noch okay für dich?«

Sie grinste ihn verschmitzt an. »Ich habe schon früher nackte Männer gesehen, Luke. Es gibt schließlich so etwas wie das Internet.«

Sein Grinsen wurde immer schelmischer. »Anschauen und anfassen ist aber nicht dasselbe.«

»Dann verspreche ich dir, dass ich dich jetzt noch nicht berühren werde.«

Verdammt. Dabei war es doch gerade das, was er sich ersehnte. »Ich kann dir ein solches Versprechen nicht geben«, erklärte er, setzte sich aufs Bett und beugte sich über sie. »Denn ich werde dich überall berühren.«

Sie erbebte sichtlich. »Wirklich?« Ihre Stimme war kaum noch zu verstehen.

Luke nickte langsam, gab ihr einen Kuss und wanderte mit den Lippen dann immer tiefer – über ihren Hals, ihr Schlüsselbein bis hinunter zu den wundervollen Brüsten, die er schon seit über einem Monat berühren wollte. Vorsichtig bewegte er den Mund über ihrer sanften, weichen Haut und knabberte an der Rundung ihrer Brust. Dann arbeitete er sich bis zur Brustwarze vor und leckte sie genüsslich.

Alex wimmerte leise und schob die Hände erneut in sein Haar. »Großer Gott, Luke ...«

Wenn sie weiterhin solche Geräusche von sich gab, dann würde er selbst auch bald zu wimmern anfangen. Wieder fuhr er mit der Zunge über ihre Brustwarze und umfing ihre andere Brust dann mit einer Hand, um die Brustwarze mit dem Daumen zu verwöhnen, so wie er es auf der anderen Seite mit der Zunge tat. Alex keuchte und klammerte sich an ihn, während sie den Rücken durchdrückte.

»Du musst es mir sagen, wenn dir etwas nicht gefällt«, murmelte er und drückte einen Kuss auf die rosafarbene Brustwarze, bevor er sie in den Mund saugte.

»Ich zerfließe gleich, so gut gefällt mir das«, flüsterte Alex und stöhnte wieder, als er mit den Zähnen sanft über die empfindliche Knospe schabte. Alex' Becken zuckte, und sie bewegte sich auf dem Bett und drückte sich an ihn.

Er knetete ihre Brüste mit beiden Händen und küsste ihren Bauch. Das seidige Höschen störte ihn immer mehr. Er wollte es ihr vom Leib reißen, damit er sie ganz ansehen konnte. Er wollte den Mund in ihren Schritt drücken und sie – und ihre Lust – schmecken.

Aber er ermahnte sich, dass er nichts überstürzen durfte. Nur weil Alex sagte, dass sie im Internet schon einiges gesehen hatte, bedeutete das noch gar nichts. Sehen und Erleben war nun einmal nicht dasselbe, und er wollte, dass sie ihn ebenso begehrte, wie er sie wollte. Daher musste er langsam und zärtlich sein. Das Herunterreißen des Höschens konnte er vergessen ... vorerst zumindest.

Luke wanderte noch tiefer und tauchte die Zunge in ihren Bauchnabel. Er legte eine Hand an ihr Höschen und fuhr mit den Fingern über den Saum, hielt dann inne und wartete auf ihre Reaktion. Alex wand sich unter ihm, drückte sich gegen seine Hände und zuckte, als könnte sie es kaum erwarten, das Stück Stoff loszuwerden.

Das reichte ihm. Er schob die Finger unter den Saum und zog ihr das winzige Höschen die Hüften herunter. Dann sah er sie an. Ihr dunkelblondes Schamhaar war ordentlich gestutzt. Rosige Schamlippen blitzten daraus hervor. Ihr Schamhaar war feucht, was ihm sagte, dass sie ebenfalls erregt war.

Und sie bewegte sich ein wenig, nicht viel, aber genug, um ihm zu verstehen zu geben, dass sie sich seines Blickes bewusst war.

»Was ist?«, wollte Alex nach einem Augenblick wissen. »Du starrst mich an.«

»Ich bewundere nur diesen Anblick«, gab er zu. »Und ich versuche, mich zu beherrschen, damit ich mich nicht auf dich stürze und dich lecke.«

Ihr stockte der Atem, und sie lag mit einem Mal ganz still. »Wäre das schlimm?«, fragte sie nach einem Moment.

Luke lachte leise und ließ ihr Höschen auf den Boden fallen. Später würde er es aufheben und vielleicht als Andenken behalten, um seiner Besessenheit von dieser Frau noch mehr zu frönen. »Nein, ganz und gar nicht. Du hast eine sehr schöne Scheide.«

»Danke«, erwiderte sie ernst.

Manchmal war sie wirklich einfach nur hinreißend. »Wie wäre es, wenn du ein Bein auf meine Schulter legst?«

Sie runzelte die Stirn, hob zaghaft ein Bein und lief dann rot an. »Luke, ich weiß wirklich nicht …«

Sie dachte zu viel. Dann durfte er ihr eben keine Zeit zum Nachdenken geben. Er beugte sich vor, legte sich zwischen ihre Beine und drückte den Mund gegen ihre Haut. Ihr lautes Keuchen erfreute ihn ebenso wie die Art, wie sie die Finger in sein Haar krallte, als hätte sie Angst loszulassen.

Perfekt.

Dann hatte er ihren Geschmack auf der Zunge und konnte einfach nicht mehr an sich halten. Er stöhnte und widerstand dem Drang, ihre Beine hochzuheben und sie einfach wie ein wildes Tier zu besteigen. »Du bist so unglaublich feucht, Alex. Bin ich der Grund dafür, Prinzessin? Warst du schon so feucht, als du hierhergekommen bist?«

Sie gab ihm keine Antwort, sondern erschauerte nur. Das war auch in Ordnung, da er wusste, wie er ihr Schweigen zu deuten hatte: Er hatte richtig geraten, und das war ihr peinlich. Aber er wollte nicht, dass sie sich schämte, vielmehr sollte sie alles genießen, was er mit ihr machte. Vorsichtig spreizte er ihre Schamlippen und erkundete sie mit den Lippen und der Zunge. Jeden Zentimeter Haut, ihre winzige Klitoris – nichts blieb unberührt. Er fuhr mit der Zunge über ihre Scham, und Alex krallte die Hände in sein Haar und wimmerte leise, als er sich Zeit ließ. Genüsslich ließ er die Zunge um ihre Scheidenöffnung kreisen und leckte sie dort. Alex schnappte nach Luft, und er fragte sich, ob sie schon kurz vor dem Orgasmus stand.

Auf einmal war es ihm sehr wichtig, dass sie in dieser Nacht mehr als einmal kam. Daher schob er ihr eine Hand zwischen die Beine und drückte einen Finger gegen ihren Scheideneingang, während er den Mund auf ihre Klitoris legte. Er rieb sanft mit der Zunge über den Nervenknoten, während er vorsichtig mit dem Finger in sie eindrang.

Sie keuchte auf, fing an zu zucken und hob die Hüften ruckartig an.

»War das zu viel?«, erkundigte er sich und schaute ihr ins Gesicht.

Sie schüttelte schnell den Kopf und drückte seinen Kopf wieder nach unten, um ihn lautlos aufzufordern weiterzumachen. Seine süße Prinzessin. Er drang mit dem Finger tief in sie ein und stöhnte innerlich auf, weil sie so eng war.

Entweder war sie noch sehr verkrampft, oder es würde irgendwann sehr unangenehm für sie werden. Er hoffte auf Ersteres, da er seiner Alex nichts als Lust bereiten wollte. Nun konzentrierte er sich darauf, sie zum Höhepunkt zu bringen. Geschickt verwöhnte er ihre Klitoris, umkreiste den kleinen Knoten und saugte daran, wobei er gleichzeitig herauszufinden versuchte, was ihr am besten gefiel. Dabei drang er mit dem Finger immer wieder in sie ein und bewegte die Zunge im gleichen Rhythmus. Ihm fiel auf, dass sie innerlich immer erbebte, wenn er das tat.

Alex spreizte die Beine noch weiter und stöhnte. Sie bewegte die Hüften immer hektischer, als er schneller wurde und den Finger und den Mund im Einklang bewegte. Ihr Stöhnen wurde zu einem leisen Keuchen, und ihre Beine zuckten, als wollte sie sie schließen. Sie zerrte keuchend an seinen Haaren. »Luke. Oh. Oh, Luke. Warte. Ich glaube ...«

Noch mehr Feuchtigkeit benetzte seine Zunge, und er konnte ein Stöhnen nicht unterdrücken. »Ich bin bei dir, Baby.« Vorsichtig drang er mit einem zweiten Finger tief in sie ein und penetrierte sie noch heftiger.

Ein leises Wimmern entrang sich Alex' Kehle, das sofort wieder erstarb. Luke hätte am liebsten den Kopf gehoben, konnte das jedoch nicht tun, denn wenn er den Rhythmus verlor, dann würde sie nicht kommen, und er wusste, dass sie kurz davor war. Ihre Scheide zog sich um seine Finger zusammen, und ihre Beine hörten nicht auf zu zittern. Und so machte er weiter.

»Oh.« Ihre Stimme brach, und dann spürte er, wie sie den ganzen Körper anspannte. Sie bohrte die Fersen in die Matratze und stöhnte kehlig, während ihre Scheidenmuskeln gegen seine Finger drückten und sie unter seiner Zunge kam.

Es war so wunderschön.

Luke leckte ihre Klitoris weiter und verlängerte ihren Orgasmus, bis Alex wimmerte und immer wieder erschauerte, sobald er die Zunge bewegte. Er fühlte sich unglaublich gut. Okay, sein Penis stand kurz vor der Explosion, und sein Herz schlug so laut, dass sein Puls in seinen Ohren pochte, aber zu sehen, wie Alex kam; zu spüren, wie sich ihre Scheidenmuskeln um seine Finger zusammenzogen; zu wissen, dass er der Erste war, der ihr Lust bereitete …

Das war ein unfassbares Gefühl. Luke hob den Kopf und sah, dass sich Alex auf einen Fingerknöchel biss und ihre Stirn schweißbedeckt war. Sie sah benommen und erhitzt aus und schaute ihn unter schweren Lidern an, bevor sie den Finger aus dem Mund nahm. Dabei sagte sie nichts, keuchte nur und sah ihn mit einem durch und durch verletzlichen Blick an.

In diesem Augenblick liebte er sie noch viel mehr.

Das behielt er natürlich für sich. Ein Mann, der einer Frau im Bett seine Liebe gestand, war nicht vertrauenswürdig. Aber als er Alex so sah, wie sie befriedigt unter ihm lag, stiegen auf einmal Besitzansprüche in Luke auf und er gierte nach mehr. Er wollte für den Rest seines Lebens jeden Morgen neben dieser Frau aufwachen.

Aber alles zu seiner Zeit.

Er rutschte im Bett weiter nach oben und stützte sich auf die Ellbogen, um sie zärtlich zu küssen. »Geht es dir gut, Prinzessin?«

Sie nickte langsam und keuchte noch immer leicht. »Es

ist nur noch nie so ... intensiv gewesen.« Bei diesen Worten wandte sie den Blick ab.

»Wenn du dich gestreichelt hast?«

Ihre Lippen umspielte ein schüchternes Lächeln, und sie legte ihm einen Finger an die Lippen. »Prinzessinnen masturbieren nicht«, teilte sie ihm steif mit.

Luke schnaubte. »Dann kann ich ja von Glück reden, dass du eine ungezogene Prinzessin bist, was?« Er knabberte an ihrer Unterlippe und drückte seinen Penis gegen ihre Scham. Sie war dort so heiß und feucht, dass er es kaum erwarten konnte, in sie einzudringen. Aber vorher brauchte er ein Kondom.

Glücklicherweise hatte man ihm sein Gepäck aus dem Hotel hergeholt, sonst hätte er jetzt ein Riesenproblem. Nun gab er ihr einen schnellen Kuss. »Warte hier. Ich muss nur fix etwas holen.«

Sie schwieg, als er vom Bett aufstand und zu seinem Koffer ging. Dann kramte er darin herum, bis er die Kondome entdeckte, die ihm seine Assistentin in Florida in die Kulturtasche gesteckt hatte. Er war seiner Assistentin wirklich dankbar, dass sie ihn für einen Aufreißer hielt. Nachdem er ein Kondom aus der Packung genommen hatte, ging er zum Bett zurück. Alex hatte sich inzwischen eines der Kissen genommen, die sie zuvor zur Seite geschoben hatten, und bedeckte damit schamhaft ihre Nacktheit. Anscheinend hatte sie keine Ahnung, wie wunderschön sie war.

Dann würde er es ihr eben erneut zeigen müssen.

Luke streifte sich das Kondom über und bemerkte, dass Alex ihn dabei genau beobachtete. Möglicherweise übertrieb er es daher ein wenig, um ihr eine gute Show zu liefern. Sobald er vor dem Bett stand, schob er das Kissen weg. »Diesen wunderschönen Anblick wirst du mir nicht vorenthalten.«

Ihr Kichern klang entspannt und leicht. So sorglos. Wie er das liebte! Die Welt musste diese glückliche, lächelnde, entspannte Alex viel öfter sehen anstelle der ernsten Prinzessin Alexandra. Das würde er zu seiner Mission machen. Dass seine Prinzessin immer vergnügt war. Viel lachte. Dass sie sich nicht in all der Etikette verlor und keinen Spaß mehr hatte. Erneut legte sich Luke auf sie und küsste sie, wobei er sich auf den Ellbogen abstützte, um sie nicht zu erdrücken. Sie hob ihr rechtes Bein und rieb mit dem Fuß über seinen Oberschenkel, während sie sich küssten, als wollte sie ihn ermutigen weiterzumachen.

Er knabberte an ihren Lippen. »Du bist meine Prinzessin, nicht wahr? Ganz die meine.«

Alex sah ihn mit glänzenden Augen an. »Ganz die deine.«

Vorsichtig drang er in sie ein. Sie verkrampfte sich unter ihm, bewegte sich ansonsten aber nicht und sah ihn nur mit großen Augen vertrauensvoll an. Da sie sehr eng war, drang er ganz langsam, Zentimeter für Zentimeter, in sie ein, bis er tief in ihr war. Luke holte tief Luft und versuchte, nicht die Kontrolle zu verlieren. Alex lag ganz still, und er wollte sich nicht bewegen, solange er nicht wusste, ob er ihr dabei wehtun würde.

Wieder küsste er sie. »Ist alles okay, Prinzessin?«

Sie nickte und wirkte ein wenig benommen. »Es fühlt sich ... seltsam an.«

»Tut es weh?« Wenn sie Schmerzen hatte, würde er sein Glied sofort wieder herausziehen, so schwer ihm das auch fallen mochte.

»Nein, es fühlt sich nur komisch an. So ausgefüllt.« Sie bewegte die Hüften, und ihre Scheide zog sich um seinen Penis herum zusammen.

Luke stöhnte leise. »Ich werde mich jetzt bewegen. Bitte sag mir, sobald es wehtut.« Vorsichtig hob er das Becken an und wartete auf ihre Reaktion. Als sie mit den Händen über seine Schultern strich, fiel er in einen gemächlichen Rhythmus. Seine Hüften drückten gegen die ihren, und er drang immer wieder in sie ein. Jede Bewegung fühlte sich so gut an, dass er am liebsten laut geknurrt hätte, aber er hielt sich zurück. Vorerst ging es hierbei um Alex.

Alex ... schien nicht im Geringsten beeindruckt zu sein. Sie hielt die Augen geschlossen, und ihre Miene spiegelte eher Geduld als Erregung wider.

Daher beugte er sich vor und küsste sie. »Was empfindest du?«

»Es ist nett.«

Tja, wenn das kein Abtörner war, was dann? Nett? Seine Hoden waren kurz davor zu explodieren, weil er sich derart zusammenreißen musste, und sie fand, es war nett? Einfach nur nett? Er veränderte den Rhythmus, wurde schneller und bewegte bei jedem Stoß ein wenig die Hüften. Alex schaute ihn konzentriert an und runzelte dann die Stirn. »Mache ich irgendwas falsch, Luke?«

»Nein, nicht du, Prinzessin. Ich.« Wahrscheinlich brauchte sie bei ihrem ersten Mal etwas mehr Stimulation als nur seinen Penis. Na gut. Dann wurde es Zeit, ihren G-Punkt zu suchen. Er gab ihr noch einen schnellen Kuss und zog sein Glied aus ihr heraus. »Ich hole schnell ein Kissen.«

»Ein Kissen?«

»Ja, Ma'am.« Er hob eins vom Boden auf und nahm gleich noch ein zweites mit. »Wir werden ein paar Veränderungen vornehmen.«

»Aber es war doch okay?« Sie runzelte die Stirn.

Okay reichte ihm bei Weitem nicht. Er wollte, dass sie vor Lust nicht mehr klar denken konnte. Daher wies er sie an, das Becken anzuheben, und schob ihr die Kissen unter den Hintern. Danach legte er sich wieder auf sie, küsste sie und drang erneut in sie ein. Sie seufzte an seinem Mund, als wäre sie sehr zufrieden, und rieb mit dem Fuß erneut über seinen Oberschenkel. Als er sich tief in sie hineinstieß, keuchte sie auf.

»Das hat sich anders angefühlt.«

Gut. Er streichelte mit einer Hand eine Brustwarze, stützte sich dann auf dem Bett ab und drang erneut in sie ein. Alex keuchte wieder auf, und er legte einen langsamen Rhythmus vor und versuchte herauszufinden, was ihr am besten gefiel. Auf kurze, sanfte Stöße schien sie am besten zu reagieren, und so stellte er sich darauf ein. Bald darauf keuchte Alex bei jedem Stoß und bohrte die Fingernägel tief in seine Arme.

»Mach ...«, hauchte sie. Sie klappte den Mund auf und wieder zu, ohne etwas zu sagen, als hätte er gerade eine besonders empfindliche Stelle getroffen. »Mach das ...«, setzte sie erneut an, stieß dann aber nur einen leisen Schrei aus.

Luke konnte spüren, wie sich ihre Scheidenmuskeln zusammenzogen. Jedes Mal, wenn er in sie eindrang, schien sie am ganzen Körper zu erschauern – was auch gut war, da sich seine Hoden so eng zusammengezogen hatten, dass er nicht wusste, wie lange er das noch aushalten konnte. Aber er wollte, dass Alex zuerst kam, daher umklammerte er ihre Hüften und drang immer schneller in sie ein, bis das ganze Bett wackelte.

»Oh Gott!« Alex drückte den Rücken durch und schleuderte ihn beinahe von sich herunter. Im nächsten Moment schienen ihre Hände überall zu sein, und sie wirkte fast schon verzweifelt. »Oh, Luke! Mach das noch mal! Mach ...« Ihre Stimme brach, sie stieß einen leisen Schrei aus und hob das Becken an.

Er biss die Zähne aufeinander und stand gefährlich nah vor dem Höhepunkt. Wenn sie noch einmal so heiser aufschrie ...

Dann tat sie es, und er spürte, wie ihre Scheide seinen Penis umklammerte und sie am ganzen Körper zitterte. Ein leises, gurgelndes Geräusch kam über ihre Lippen, das fast schon erschrocken klang, und dann konnte er es nicht mehr verhindern und kam. Luke stieß zischend den Atem aus, stieß sich noch fester in sie hinein und sah Sterne, als er sich ins Kondom ergoss.

Einen Augenblick später sackte er neben Alex auf dem riesigen Bett in sich zusammen, durchgeschwitzt und völlig ermattet. Alex starrte zur Decke hinauf, spielte mit einer Haarlocke und machte ein verträumtes Gesicht.

»Ist alles okay?« Er stützte sich auf einen Ellbogen und sah sie an.

»Hmmm«, bestätigte sie nickend und schenkte ihm dann einen schelmischen Blick. »Das hat mir gefallen.«

Er atmete aus. »Ich hoffe doch, dass es dir mehr als nur gefallen hat.«

»Dann wirst du mich nicht für komisch halten, wenn ich sage, dass ich das noch mal machen will?«

Luke lachte. »Hab ein wenig Mitleid mit mir. Ich muss erst was trinken und ein neues Kondom holen, danach kannst du mit mir machen, was du willst.«

Wieder lächelte sie ihn so scheu an, dass sich sein Herz zusammenzog, und er beugte sich vor und küsste sie leidenschaftlich.

Denn sie war seine Prinzessin.

11

Zwei Wochen später

Wach auf, Liebes«, raunte Luke Alex ins Ohr. »Es ist schon beinahe Morgen.«

Alex stöhnte und kuschelte sich tiefer in die Decken und an ihn. »Ich will aber nicht gehen.« Sie schob ihm ein Knie zwischen die Beine und legte die Hände auf seinen Hintern. Seinen wundervollen, knackigen Hintern.

Er lachte leise, wobei sein Atem warm gegen ihr Ohr wehte. »Ich möchte auch nicht, dass du gehst, aber ich könnte mir vorstellen, dass die Mädchen ausflippen, wenn sie uns zusammen im Bett vorfinden.« Er gab ihr einen Kuss auf den Hals. »Aber wir können auch dafür sorgen, dass sie etwas zu sehen bekommen, was sie so schnell nicht mehr vergessen werden.«

Verflixt. Alex unterdrückte ein zweites Stöhnen und öffnete vorsichtig ein Auge. Sie musste zurück in ihr eigenes Bett, bevor irgendjemand herausfand, wo sie die Nacht verbracht hatte. Und die Nacht davor sowie alle anderen Nächte während der vergangenen vierzehn Tage.

Außerdem war heute der letzte Drehtag in Bellissime. Danach würde die Filmcrew nach Polen weiterziehen, wo der Rest des Films gedreht werden sollte.

Luke legte ihr eine Hand an die Brust und streichelte ihre Brustwarze, wobei ihr ganz warm im Bauch wurde.

»Das ist nicht fair«, hauchte sie, legte ihm aber dennoch die Arme um den Hals. Sie wollte nicht darüber nachdenken, dass er abreisen würde. Nicht jetzt. Sie würden einen Weg finden, wie sie zusammen sein konnten. Aber im Augenblick gab es nur Luke. »Sehr unfair sogar.«

»Ich bin eben egoistisch«, gab er zu und biss sie spielerisch in die Schulter. »Ich würde dich am liebsten auf den Rücken werfen und wieder mit dir schlafen. Ich bin es so leid, dich ständig mit Nick teilen zu müssen.«

Sie schnaubte ganz undamenhaft und strich ihm mit einer Hand über die Seite. Zwar verbrachte sie die Nächte mit Luke, aber wenn sie tagsüber nicht mit irgendwelchen Aufgaben in Bellissime eingespannt war, dann kam sie noch immer zum Set. Und wenn sie am Set war, erzählte Nick ihr ständig Geschichten über einen seiner Filme oder versuchte, sie irgendwie zu beeindrucken. »Er ist nur eifersüchtig auf dich.«

»Das sollte er auch sein. Ich habe dich letzte Nacht schließlich dreimal zum Höhepunkt gebracht.«

Waren es nicht viermal gewesen? Aber wer zählte schon genau mit? Alex seufzte, streichelte sein Kinn und küsste ihn schnell. »Ich sollte wohl lieber auf mein Zimmer gehen.«

»Du wirst mir fehlen«, murmelte er und saugte an ihrem Ohrläppchen. »Glaubst du, du kannst dich heute Mittag in meinen Wohnwagen schleichen, damit wir einen Quickie haben können?«

Alex grinste ihn an. »Vielleicht.« Das war ihnen schon zweimal gelungen, was sehr beeindruckend war, wenn man bedachte, dass an jeder Ecke Paparazzi auf sie lauerten. Der Palast war der einzige Ort, an dem sich Alex wirklich entspannen konnte, und selbst hier musste sie vorsichtig sein.

»Mr Houston?« Ein Zimmermädchen klopfte an die Tür. »Sie wollten um diese Uhrzeit geweckt werden.«

»Geben Sie mir einen Augenblick«, rief er, während Alex bereits aus dem Bett sprang.

Verflixt. Irgendwie hatte sie nie genug Zeit mit Luke. Sie streifte sich den Bademantel über, zog die Slipper an und warf ihm einen letzten Blick zu. Er zwinkerte, was sie mit einer Kusshand erwiderte, und dann öffnete sie die Tür zum Geheimgang und verschwand.

Sie schliefen jetzt seit zwei Wochen miteinander. Zwei großartige, wundervolle Wochen voller Sex, Küsse und mehr Orgasmen, als sie zählen konnte. Zwei Wochen, in denen sie sich jede Nacht aus ihrem Zimmer in seins schlich. Zwei Wochen, in denen sie sich unablässig wünschte, dass sie einfach normale Menschen wären und einen faulen Tag zusammen im Bett verbringen könnten, anstatt sich ständig verstecken zu müssen.

Aber so sah ihre Realität nun einmal aus. Gähnend betrat sie ihr Zimmer. Ihre Anweisungen lauteten, dass sie fünfzehn Minuten später als Luke geweckt werden wollte, damit sie noch genug Zeit hatte, um wieder in ihr eigenes Bett zu huschen. In ihrem Zimmer zog sie rasch die Schuhe aus, warf ihren Bademantel zur Seite, zog sich ein züchtiges Nachthemd über und stieg wieder ins Bett. Sie konnte ein weiteres Gähnen nicht unterdrücken – der viele Sex war zwar wunderbar, aber auch anstrengend. Ach, nicht nur wunderbar, einfach himmlisch.

Alex drückte das Kissen an ihre Brust und wartete auf das unausweichliche Klopfen an der Tür. Die Zeit mit

Luke war die glücklichste Zeit ihres Lebens. Doch jetzt würde er abreisen und sie ... Tja, sie würde wohl oder übel herausfinden müssen, wie Fernbeziehungen funktionierten.

Das konnte doch noch nicht das Ende sein. Luke hatte nichts dergleichen gesagt, und sie ging davon aus, dass er offen zu ihr war. Trotzdem nagten leichte Zweifel an ihr. Hätte sie darauf bestehen müssen, dass es mehr zwischen ihnen gab? Etwas Konkretes? Sie war nun einmal nicht besonders gut in diesen Beziehungsangelegenheiten.

»Hoheit?« Jemand klopfte leise an ihre Tür. »Ihr wolltet früh geweckt werden?«

»Ich bin schon wach«, rief sie zurück. Es war Zeit, den Tag in Angriff zu nehmen. »Kommen Sie rein.«

* * *

Die Limousine fuhr wie üblich vor dem Lagerhaus/Studio vor, und der Pulk an Paparazzi wartete hinter der Absperrung auf sie. Inzwischen versuchte sie gar nicht mehr, ihr Kommen und Gehen zu verschleiern, da ihre Beziehung zu Luke längst auf den Titelseiten zahlreicher Zeitschriften und Zeitungen aus mehreren Ländern ausgebreitet worden war. Die Reporter würden sie so oder so nicht in Frieden lassen.

Lady Margaret schniefte verärgert, als sie die ganzen Kameras erblickte. »Haben die denn nichts Besseres zu tun?«

»Anscheinend nicht«, erwiderte Alex fröhlich. Sie konnte einfach nicht anders, da sie schon seit Wochen gute Laune hatte. Seitdem sie mit Luke schlief oder seitdem sie sich kannten? Sie tippte auf Letzteres, war sich aber auch bewusst, dass regelmäßiger Sex durchaus etwas damit zu tun haben konnte. Bei dem Gedanken presste sie sich die Hände an die Wangen, da ihr auf einmal ganz warm wurde. »Ich kann auch allein hineingehen, wenn Sie das langweilt.«

»Das ist wirklich nicht nötig, Hoheit.« Lady Margaret strich ihren schlichten schwarzen Rock glatt. »Außerdem ist heute ohnehin der letzte Drehtag, da kann ich es auch bis zum Ende durchstehen.«

Alex lächelte einfach weiter, auch wenn sie innerlich zusammenzuckte. Der letzte Tag. Ab morgen würde sich alles ändern.

Die Security-Leute kamen aus dem Gebäude und drängten die Fotografen auf eine Seite, damit Alex aus dem Wagen aussteigen konnte. Sobald der Weg frei war, nickte sie dem Fahrer zu und er öffnete ihr die Tür.

In dem Augenblick, in dem sie ausstieg, begann das Geschrei.

»Prinzessin! Prinzessin! Wie läuft die Beziehung zu Luke?«

»Läuten schon bald die Hochzeitsglocken?«

»Werden Sie im Film mitspielen?«

Sie ignorierte die Fragen und setzte ein abgeklärtes Lächeln auf, um den Wartenden kurz zuzuwinken. Dann betrat sie das Gebäude und tat so, als würde sie die Proteste nicht hören und als wären die ganzen Reporter gar nicht da.

Natürlich waren das gute Fragen, auf die sie selbst größtenteils gern eine Antwort hätte – das Problem war nur, dass sie ihnen diese Antwort nicht geben konnte.

Alex behielt das Lächeln bei, als sie an den Set kam und zu Nick und den anderen Filmleuten stieß. An diesem Tag waren auch einige ihr unbekannte Personen anwesend, die offenbar zu einer Art Tour gehörten. In einiger Entfernung ging eine hübsche, lebhafte Frau auf und ab, während sie telefonierte, und zwei Männer in Sportsakkos unterhielten sich. Weiter entfernt konnte sie Luke am Set sehen, der mit nacktem Oberkörper dastand und gerade mit Staub und Schweiß bemalt wurde. Beim Anblick seiner breiten Schultern schlug ihr Herz schneller. Obwohl sie jeden Zentimeter seines Körpers geküsst – geleckt und liebkost – hatte, wurde sie es nie leid, Luke anzusehen. Er gehörte ihr.

»Hättet Ihr gern einen Kaffee, Hoheit?« Margarets missbilligender Tonfall sprach Bände und ließ erahnen, wie der restliche Tag laufen würde. »Soll ich jemandem vom Catering-Service Bescheid sagen, dass Ihr hier seid und wartet? Ich kann es nicht fassen, dass Euch noch niemand etwas zu trinken bringt. Diese Leute haben einfach keine Manieren.« Sie schnaufte.

»Nur einen schwarzen Tee, bitte. Danke, Margaret.« Alex lächelte ihre Begleiterin an. Eigentlich hatte sie gar keinen Durst, aber es konnte nicht schaden, Margaret zumindest kurzfristig abzulenken.

Ihre Gesellschafterin marschierte los, und ihre Absätze klackerten laut über den Boden. Alex drehte sich zu Nick um, doch der brütete gerade mit einem der Drehbuchautoren über dem Skript, daher klemmte sie sich ihre Clutch unter den Arm und schlenderte (lässig, wie sie hoffte) auf Luke zu, der ebenso wie alle anderen darauf wartete, dass sie anfingen zu drehen.

»Sie sind die Prinzessin, nicht wahr?«

Die Frau sprach mit amerikanischem Akzent, und Alex drehte sich um. Die Frau klappte gerade ihr Handy zu, mit dem sie bis eben telefoniert hatte, und kam praktisch auf Alex zugerannt, wobei sie eine Hand ausstreckte. Glücklicherweise ist Margaret gerade nicht da, dachte Alex und schüttelte der Frau anmutig die Hand. Ihre Gesellschafterin wäre vor Scham in den Boden versunken, wenn sie mitangesehen hätte, wie Alex wie eine Gewöhnliche jemandem die Hand reichte und mit »Prinzessin« anstatt »Hoheit« angesprochen wurde.

Aber es war unhöflich, andere Menschen zu korrigieren, daher lächelte Alex die andere Frau einfach nur an. »Wir wurden einander leider noch nicht vorgestellt.«

»Oh, ich bin heute auch erst hier angekommen.« Die Frau schüttelte ihre Hand äußerst enthusiastisch. »Ich bin Beckee. Beckee Stadler. Lukes Presseagentin. Und ich muss zugeben, dass mir völlig schleierhaft ist, wie er das angestellt hat.« Sie johlte. »Der Junge ist ein Genie, nicht wahr? Ich liebe ihn.« Sie nahm Alex' Arm und steuerte sie von ihrem eigentlichen Ziel weg und auf die beiden Männer in den Sportsakkos zu. »Sie müssen natürlich unbedingt Lukes Team kennenlernen. Das ist sein Manager, und der andere Mann ist sein Agent.« Beckee hörte gar nicht mehr auf zu reden. »Dieser Film wird ein Riesenerfolg werden, das steht schon jetzt fest, obwohl er noch nicht mal abgedreht ist. Daher machen sich alle vor Aufregung fast in die Hose.«

»Das ist ja wunderbar«, meinte Alex.

»Sie möchten nicht zufällig ein gemeinsames Interview geben? Sie und Luke, meine ich. Um über den Film zu reden?«

Beinahe hätte Alex ihre gute Kinderstube vergessen und die Frau mit offenem Mund angestarrt. Sie fing sich zwar, jedoch nicht schnell genug, als dass es unbemerkt geblieben wäre.

»Nicht?« Beckee sprach bereits weiter. »Das habe ich mir beinahe gedacht. Aber ich musste es doch wenigstens versuchen! Oprah würde sich bestimmt gern mit Ihnen beiden unterhalten. Das würde den Klatschzeitungen Stoff für Monate geben, und Lukes Karriere stünde nichts mehr im Wege.«

Seiner Karriere? »Ach ja?« Alex blieb stehen und wollte mehr darüber hören. Die beiden Männer, die noch ein Stück weit von ihnen entfernt waren, schauten zu ihnen hinüber, aber sie wollte sich zuerst anhören, was diese kleine, neugierige Frau zu sagen hatte.

»Oh ja«, beharrte Beckee. »Ich rede schon seit Jahren auf ihn ein, dass die Wahl seiner Freundin einen großen Einfluss auf seine Karriere haben kann. Er hat mir natürlich nicht geglaubt, aber als er letztes Jahr diese eine Rolle an Thomas Gunnar verloren hat, ist er endlich aufgewacht, wenn Sie verstehen? Ich wollte ihn mit einer Schauspielerin verkuppeln, die einen Partner für Premieren suchte, aber er sagte, er hätte da jemand anderen im Sinn.« Beckee zwinkerte Alex verschwörerisch zu. »Mir war allerdings nicht klar, dass er Sie damit gemeint hat.«

»Mich«, murmelte Alex, der das Lächeln immer schwerer fiel. Ihr Magen zog sich zusammen, und ihr wurde leicht übel.

»Sie wissen ja, wie das in Hollywood so läuft«, plapperte Beckee weiter und winkte ab. »Es geht immer nur darum, mit wem man gerade ins Bett geht. So kommt man an die guten Rollen. Ich schlage ihm Vicky Stanton vor, aber er setzt noch einen drauf und schnappt sich Sie!« Wieder jubelte sie. »Und jetzt ist er ein Megastar. Selbst wenn seine nächsten sechs Filme floppen, würde das keinen Unterschied mehr machen.« Sie drückte Alex' Arm. »Das ist, als wäre ein Traum in Erfüllung gegangen.«

Oder ein Albtraum.

Soso.

Luke war also gar nicht um ihretwillen an Alex interessiert. Er war mit ihr zusammen, weil sie seine Karriere in Gang bringen konnte. Weil er dank ihr auf die Titelseiten aller möglichen Klatschzeitungen kam. Er hatte ihr von den großen Rollen erzählt, die ihm in letzter Zeit angeboten worden waren, und sie hatte sich für ihn gefreut, weil sie ihn als Schauspieler sehr schätzte.

Aber jetzt hatte es ganz den Anschein, als hätte er diese Rollenangebote nur Alex zu verdanken.

Es geht immer nur darum, mit wem man gerade ins Bett geht.

Er setzt noch einen drauf und schnappt sich Sie.

Und sie hatte sich dem Mann praktisch an den Hals geworfen.

Jetzt war ihr richtig übel. Sie fühlte sich krank, und konnte es einfach nicht fassen. Sie wollte nicht glauben, was sie da gerade hörte. Das war nicht ihr Luke. Ihr Luke war witzig, süß, klug und wusste, wo er sie küssen musste …

Außerdem war er von Beruf Schauspieler und verlor sich gern in seinen Rollen.

War die Beziehung zu ihr für ihn nur eine weitere Rolle? Sie hatten nie über die Zukunft gesprochen. Alex war einfach davon ausgegangen …

Himmel, sie war so eine Närrin!

»Wenn Sie mich entschuldigen würden«, sagte Alex leise und entzog Beckee ihren Arm. »Ich komme zu spät zu einem Termin und muss jetzt wirklich gehen.« Sie lächelte, um ihren Worten die Schärfe zu nehmen, und lief auf Margaret zu, die mit einem Catering-Mitarbeiter im Schlepptau auf sie zusteuerte. »Wir gehen«, teilte sie ihrer Gesellschafterin mit.

Lady Margaret runzelte die Stirn. »Gibt es ein Problem?«

Ja. »Ganz und gar nicht. Ich fühle mich nur nicht so gut.«

Beckee lief hinter ihr her. »Können wir vielleicht später etwas trinken gehen, Prinzessin? Wenn Sie mir Ihre Nummer geben, können wir uns nachher noch ein wenig unterhalten und ...«

Zur Abwechslung war Alex mal froh darüber, von Margaret abgeschirmt zu werden.

* * *

»Sie ist weg.« Beckee schmollte. »Und ich hatte noch nicht mal die Gelegenheit, mir ihre Nummer geben zu lassen.«

Luke blätterte in den neuen Drehbuchänderungen herum, die Nick ihm hatte bringen lassen, und hörte ihr gar nicht richtig zu. Beckee war zwar gut in ihrem Job, aber sie ging ihm auch ganz schön auf die Nerven. Außerdem war ihr Timing miserabel. Es fiel ihm schon schwer genug, sich auf diesen letzten Drehtag zu konzentrieren, wo er doch eigentlich nur von hier verschwinden und wieder mit Alex ins Bett gehen wollte. Die sechs Wochen in Polen würden die längsten sechs Wochen seines Lebens werden, aber er schmiedete bereits Pläne, wie er sich danach Zeit freischaufeln und den Rest des Sommers in Bellissime verbringen konnte, um seine süße kleine Prinzessin besser kennenzulernen ... Jetzt zwang er sich, seine Presseagentin anzusehen, als ihre Worte langsam zu ihm durchsickerten. »Wer ist weg?«

»Prinzessin Alexandra.«

Er runzelte die Stirn und sah sich um, konnte Alex aber nirgendwo entdecken. Meinte Beckee vielleicht ihre Mutter? »Die Erste, die Zweite oder die Dritte?«

»Was?«

»Sie heißen alle Alexandra. War es die Königin, ihre Tochter oder ihre Enkelin?«

Beckee schwenkte ihr Handy durch die Luft. »Woher soll ich das wissen? Die junge! Die, mit der du angeblich zusammen bist!«

Er erstarrte. Angeblich? *Angeblich?* »Was?«

»Ich sagte, die junge. Die, mit der ...«

»Ich weiß, was du gesagt hast. Aber wie kommst du auf die Idee, dass die Beziehung nur gespielt wäre?«

Beckee starrte ihn an und blinzelte. »Weil sie nicht hübsch ist?«

Er wollte seinen Ohren nicht trauen. »Natürlich ist sie hübsch. Sie ist wunderschön!« Hatte sie Alex' hinreißendes Grübchen nicht gesehen oder ihre sanften Augen? Und unter ihrer züchtigen Kleidung hatte Alex wundervolle kleine Brüste und einen Hintern, von dem er gar nicht genug kriegen konnte.

»Gut, sie ist königlich und überhaupt, aber sie ist nicht hübsch im Hollywoodsinn. Nicht so wie Pam.«

»Mir gefällt, wie sie aussieht.« Ganz anders als bei Pam, da Pam schon zur Hälfte aus Plastik zu bestehen schien.

Beckee verzog das Gesicht. »Dann ist sie nicht nur deine Alibifreundin?«

»Nein! Wie kommst du auf die Idee?«

»Weil sie unglaublich berühmt ist und du jemanden wie sie als Freundin haben solltest! Wir haben doch darüber gesprochen.«

»Nein, ich mag Alex wirklich.«

Als Beckee erneut blinzelte, erinnerte sie ihn an eine Eule. Oder an ein Reh, das im Scheinwerferlicht stand. »Oh. Oje.«

Luke bekam Panik. »Was hast du zu ihr gesagt, Beckee? Ich will jedes Wort wissen!«

* * *

Das war ein gottverdammter Albtraum. Luke rieb sich das Gesicht und starrte ungeduldig aus dem Fenster, während der Wagen durch die Menge auf den Palast von Bellissime zufuhr. Eigentlich sollte er jetzt die letzten Szenen hier drehen, aber er hatte den Set verlassen und seinen Regisseur und sein Team vor den Kopf gestoßen, die ihn nun für absolut unvernünftig hielten.

Scheiß drauf. Sie waren schließlich das Problem. Am liebsten hätte er Beckee erdrosselt, weil sie so einen dummen Fehler begangen hatte. Obwohl Alex die Prinzessin eines europäischen Landes war, konnte man sie in dieser Hinsicht nur als naiv bezeichnen. Sie würde nicht begreifen, dass Luke früher vielleicht einmal mit einer bekannten

Frau ausgegangen wäre, um selbst berühmt zu werden. Ebenso wenig würde sie begreifen, dass das, was sie miteinander verband, etwas völlig anderes war. Dass man in der einen Situation eine Frau kennenlernte und fünf Minuten später bereits mit ihr auf dem roten Teppich Händchen hielt, während er an Alex gekuschelt aufwachte und sich wünschte, er müsste niemals aufstehen.

Sie hatte sein Leben verändert. Sie hatte dafür gesorgt, dass er auf einmal etwas anderes wollte und sich nach einem Leben sehnte, in dem Drehbücher und Filmpremieren überhaupt nicht vorkamen. Sie hatte ihm die Augen geöffnet, und er hatte erkannt, wie leer er sich gefühlt hatte und wie unglücklich er gewesen war, bevor sie ihn das erste Mal angelächelt hatte.

Nichts hatte für ihn noch eine Bedeutung, wenn Alex dabei nicht an seiner Seite war. Diese Erkenntnis war verblüffend, entsprach jedoch der Wahrheit. Wenn er sie verlor, dann wäre er in jeder nur denkbaren Hinsicht am Boden zerstört.

Daher konnte er das einfach nicht zulassen. Er musste einen Weg finden, diese Sache wieder in Ordnung zu bringen. Er würde mit Alex reden und ihr begreiflich machen, dass Beckee sich geirrt hatte. Er würde die Sache aufklären, sie wieder zum Lächeln bringen und sie erkennen lassen, dass er ihre Beziehung nicht nur ein oder zwei Monate, sondern für immer fortsetzen wollte.

Es sei denn … Alex wollte gar keine dauerhafte Bindung mit ihm.

Luke geriet ins Wanken, und sein Ego bekam einen echten Knacks bei der Vorstellung, dass Beckees Worte für Alex nur ein leichter Weg gewesen waren, um ihre Beziehung zu beenden. Sie versuchte doch nicht etwa, ihn loszuwerden … oder?

Nein, nicht seine Prinzessin. Das waren nur seine Selbstzweifel, die sich da gerade bemerkbar machten, der Dämon in seinem Inneren, der ihm immer wieder einzureden versuchte, dass er nichts taugte. Dass jemand von Alex' Stand und mit ihrer Klasse einen Mann wie ihn gar nicht haben wollte. Seine Prinzessin war nicht so, und er würde gar nicht erst anfangen, an etwas anderes zu glauben.

Er konnte vor Ungeduld kaum noch an sich halten, als der Wagen endlich an den Palasttoren ankam. Der Fahrer ließ das Fenster herunter und sprach mit dem Wachmann im Torhaus. Einen Augenblick später schüttelte dieser den Kopf. »Tut mir leid, Sir, aber Mr Houston ist es nicht länger gestattet, den Palast zu betreten.«

»Was?« Luke rutschte so weit nach vorn, bis er dem Fahrer beinahe auf dem Schoß saß. Er reckte den Hals und starrte den Wachmann durch das Fenster an. »Ich habe mehrere Wochen im Palast verbracht! Wie ist das möglich?«

»Ich bedauere es sehr, Sir, aber mir wurde gesagt, dass Sie nicht länger auf der Besucherliste stehen. Falls Sie noch Habseligkeiten im Palast haben, wird man sie in Ihr Hotelzimmer bringen.« Die Miene des Wachmanns blieb völlig ausdruckslos.

Luke ließ sich auf seinen Sitz zurücksinken. Verdammt! Sie versuchte also, ihn aus ihrem Leben zu tilgen, um ihr gebrochenes Herz wieder zu kitten, was?

Dann musste er eben einen anderen Weg finden, um zu ihr zu gelangen – damit er mit Alex reden und ihr begreiflich machen konnte, wie sehr er sie liebte.

»Drehen Sie um«, knurrte er den Fahrer an. »Und halten Sie in einer verlassenen Seitenstraße.«

»Ja, Sir«, erwiderte der Fahrer und machte sich an die mühsame Aufgabe, auf der überfüllten Straße zu wenden.

12

Der Palast von Bellissime stand inmitten eines mehrere Hektar umfassenden Gartens und war von einem hohen Eisenzaun umgeben. Luke erinnerte sich daran, dass Alex ihm einmal erzählt hatte, wie sie sich aus dem Palast zu einer Verabredung geschlichen hatte, ohne von jemandem gesehen zu werden. Es gab einen Geheimtunnel in der Nähe des alten Kutscherhauses.

Er musste diesen verdammten Tunnel nur finden.

Der Fahrer hatte ihn abgesetzt und den Wagen irgendwo geparkt. Danach war Luke ein ganzes Stück weit am Zaun entlangmarschiert und hatte überlegt, wie er ihn wohl überwinden konnte. Er kam sich vor wie ein ungezogener Schuljunge und verkrampfte sich jedes Mal am ganzen Körper, sobald ein Auto vorbeifuhr. Nach einigen Minuten entdeckte er das alte Kutscherhaus und lief darauf zu.

Alex hatte es bei einem ihrer Treffen erwähnt; es war ein Gebäude auf dem Palastgelände, das renoviert worden war und heute als Privatquartier für Gäste des Palasts diente, die länger blieben. Früher hatte man dort die königlichen Kutschen abgestellt, und aus diesem Grund gab es auch einen geheimen Tunnel, der das Haus und den Palast verband, damit die Königsfamilie im Notfall fliehen konnte. Als er sich dem Haus näherte, hatte er allerdings nicht die geringste Ahnung, wo die Geheimtür zu finden war. Bestimmt im Erdgeschoss, oder?

Er würde das ganze Haus auf den Kopf stellen, wenn es sein musste, bis er sie gefunden hatte.

Entschlossen sah sich Luke noch einmal um und ging dann zur Haustür. Es war eigentlich dumm, das so offensichtlich zu tun, aber er wusste, dass sich niemand im Haus aufhielt. Die Palastangestellten hatten mehrfach erwähnt, dass er momentan der einzige Gast war. Die Tür war altmodisch und mit Verzierungen versehen, hatte jedoch einen normalen Türknauf, und so zog er seine Kreditkarte aus der Tasche und schob sie in den Türschlitz, um sich Zutritt zu verschaffen.

Das Innere des Hauses erinnerte an den Palast, nur dass es keine ausladenden Treppen und keine barocken Kronleuchter gab. Elegante Möbelstücke im Queen-Anne-Stil waren kunstvoll im Eingangsbereich platziert, und in einer Vase standen frische Blumen. Im ersten Stock war ein Staubsauger zu hören, was ihm verriet, dass er nicht allein war und sich nicht sehen lassen durfte. Wo sollte er mit der Suche anfangen? Er drehte sich zu einem riesigen Ölgemälde um, das an der Wand neben der Treppe hing, und strich mit den Fingern über den vergoldeten Rahmen.

»Oh, gut, Sie sind hier.«

Die sanfte Frauenstimme, die mit leichtem Akzent sprach, überraschte ihn. Luke wirbelte herum. Eine Frau saß im Nebenzimmer an einem Tisch, blätterte in einer Zeitschrift und hatte eine Tasse Tee vor sich stehen. Er konnte ihr Alter unmöglich einschätzen, wenngleich sie noch keine Falten im Gesicht hatte. Ihr dunkles Haar war zu einem eleganten Knoten hochgesteckt, und sie trug eine blassrosafarbene Jacke und einen Rock, den er auch schon einmal in Alex' Schrank gesehen zu haben glaubte. Doch diese Frau war ihm bisher noch nicht begegnet, allerdings kam ihm ihr Gesicht irgendwie bekannt vor ...

Dann lächelte sie ihn an, und er sah das Grübchen auf ihrer Wange.

»Prinzessin ... Alexandra?« War das Alex' Mutter?

Ihr Lächeln wurde noch breiter, und sie stand anmutig auf und strich sich mit weiß behandschuhten Händen den Rock glatt. »Mein korrekter Titel lautet jetzt Alexandra Olivia, Herzogin von Vallée Profonde, was übersetzt ›Tiefes Tal‹ bedeutet. Meine Vorfahren waren leider nicht besonders kreativ, was die Bezeichnung unseres schönen Landes anging.« Sie musterte ihn mit schiefgelegtem Kopf. »Ich habe vor einigen Jahren zugunsten meiner Tochter auf den Platz in der Thronfolge verzichtet. Sie ist jetzt Prinzessin Alexandra.«

»Aber natürlich.« Er trat näher und reichte ihr die Hand, wobei ihm bewusst wurde, dass er gerade auf frischer Tat bei einem Einbruch ertappt worden war. »Äh.« Er ließ die Hand wieder sinken. »Das hier ist nicht so, wie es aussieht.«

»Sie sind nicht hier, weil Sie mit Alex sprechen möchten?«

Sie wusste Bescheid? »Okay, dann ist es vielleicht doch so, wie es aussieht. Woher wissen Sie ...«

Alex' Mutter hob anmutig eine Hand und zupfte an einer Fingerspitze ihres Handschuhes. »Weil ich meine Tochter kenne. Sie ist sehr dickköpfig und zieht sich zurück, wenn sie verletzt ist, und während der letzten Wochen war sie fröhlicher als jemals zuvor. Doch heute hat sie jeden eiskalt abblitzen lassen, sich in ihr Zimmer zurückgezogen und darauf bestanden, dass Sie keinen Zutritt mehr zum Palast haben. Da ist es nicht schwer, sich auszurechnen, dass Sie beide Probleme haben.« Sie zog den Handschuh aus und musterte ihn. »Dann habe ich Sie auf den Kamerabildern entdeckt, und mir wurde klar, dass Sie vermutlich einen Weg suchen, um in den Palast zu gelangen. Da Sie von den Geheimgängen wissen, ging ich davon aus, dass Sie hierherkommen würden. Es hat ganz den Anschein, als hätte ich mit meiner Vermutung ins Schwarze getroffen.« Sie lächelte ihn an und reichte ihm ihre Hand. »Es freut mich übrigens sehr, dass wir uns endlich kennenlernen.«

»Mich auch.« Er nahm ihre Hand und küsste ihre Fingerknöchel, wobei in seinem Kopf alles durcheinanderging. Als er sich wieder aufrichtete, lächelte sie noch immer, und da dämmerte es ihm, dass sie mehr über seine Beziehung zu Alex wusste, als ihm klar gewesen war. »Geheimgänge?«

Sie winkte ab, und ihr Verhalten ähnelte dem von Alex so sehr, dass ihm das Herz noch schwerer wurde. »Ach, ich weiß alles darüber, wie man sich mithilfe dieser Gänge rein- und rausschleichen kann, mein Lieber. Schließlich war ich auch mal in Alex' Alter, und Sie sehen viel besser aus als der Großteil meiner Liebhaber.« Sie zwinkerte ihm zu, und ihm fielen einige der Dinge wieder ein, die ihm Alex über ihre wilde Mutter erzählt hatte. Anscheinend war seine Prinzessin nicht die einzige Draufgängerin der Familie, sondern hatte die rebellische Ader von ihrer Mutter geerbt.

»Ich muss mit Alex reden«, teilte er Alexandra mit. »Sie hat sich am Set mit jemandem unterhalten, der nicht richtig informiert war, und die falschen Schlüsse gezogen, und ich würde gern einiges geraderücken. Sie …« Er räusperte sich und kam sich ob ihres wissenden, mütterlichen Blicks erst recht vor wie ein Schuljunge. »Ich liebe Ihre Tochter, Ma'am. Äh, Prinzessin.« Dann fiel ihm ein, dass sie ja keine richtige Prinzessin mehr war. »Äh. Alexandra.«

Ihr Lächeln wurde noch breiter, und falls ihr seine Unkenntnis der Etikette aufgefallen war, dann ließ sie sich das nicht anmerken. »Ich bin sehr erfreut darüber, dass Sie so starke Gefühle für meine Tochter hegen. Sie war sehr einsam. Sie liebt ihr Land und ihre Pflichten, aber es fällt ihr schwer, eine Bindung zu anderen Menschen herzustellen. Darum bin ich auch so froh, dass sie Sie kennengelernt hat.« Sie zog eine Augenbraue hoch. »Es sei denn, Sie haben vor, ihr das Herz zu brechen?«

Dieser Gedanke erfüllte ihn mit Furcht. »Ich möchte ihr nicht wehtun. Ich möchte sie heiraten.«

Bei seinen Worten sah Alex' Mutter ihn erstaunt an. »Tja, dafür werden Sie einen königlichen Erlass benötigen, und meine Mutter ist ein wenig altmodisch.« Alexandra lächelte und ging zu einem großen Spiegel an einer Wand des Salons. »Aber ich werde mich mit ihr darüber unterhalten. Gehen Sie zu Alex.«

Sie strich über den Rand des Spiegels, und der Kamin bewegte sich langsam zur Seite und gab einen Geheimgang frei.

Lukes Herz schlug vor Aufregung schneller. Impulsiv trat er vor und umarmte Alexandra. »Sie werden eine wundervolle Schwiegermutter abgeben.«

Sie kicherte mädchenhaft. »Das will ich doch hoffen.«

* * *

Alex presste sich das Kissen gegen die Brust und wünschte sich, sie könnte einfach von zu Hause weglaufen. Das war ein dummer Wunsch, wenn man bedachte, dass sie eine erwachsene Frau war und noch dazu eine Prinzessin, aber sie wollte einfach nur weg. Da ihr das jedoch nicht möglich war, würde sie sich einfach wie ein Kind in ihrem Bett verstecken, sich die Augen ausweinen und ihr Leben dann fortsetzen.

Ohne Luke, den Mann, der sie nur benutzt hatte.

Ihr liefen die Tränen über die Wangen, und sie wischte sie zum hundertsten Mal an diesem Tag wütend fort. Sie hätte es besser wissen müssen. Sie hätte sich denken müssen, dass ein Mann, der so sexy, so charmant und so erfolgreich war wie er, keine naive Prinzessin haben wollte, die nicht einmal richtig küssen konnte. Was außer der Aufmerksamkeit der Medien hatte sie ihm denn schon zu bieten?

Jetzt wirst du aber albern, schalt sie sich im nächsten Moment. Du bist eine europäische Prinzessin und die Erste in der Thronfolge von Bellissime. Sie war reich. Sie war gebildet. Sehr viele Männer würden sich nach ihr verzehren, wenn sie sie haben wollte.

Aber ... sie wollte Luke Houston, und er war ein sehr berühmter Schauspieler und ein angehender Star. Es gab also doch einige Männer, die selbst für eine Prinzessin unerreichbar waren.

Sie rieb sich mit den Fäusten die Augen und versuchte, sich zu beruhigen, um nicht erneut loszuschluchzen. Wie lange dauerte es, bis ein solcher Liebeskummer abflaute? Denn im Augenblick hatte sie das Gefühl, als ginge ihre Welt unter. Der Gedanke, dass Luke sie nur benutzt hatte, um auf die Titelseiten zu kommen, schmerzte sie so sehr. Vielleicht sollte sie sich ein Beispiel an ihrer Mutter nehmen, Bellissime öfter verlassen und mehr reisen.

Doch sie liebte ihr Land. Sie repräsentierte es gern und wollte hier über alles informiert sein. Sie genoss es, von ihrer Großmutter zu lernen und darauf hinzuarbeiten, eines Tages selbst als Monarchin zu regieren. Das Dasein als Kronprinzessin bestimmte ihr Leben ... selbst wenn sie dadurch zu einer naiven Närrin wurde, die sich Hollywoodschauspielern an den Hals warf. Sonst war sie doch immer so selbstsicher, wieso wurde sie auf einmal aus Liebe zu einer schluchzenden Mimose?

Neben ihr ertönte ein Kratzen, das sich so anhörte, als würde eine Tür aufgedrückt, und sie setzte sich im Bett auf. An der gegenüberliegenden Wand wurde die Tür des Geheimgangs geöffnet. Sie starrte mit gerunzelter Stirn hinüber und wollte ihren Augen nicht trauen ...

Um dann überrascht aufzukeuchen, als Luke hereinkam und ebenso entschlossen und draufgängerisch wirkte wie in seinen Filmen.

Alex rutschte auf ihrem Bett nach hinten gegen die Kissen. »Was machst du hier?«

»Warum bist du so plötzlich vom Set verschwunden?« Als er näher kam, erkannte sie, dass er noch immer seine Filmkleidung mit dem am Hals zerrissenen T-Shirt und die Filmschminke trug.

»Ich ... ich will nie wieder mit dir reden! Ich kann es nicht fassen, dass du mich nur benutzt hast!« Sie deutete auf die Wand, aus der er gerade hervorgetreten war. »Verschwinde oder ich rufe die Wachen!«

»Jetzt sei doch vernünftig, Alex«, ermahnte Luke sie

und kam weiter auf das Bett zu. »Ich werde nirgendwo hingehen, bevor wir nicht über alles gesprochen haben …«

»Ich schreie!«, warnte sie ihn. »Du hast hier nichts zu suchen und musst verschwinden!«

Er kniff die Augen zusammen, und im nächsten Moment hockte er auch schon auf ihrem Bett und hielt ihre Hände fest. Dann küsste er sie energisch, und sie erstarrte … etwa zwei Sekunden lang. Länger hielt sie es nicht aus, denn sobald sich ihre Zungen berührten, schmolz sie in seinen Armen dahin. Der Kuss schien ewig zu dauern, und sie war ganz benommen und außer Atem, als sie sich voneinander lösten.

»So«, murmelte er, als sie dicht voreinander saßen. »Wirst du dich jetzt weiterhin wie ein verzogenes Kind benehmen, oder können wir uns wie vernünftige Menschen unterhalten und du erzählst mir, was eigentlich los ist?«

»Du weißt, was los ist«, zischte sie ihn an und versuchte, ihm ihre Hände zu entziehen. Eigentlich hätte es sie nicht erregen sollen, dass er sie so auf dem Bett festhielt, aber nach diesem Kuss schossen ihr jede Menge unanständige Gedanken durch den Kopf … die aber alles nur noch schlimmer machten. Schon stiegen ihr erneut Tränen in die Augen, und sie kniff sie zusammen und wandte sich ab.

»Ach, Alex. Jetzt wein doch nicht. Bitte weine nicht, Baby.« Lukes Stimme war ganz sanft. Er ließ ihre Handgelenke los, legte ihr zärtlich die Hände an die Wangen und küsste sie. »Ich kann den Gedanken nicht ertragen, dass ich dich irgendwie zum Weinen gebracht haben könnte.«

»Es ist doch kein Wunder, dass ich weinen muss«, erwiderte sie und verabscheute sich selbst dafür, dass sie die Tränen nicht zurückhalten konnte. Aber ihr Herz und ihre Seele schmerzten so sehr. »Wie würdest du dich denn fühlen, wenn du herausgefunden hast, dass man dich benutzt hat, um Schlagzeilen zu machen?«

»Na ja«, meinte er und gab ihr einen zärtlichen Kuss. »Ich würde die fragliche Person wahrscheinlich zur Rede stellen und die Wahrheit herausfinden, anstatt voreilige Schlüsse zu ziehen.«

Jetzt machte er ihr auch noch Vorwürfe? Alex konnte es nicht fassen. »Aber wenn diese Person ein Schauspieler ist und ihren Lebensunterhalt damit verdient, dass sie anderen etwas vorspielt, und wenn sie dich bisher angelogen hat, was würdest du dann tun?«

Sie stellte erfreut fest, dass er zusammenzuckte. »Ich habe dich nicht angelogen, Alex«, beharrte er. »Meine Presseagentin ist nur ... übereifrig. Sie versucht seit Jahren, mich zu verkuppeln, damit ich bekannter werde.«

»Dann leugnest du nicht, dass du mit Frauen ausgegangen bist, um deine Karriere voranzubringen?«

Luke runzelte die Stirn. »Nein, das leugne ich nicht. So funktioniert das in Hollywood nun mal. Aber das waren keine wirklichen Beziehungen. Es waren eher ... abgesprochene Treffen. Das alles war nicht im Geringsten romantisch. Die Sache mit uns ist etwas ganz anderes.«

»Inwiefern ist das etwas anderes? Wie kannst du auch nur erwarten, dass ich dir glaube?«

»Glaubst du im Ernst, ich hätte mit all diesen Schauspielerinnen geschlafen?«

»Keine Ahnung«, entgegnete Alex mit erstickter

Stimme. »Ich weiß überhaupt nicht mehr, was ich glauben soll.«

»Na gut«, sagte er auf einmal und setzte sich aufrecht hin. Er zog sein Handy aus der Tasche und tippte auf dem Display herum.

Sagte er ihr die Wahrheit, oder waren das alles nur weitere Lügen? Sie setzte sich langsam auf und wusste nicht mehr weiter. »Was machst du da?«

»Ich suche die Nummer einer meiner angeblichen Freundinnen heraus, damit du mit ihr reden kannst.« Nachdem er seine Kontaktliste durchgegangen war, reichte er ihr das Handy. »Ruf Gina an«, forderte er sie auf und deutete auf einen Namen. »Sie ist lesbisch, aber ihr Manager hat ihr verboten, dass sie sich outet, weil man ihr dann weniger Hauptrollen anbieten wird. Oder Ashley. Bei ihr ist es genauso. Oder sprich mit Pam. Du kennst sie schon, sie dreht mit mir diesen Film. Sie ist mit einem verheirateten Regisseur zusammen und gibt vor, eine Beziehung zu einem anderen Schauspieler zu haben, damit dieser groß rauskommen kann. So läuft das in Hollywood. Dabei geht es nicht um Sex oder Liebe, ganz anders als bei uns beiden.«

Liebe? Zuvor hatte er nie von Liebe gesprochen. Sie ließ das Handy sinken und sah ihn ruhig an. »Und bei uns geht es um ... all das?«

»Alex.« Er nahm ihr das Handy aus der Hand und warf es aufs Bett. Im nächsten Augenblick hatte er auch schon ihre Hände ergriffen, rutschte vom Bett und kniete vor ihr auf den Boden.

Er kniete auf dem Boden? Bei diesem Anblick begann sie am ganzen Körper zu zittern.

»So etwas habe ich noch bei keiner anderen Frau empfunden«, sagte er und strich ihr mit einem Daumen über die Fingerknöchel, so wie sie es liebte. »Vom ersten Augenblick an war mir klar, dass du etwas ganz Besonderes bist, und ich war fasziniert von dir. Seitdem wir uns besser kennen, kann ich mir nicht mehr vorstellen, auch nur einen Tag ohne dich zu verbringen. Es bricht mir das Herz, dass du glauben kannst, ich hätte dich nur benutzt. Ich liebe dich.« Er drückte ihre Hände. »Ich möchte, dass du meine Frau wirst, Alex.«

Ihr stockte der Atem. »Du willst mich heiraten?«

Luke grinste sie schief an. »Ja. Ich liebe dich und möchte, dass die ganze Welt davon erfährt. Ich möchte mit dir alt werden. Ich möchte abergläubische Kinder mit niedlichen Grübchen mit dir haben.«

Sie lachte und weinte gleichzeitig. »Luke ... Ich bin Prinzessin ...«

»Das ist mir auch schon aufgefallen«, fiel er ihr trocken ins Wort.

»Ich kann mein Land nicht verlassen. Ich kann den Thron nicht aufgeben und mit dir nach Hollywood kommen.«

Wieder drückte er ihre Hände. »Darum bitte ich dich auch gar nicht, Baby. Ich bitte dich nur darum, mich zu heiraten. Ich weiß, dass du eine Prinzessin bist und dass sich daran auch nichts ändert, nur weil wir einander lieben.«

Alex war sich nicht sicher, ob er wirklich begriff, was es bedeutete, ihr Mann zu sein. Auf einmal bekam sie es mit der Angst zu tun. »Luke, ich bin die Kronprinzessin von Bellissime. Du kommst nicht einmal aus diesem Land, daher wirst du auch nie auf dem Thron sitzen können. Wenn ich Königin werde, kannst du nicht König sein. Du wirst nur mein Ehemann sein.« Vielleicht machte man ihn zum Herzog, aber darüber würde das Parlament von Bellissime entscheiden müssen.

Er zuckte mit den Achseln. »Ich will auch gar nicht König werden. Ich will nur dich.«

»Ich werde weiterhin hier leben müssen«, fuhr sie fort und wurde immer verzweifelter. Er schien es einfach nicht zu begreifen. »Ich weiß nicht, ob du dann noch als Schauspieler arbeiten kannst. Der Gatte der Königin kann vor der Kamera schließlich nicht mit anderen Frauen schlafen ...«

»Sch«, murmelte er, als ihre Stimme immer schriller wurde. Er stand auf und nahm sie in die Arme. »Glaubst du etwa, das wäre mir nicht klar? Ich bin jetzt schon eine ganze Weile ziemlich frustriert und werde eine Auszeit nehmen. Falls ich jemals wieder zurückkehre, dann übernehme ich eben kleinere Rollen. Ich drehe Filme, die mir etwas bedeuten, und übernehme keine Rollen mehr, weil ich mir danach bessere Angebote verspreche.«

»Aber all die Drehbücher ...«

»Ich habe sie mir alle angesehen. Im Grunde genommen ist es immer dasselbe: ein Blockbuster mit Standardfiguren. Ich würde sie nur des Geldes wegen machen, und ehrlich gesagt nage ich auch so momentan nicht am Hungertuch.« Er zog sie an sich. »Aber wenn du mich nicht heiratest, dann weiß ich nicht, was ich machen soll.«

Sie zupfte an seinem T-Shirt herum und war völlig überwältigt von der ganzen Situation. Er würde ihretwegen seine Karriere aufgeben? Ihretwegen? »Ich möchte dir aber keine Steine in den Weg legen, Luke.«

»Das tust du auch gar nicht, Baby. Ich liebe dich. Die Rolle als dein Ehemann ist die, die ich unbedingt spielen möchte.« Er küsste sie zärtlich, hielt dann jedoch inne. »Allerdings hast du mir noch nie gesagt, dass du mich liebst ...«

»Ich liebe dich!«, schrie sie ihm ins Ohr und schlang ihm die Arme um den Hals. »Ich liebe dich, du blöder Kerl.«

Er lachte, hob sie hoch und wirbelte sie herum. »Bedeutet das, dass wir heiraten werden?«

Sie klammerte sich an ihn, und ihr war vor Glück ganz schwindlig. »Luke, bist du dir auch wirklich sicher ...«

Er setzte sie ab und bedachte sie mit einem ernsten Blick. »Muss ich dir jetzt etwa noch erklären, dass ich in Bezug auf die Schauspielerei noch viel von dir lernen kann? Denn du spielst jeden Tag eine Rolle, nur dass deine tatsächlich von Bedeutung ist. Wenn ich jeden Tag an deiner Seite und jede Nacht in deinem Bett sein kann, dann ist die Rolle als dein Ehemann die, die ich für den Rest meines Lebens spielen möchte.«

Alex kaute besorgt auf ihrer Unterlippe herum. »Wir müssen die Königin um Erlaubnis bitten.«

Er nahm sie erneut in die Arme und zog sie fest an sich. »Ich weiß aus verlässlicher Quelle, dass sich jemand für uns einsetzen und die Königin davon überzeugen wird, dass es dem Land nur guttun kann, wenn du einen Schauspieler heiratest. Und, was ist jetzt: Willst du meine Frau werden oder nicht?«

»Oh ja! Und wie ich deine Frau werden will.«

»Dann küss mich endlich«, verlangte er grinsend und beugte sich vor.

Alex schlang die Arme um seinen Hals und küsste ihn, während sie vor Glück fast platzte. Offenbar konnten auch moderne Prinzessinnen noch ein Happy End erleben.

* * *

Es stellte sich heraus, dass man tatsächlich keine große Überzeugungskraft aufwenden musste, damit die Königin dieser Ehe zustimmte.

PERFECT TOUCH

Für immer

Du liebe Güte, was ist denn das?«, rief Maylee in dem ihr eigenen Südstaatenakzent, als Gretchen das Buchanan-Immobilienbüro in der Innenstadt betrat.

Gretchen hielt mit einem Fuß die Tür offen, trug ihr Tablett hinein und achtete gleichzeitig darauf, dass nichts von dem rot-weißen Zuckerguss an ihren schwarzen Pullover gelangte. »Ich wünsche dir auch frohe Weihnachten.«

Maylee kicherte, kam hinter dem Schreibtisch hervor und hastete zu ihrer Freundin, um die Tür aufzuhalten. »Es kommt nicht jeden Tag vor, dass die Verlobte des Chefs mit einem Donutberg reinkommt. Da kann man sich schon mal ein bisschen erschrecken.«

»Das nennt man ›Religieuse à l'ancienne‹, und es ist ein ein Meter hohes Gebilde aus Éclairs. Eigentlich soll es aussehen wie eine Nonne. Oder ein Kegel. Oder so.«

»Na, das ›oder so‹ stimmt ja schon mal. Dein Werk sieht eher aus wie der Weihnachtsmann.«

Gretchen strahlte. »Genau das wollte ich erreichen. Es sollte aussehen wie der Weihnachtsmann … oder eine Nonne. Jedenfalls habe ich das im Fernsehen gesehen und wollte es unbedingt nachbacken.« Sie ließ unerwähnt, dass dies der dritte, nein, der vierte Versuch war, da die ersten auseinandergefallen waren – aber das musste Maylee ja nicht wissen.

Diese warf ihr einen mitfühlenden Blick zu. »Stehst du wieder so unter Stress, dass du backen musst, um dich zu beruhigen?«

»Ist das so offensichtlich?« Gretchen stellte das Tablett auf Maylees Schreibtisch und strich mit beiden Händen über ihre viel zu enge Hose. Die ganzen Diäten, die sie vor der Hochzeit machte, schlugen irgendwie nicht an, da sie in letzter Zeit immer, wenn sie nervös wurde, backen musste. Kekse, Torten, Kuchen, Pralinen, all das musste natürlich auch gekostet werden.

Und in letzter Zeit war sie sehr gestresst.

»Eigentlich nicht«, antwortete Maylee leichthin, »allerdings bist du jetzt schon das dritte Mal diese Woche hier, um etwas Süßes vorbeizubringen.« Sie deutete mit einem pinkfarben lackierten Fingernagel auf ein rot glasiertes Éclair. »Ist das Zeug essbar? Die Putzkolonne wird bestimmt danach fragen. Die sind immer ganz begeistert, wenn du so gestresst bist.«

»Es sollte essbar sein, wenn ich keinen Mist gebaut habe.« Gretchen blickte auf ihren Éclairberg herab. Diese französische Monstrosität sollte eigentlich das Herzstück im Schaufenster einer Bäckerei oder auf einem festlich gedeckten Tisch sein, aber ihre sah eher aus wie ... Na ja, es sah aus wie ein Haufen Éclairs. Oder wie der Weihnachtsmann. »Als Nächstes versuche ich mich an ›Yule Logs‹. Ich habe mir überlegt, dass ich viele verschiedene Größen backen könnte, die alle unterschiedlich schmecken und andere Muster haben. Dann schichte ich sie aufeinander und bastele darauf ein paar Flammen aus Marzipan. Oder vielleicht aus Zuckerwerk. Was hältst du davon?«

Maylee umklammerte die Seiten ihres Tweedrocks. »Ich nehme schon zu, wenn ich nur daran denke.«

»Ja, ich auch.« Doch das bedeutete noch lange nicht, dass sie es nicht ausprobieren würde. Genau das hielt sie in letzter Zeit auf Trab: Sie trank viel zu viel Kaffee, aß viel zu viel Süßes und war total gestresst.

»Du solltest dich mal entspannen. Immerhin heiratest du in einer Woche!«

»Großer Gott, erinnere mich bloß nicht daran. Allein bei der Vorstellung werde ich schon so nervös, dass mir übel wird.«

Maylee musterte sie besorgt. »Aber eine Hochzeit soll doch Spaß machen, Gretchen.«

Ja, da hatte sie recht, doch Gretchen bekam zunehmend das Gefühl, dass ihre Hochzeit unter einem bösen Stern stand. »Wie laufen denn die Vorbereitungen für eure?«

Bei dieser Frage hellte sich Maylees rundliches Gesicht auf. »Ach, das weiß ich gar nicht so genau. Griffins Großtante und seine Cousine Alex wollen alles organisieren, weil er doch dem Königshaus angehört.« Sie zuckte mit den Achseln. »Ich muss eigentlich nur noch da auftauchen und versuchen, mich nicht völlig zum Narren zu machen.«

»Du Glückspilz«, neckte Gretchen ihre Freundin, und Maylee kicherte erneut. »Können wir nicht tauschen? Für mich klingt das einfach perfekt.«

»Finger weg. Griffin gehört mir.«

»Hey, ich habe ja nichts davon gesagt, dass ich mir deinen Bräutigam schnappen will. Aber die Hochzeitsplanung hätte ich schon ganz gern.« Gretchen hätte Hunter nicht gegen alle Adligen der Welt eingetauscht – und ganz bestimmt nicht gegen den steifen, unglaublich sittsamen Griffin, der in so vielem genau das Gegenteil seiner kraushaarigen Verlobten vom Land war. »Wo wir gerade beim Thema sind: Wo steckt denn mein Herzallerliebster?«

»Telefonkonferenz«, erwiderte Maylee. Sie nahm sich ein Stück Gebäck vom oberen Teil des Gebildes und knabberte daran. »Aber es kann nicht mehr lange dauern. Wow, das schmeckt ja lecker. Ich kann es nicht fassen, dass du das alles selbst gebacken hast.«

Gretchen seufzte und nahm sich eine Zeitschrift vom Tisch. »Dann warte ich eben solange.« Hunter gab sich die größte Mühe, seinen Terminkalender für die Flitterwochen nach der Hochzeit freizuhalten, aber da das Weihnachtsfest und die üblichen Geschäfte zum Jahresende anstanden, hatte er sehr viel zu tun. Das war vor allem schwer für sie, da sie sich häufig nach ihm sehnte und mit ihm reden wollte, aber sie konnte durchaus ein paar Minuten warten. Er würde schon Zeit für sie finden, so wie immer.

Sie blätterte gelassen durch das Heft, dann fiel ihr Blick auf ihren Verlobungsring. In genau einer Woche würde daneben ein Ehering an ihrem Finger stecken. Die Hochzeit, auf die sie sich jetzt schon das ganze Jahr lang freute, die sie aber gleichzeitig in ein Nervenbündel verwandelte, wäre endlich über die Bühne. Sie würde den Mann ihrer Träume heiraten.

Dafür mussten sie nur noch eine Woche durchhalten.

Gretchen schlug die nächste Seite um, war jedoch viel zu sehr mit ihren Gedanken beschäftigt, um überhaupt wahrzunehmen, was in der Zeitschrift stand. Dabei gab es überhaupt keine Probleme zwischen ihr und Hunter. Er war einfach perfekt, und sie hielt sich für die glücklichste Frau auf Erden, dass sie ihn an ihrer Seite hatte. Dennoch hatte es sich im Laufe des Jahres so angefühlt, als würden sich die Probleme in Bezug auf die Hochzeit immer weiter anhäufen. Die Trauzeugen schwängerten ihre Brautjungfern. Trauzeugen schieden aus der Hochzeitsgesellschaft aus und mussten ersetzt werden. Himmel, sogar ihre Agentin wollte nicht mehr dabei sein. Kat war eigentlich als eine Brautjungfer vorgesehen gewesen, nun jedoch vor einigen Monaten nach Europa gezogen, um als Assistentin irgendeines bedeutenden deutschen Schriftstellers zu arbeiten, daher hatte sie auch hier einen Ersatz finden müssen. Schließlich hatte Gretchen das Datum vom Frühling in den Herbst verlegen müssen, weil Hunter so viel zu tun hatte und der Geburtstermin von Audreys Baby damit kollidierte. Danach war der Termin sogar noch weiter nach hinten verschoben worden, und jetzt heiratete sie am Weihnachtsabend, weil sie das aus unerfindlichen Gründen irgendwann für eine gute Idee gehalten hatte. Dazu kam noch, dass sie inzwischen so viele Bäcker und Catering-Dienste ausprobiert hatte, dass es im ganzen Staat New York keinen mehr gab, den sie noch nicht gefeuert hatte. Ihre Hochzeitsplanerin war für einen ganzen Monat nach Las Vegas verschwunden. Die Krönung des Ganzen war, dass das Buchanan-Herrenhaus nun auch noch ein undichtes Dach hatte und sie einen ganzen Flügel renovieren mussten. Man hatte ihr und Hunter zwar versprochen, dass die Bauarbeiten bis zu ihrer Hochzeit abgeschlossen sein würden – die schließlich im Herrenhaus stattfinden sollte –, aber sie war nicht davon überzeugt, dass das auch passieren würde.

Himmel, eigentlich war sie sich in fast jeder Hinsicht unsicher und wusste nur noch, dass sie unbedingt heiraten und endlich das nächste Kapitel ihres Lebens aufschlagen wollte. Dann konnten sie sich entspannen und ihr gemeinsames Leben genießen.

Die Tür wurde geöffnet, und eine kleine Frau kam herein. Gretchen blickte automatisch auf, und die Frau zuckte bei ihrem Anblick sichtlich zusammen. Hm, okay, das war ihr noch nie passiert. Hatte sie etwa noch Mehl im Gesicht? Unauffällig leckte sich Gretchen einen Daumen ab und fuhr sich vorsichtshalber über die Mundwinkel.

Die Frau ging zum Empfang, und Gretchen bemerkte, dass sie einen großen Umschlag in der Hand hielt. Als sich die Frau über Maylees Schreibtisch beugte, berührte ihr Haar beinahe das gewaltige Ungetüm aus Backwerk. »Ich bin hier, um Mr Buchanan zu sprechen.«

»Haben Sie einen Termin?« Maylee holte ihren Terminkalender hervor.

»Nein, aber er wird mich trotzdem sehen wollen.« Wieder schaute sie zu Gretchen hinüber, um sich dann noch weiter vorzubeugen und leise hinzuzufügen: »Es ist sehr wichtig.«

Okay, nun war Gretchens Neugier geweckt. Sie blätterte eine Seite um und beobachtete die Frau dabei weiterhin aus dem Augenwinkel. Die Frau war sehr hübsch und trug schöne nudefarbene Schuhe mit hohen Absätzen, die ihre trotz der Jahreszeit perfekt gebräunten Beine betonten. Dazu hatte sie einen schwarzen Rollkragenpullover über einem kurzen roten Kleid an, und an ihrer Brust prangte ein Anstecker in Form eines Weihnachtsbaums. Ihr ganzer Look wirkte sehr schön und stimmig, wie ihn Gretchen nie im Leben hinbekommen hätte.

Maylee warf der Frau einen unsicheren Blick zu und

musterte Gretchen kurz. »Mr Buchanan hat bis eben telefoniert, und ich glaube nicht …«

Ein Stück den kurzen Flur entlang wurde die Tür zu Hunters Büro geöffnet. Er kam heraus und rückte sein Jackett zurecht, und Gretchen hatte bei seinem Anblick sofort Schmetterlinge im Bauch. Er sah so gut aus. Himmel, wenn sie ihn nur ansah, schossen ihr lauter schmutzige Gedanken durch den Kopf. Einige Leute fanden die Narben in seinem Gesicht abstoßend, aber sie empfand alles an ihm erregend. Wenn sie nur an ihn dachte, wurde ihr ganz heiß, und jetzt musste sie die Beine übereinanderschlagen und fest zusammenpressen. Sie hatte extra heiße Unterwäsche angezogen, da sie diesen Besuch in seinem Büro geplant hatte. Vielleicht war ja ein schneller Quickie in der Mittagspause drin … Aber sein Büro hatte viele Fenster, daher war das womöglich doch keine so gute Idee.

Mist!

Seine Augen funkelten, als er Gretchen in der Lobby sitzen sah, doch dann bemerkte er die Frau, die mit dem Umschlag in der Hand auf ihn wartete, und sein Blick wurde kalt und distanziert.

Das war merkwürdig. Gretchen war sofort alarmiert.

»Mr Buchanan«, sagte die Frau und trat vor. »Ich müsste Sie kurz sprechen.«

Er mahlte mit dem Kiefer, wie er es immer tat, wenn er sich ärgerte, und nickte dann. »Kommen Sie rein.« Bei diesen Worten deutete er auf seine Bürotür. »Ich bin gleich bei dir«, teilte er Gretchen mit.

»Okay«, erwiderte sie und war verwirrt, weil er auf einmal so steif klang und weil er die Frau so unhöflich behandelte. Das passte überhaupt nicht zu ihrem Hunter. Ihr süßer, rücksichtsvoller, romantischer Hunter war stets freundlich und zuvorkommend. Aber der Blick, den er dieser Frau zuwarf, die soeben sein Büro betrat, ließ sich nur als Abscheu und vielleicht sogar Verachtung einstufen.

Was in aller Welt ging hier vor sich?

Sobald Hunter die Tür hinter sich geschlossen hatte, sprang Gretchen auf und legte die Zeitschrift weg. Sie schlich zur Tür und ignorierte Maylees leisen Protest. Bald würde sie die Frau des Chefs sein, da konnte sie auch jetzt schon tun und lassen, was sie wollte. Und im Moment brannte sie darauf, zu erfahren, was da drin vor sich ging.

Daher legte sie ein Ohr an die Tür und lauschte.

* * *

Es war offensichtlich, wie sehr es Hunter missfiel, dass die Frau jetzt in seinem Büro stand. »Was wollen Sie hier?«

Miss Kenler trat auf ihn zu, ignorierte seine schlechte Laune und reichte ihm den Umschlag. »Ich habe Ihnen die Bilder mitgebracht, da ich mir dachte, dass Sie sie gern sehen würden, bevor wir weitermachen.«

Ihre arrogante Haltung überraschte ihn ebenso wie die Tatsache, dass sie in seinem Büro aufgetaucht war, obwohl er ihr explizit davon abgeraten hatte. Seine Stimmung verschlechterte sich noch mehr. »Ich bezahle Ihnen eine Stange Geld, da kann ich mir auch ansehen, was ich dafür bekomme.« Er streckte eine Hand aus.

Sie gab ihm den Umschlag. »Ich denke, Sie werden auf den Bildern alles sehen, was wir besprochen haben.«

Das würde sich ja gleich herausstellen. Es hatte sich als

schwerer erwiesen als gedacht, ein geeignetes Hochzeitsgeschenk für Gretchen zu finden. Immerhin plante er etwas Großes. Er hatte lange überlegt, was er ihr schenken konnte, und dann war ihm eine Idee gekommen: eine Replik von Ina Gartens *Barefoot-Contessa*-Küche. Gretchen liebte diese Kochsendungen, und sie erprobte ständig irgendwelche Rezepte für das Buch, an dem sie arbeitete, was allerdings dafür sorgte, dass sie sich tagsüber kaum noch sahen. Daher wollte er ihr eine neue Küche im Buchanan-Herrenhaus bauen, und zwar oben, direkt neben seinem Arbeitszimmer. Dann wäre er den ganzen Tag lang in ihrer Nähe und nicht etwa ein Stockwerk höher und auf der anderen Seite des Hauses. Er würde einfach nach nebenan gehen und seine Frau küssen können, wenn ihm danach war.

Weil er sie so gern verwöhnte, hatte er es vielleicht etwas übertrieben und dieselbe Küche für die Insel bestellt, die er ihr als zweites Hochzeitsgeschenk gekauft hatte. Geld hatte er schließlich mehr als genug.

Doch die Leute, die er mit dem Bau beauftragt hatte, gingen ihm schrecklich auf die Nerven. Zum einen, weil sie den Zeitplan einfach nicht halten konnten, und zum anderen, weil es ihnen schwerfiel, den Mund zu halten. Er wollte Gretchen damit überraschen, hatte dann aber zu der Ausrede mit dem Wasserschaden greifen müssen, damit sie den Flügel des Hauses nicht betrat. Und jetzt tauchte auch noch die Innenarchitektin in seinem Büro auf?

Er hätte sie am liebsten auf der Stelle gefeuert, wäre da nicht die Tatsache gewesen, dass in einer Woche alles fertig sein sollte. Theoretisch zumindest. Vorausgesetzt, die Handwerker, die ihren Beteuerungen zufolge schon letzten Monat hätten fertig sein sollen, würden es bis Weihnachten schaffen. Er kaufte Miss Kenler die Zusicherungen zwar nicht mehr ab, aber ihm blieb letzten Endes keine andere Wahl, als darauf zu hoffen, dass alles klappte. Es war viel zu spät, um noch jemand anderen anzuheuern.

Hunter holte die Fotos aus dem Umschlag und ging sie durch. Die Fortschritte in seinem Haus konnte er mit eigenen Augen sehen, aber in Bezug auf die Insel musste er sich auf diese Bilder verlassen. Da die Frau offenbar ständig Probleme mit ihrem E-Mail-Konto hatte, tauchte sie immer wieder in seinem Büro auf. Anfangs hatte er geglaubt, sie wollte sich ihm an den Hals werfen, dabei hatte er ihr unmissverständlich zu verstehen gegeben, dass diese maßgefertigten Küchen für seine Verlobte gedacht waren. Außerdem war er ja nun nicht gerade ein Frauenheld. Manchmal fragte er sich aber dennoch, wieso sie immer wieder hierherkam. »Und der Preis?«

»Etwas höher als geplant, aber das ist leider unumgänglich, damit alles rechtzeitig fertig wird.«

Er knurrte leise. »Warum überrascht mich das nicht?« Handwerker. Dies war das vierte Mal, dass der Preis in die Höhe geschnellt war. »Sorgen Sie einfach dafür, dass alles erledigt wird. Und kommen Sie nie wieder in mein Büro. Ich möchte nicht, dass meine Verlobte Verdacht schöpft, da sie nichts davon wissen soll.«

Miss Kenler lächelte ihn an. »Selbstverständlich. Dann machen wir also weiter wie bisher?«

»Bleibt mir denn eine andere Wahl?«

* * *

Gretchen trat von der Tür weg. Sie war völlig schockiert, denn mit so etwas hatte sie nun wirklich nicht gerechnet. Aber welche andere Schlussfolgerung konnte sie aus dem ziehen, was sie da gerade gehört hatte?

Eine fremde Frau überbrachte ihrem Verlobten Fotos und verlangte Geld?

Es war offensichtlich, dass ihr süßer, ehrenwerter Hunter erpresst wurde. Irgendjemand versuchte, ihr Glück zu ruinieren, bevor sie überhaupt am Altar gestanden hatten. Sie ging langsam zurück in die Lobby, setzte sich wieder mit der Zeitschrift in der Hand hin und blätterte weiter darin herum, als wäre alles in Ordnung. Währenddessen herrschte in ihrem Kopf ein heilloses Chaos.

Ganz offensichtlich schämte sich Hunter wegen dieser Sache, sonst hätte er ihr doch davon erzählt. Worum konnte es dabei nur gehen? Vielleicht hatte es etwas mit jemandem aus seiner Vergangenheit zu tun oder dem Unfall, der ihn derart entstellt hatte. Waren es Gerüchte über seinen Vater? Hatte er finanzielle Probleme?

Eigentlich war es ihr auch egal. Sie interessierte nur, dass es jemand auf ihren Mann abgesehen hatte, und dafür würde derjenige bezahlen. Hunter Buchanan gehörte ihr, und sie liebte ihn mehr als alles andere auf der Welt. Wenn sie zu schmutzigen Tricks greifen musste, um ihn vor diesen Mistkerlen, die ihn erpressten, zu beschützen, dann würde sie es tun.

Dafür brauchte sie einen Plan.

Was sollte sie nur tun?

Vielleicht wusste Audrey ja Rat. Sie widerstand dem Drang, ihrer Schwester sofort eine SMS zu schicken. Audrey hatte immer viel um die Ohren, da sie sich um ihren

Mann, ihr Baby und ihren Job kümmern musste und schon wieder schwanger war. Doch dann hielt Gretchen inne. Wenn es um finstere Pläne ging, war Audrey nicht die richtige Ansprechpartnerin, da sie immer alles richtig machen wollte.

Zum ersten Mal seit sehr, sehr langer Zeit wünschte sich Gretchen, dass Daphne ihr helfen könnte. Daphne war die Gerissene und Clevere der beiden Zwillingsschwestern. Sie spielte nicht nach den Regeln und würde wissen, was man unternehmen konnte, wenn Gretchens Mann tatsächlich erpresst wurde.

Dummerweise stand Daph nicht zur Verfügung. Gretchen musste sich selbst etwas einfallen lassen. Frustriert und deprimiert ging sie zu Maylees Schreibtisch, nahm sich ein rot glasiertes Éclair und biss herzhaft hinein.

Jetzt war nicht der richtige Zeitpunkt für eine Diät.

* * *

»Ist wirklich alles in Ordnung?«

Gretchen schenkte ihrem Verlobten im Spiegel ein müdes Lächeln und drückte sich Zahnpasta auf ihre Zahnbürste. »Ja. Ich hatte nur einen langen Tag.«

Er legte die Zahnseide weg, trat in dem palastartigen Badezimmer neben sie und drückte ihr einen Kuss auf die Schulter. »In letzter Zeit hattest du viel zu viele lange Tage. Du arbeitest zu viel.«

»Ich arbeite zu viel? Ich habe doch den lieben langen Tag nur gebacken.« Sie schnaubte und putzte sich energisch die Zähne. Doch das war nicht die ganze Wahrheit. Sie hatte gebacken und innerlich gekocht. Außerdem hatte sie sich nach Privatdetekteien erkundigt und eine Anwaltskanzlei kontaktiert, um herauszufinden, welche Optionen sie hatte, falls ihr Verlobter wirklich erpresst wurde. Dummerweise hatten alle Anwälte nur darüber sprechen wollen, ob sie nun einen Ehevertrag abschließen wollte oder nicht, und das hatte sie noch mehr durchdrehen lassen.

Hunter küsste erneut ihre Schulter und strich ihr mit den narbenübersäten Fingern über die nackte Haut. »Ich kenne dich doch, Gretchen. Deine Miene verrät mir, dass du gestresst bist. Erzähl mir doch einfach, was du auf dem Herzen hast.«

Sie beugte sich vor, spülte sich den Mund aus und drückte sich dabei gegen seinen Penis, denn, hey, sie war auch nur ein Mensch und ihr Verlobter war unglaublich heiß. »Ich bin nicht gestresst«, behauptete sie noch einmal. »Okay, vielleicht ein bisschen, aber das hat nur mit der Hochzeit zu tun und geht schon vorüber.«

Er warf ihr im Spiegel einen liebevollen Blick zu und schob die Hände in die Pyjamahose, die sie vor fünf Minuten erst angezogen hatte. »Du hast doch nicht wieder einen Caterer gefeuert, oder?«

»Kann schon sein. Was soll ich denn machen, wenn die nicht mal wissen, wie man einen Croquembouche zubereitet? Dann kann ich die bei meiner Weihnachtshochzeit doch nicht gebrauchen! Ist dir eigentlich schon aufgefallen, dass die Farben auch nicht gerade weihnachtlich sind? Ich muss mir irgendwas einfallen lassen, damit die pinklilafarbenen Brautjungfernkleider zu der neuen Dekoration passen und …«

»Und du wirst in letzter Minute noch einmal alles umwerfen«, schalt er sie und zog ihr die Pyjamahose herunter, sodass sie im Slip dastand. »Wir haben das doch schon besprochen. Nimm es einfach locker.« Er kniete sich hinter sie und küsste ihre Pobacken, was ihre Erregung entfachte.

Verdammt, und sie hatte geglaubt, sie wäre diejenige, die ihn ablenkte. Gretchen legte die Zahnbürste weg und schob ihre Hose noch weiter herunter, um ihm die Sache zu erleichtern. Sie waren jetzt seit einem Jahr zusammen, aber der Sex war immer noch so aufregend und alles verzehrend wie am ersten Tag. Als Hunter die Lippen über ihre Hüfte wandern ließ und sie schließlich umdrehte, stockte ihr der Atem.

Sie schob die Finger in sein Haar und stöhnte, als er zu ihrem Schamhaar gelangte. »Himmel, ich liebe dich so sehr.«

Er lachte leise, und sein Atem wehte federleicht über ihre Haut. »Das sagst du immer, wenn ich kurz davor bin, dich zu lecken.«

Da hatte er recht. Aber wo war das Problem? Sie meinte es schließlich ernst. Dann spreizte sie die Beine, damit er seinen Kopf in ihren Schoß drücken konnte. Sie schwor sich, dass sie nichts auseinanderbringen konnte.

Keine verrückte Hochzeit, keine Erpressung, rein gar nichts.

* * *

»Na los. Wir machen noch mal dreißig Liegestützsprünge.«

Daphne stöhnte, blieb auf ihrer Yogamatte liegen und starrte die Decke an. Das hier war die Hölle, oder? Es konnte nicht anders sein. Zu ihrem Pech fing die Hölle jeden Morgen um sieben an, begann mit einem intensiven Training und ließ sie den ganzen Tag über nicht mehr in Ruhe. »Wir haben doch gerade erst fünfzig Bauchpressen gemacht«, stieß sie keuchend hervor.

»Aus genau diesem Grund müssen wir deine Herzfrequenz auch wieder in Gang bringen«, sagte Wesley – der personifizierte Satan. Er tätschelte ihren Arm und sprang auf, als würde er aus Luft bestehen. »Komm schon. Dreißig Liegestützsprünge, und danach machen wir mit den Hanteln weiter.«

»Dreißig schaffe ich nicht mehr«, jammerte sie, stand aber dennoch auf. Sie stemmte die Hände in die Hüften und starrte ihren Trainer wütend an.

»Und ob«, erwiderte Wesley fröhlich. »Du bist stark. Du schaffst das. Und los.« Er sprang hoch und bedeutete ihr, es ihm nachzumachen.

»Verdammte Scheiße. Das habe ich davon, dass ich in Jogginghose ins Studio gekommen bin«, murrte sie, machte aber trotzdem mit. Dreißig Liegestützsprünge. Das konnte sie schaffen. Hoffentlich. »Das verdammte … Plattenlabel … denkt wohl … ich bin … zu fett …« Sie keuchte, während sie die Übungen ausführte. Die Arme in die Luft und springen, dann runter auf den Boden und Liegestütze machen, nur um gleich wieder aufzuspringen. Es war die reinste Folter. Dabei war es wenig hilfreich, dass Wesley – der attraktive, gut gebaute Work-out-Gott Wesley – immer so aussah, als wäre er für all das hier geboren worden. Er sprang jedes Mal in die Luft, während sie halbherzig hüpfte und dabei schnaufte und keuchte, als wäre sie dem Tode nahe.

Irgendwann hatte sie auch die dreißig Liegestützsprünge geschafft und beugte sich stöhnend vor, um die Hände auf die Knie zu stützen.

Wesley tätschelte ihr den schweißnassen Rücken. »Das machst du super, Daph. Trink etwas Wasser, und dann kommen wir zu den Gewichten.«

Sie ging zu ihrer Wasserflasche und ihrem Handtuch, während Wesley noch weitere Liegestützsprünge machte. Als ihr Trainer und persönlicher Schatten nahm er sich jeden Morgen im Fitnessstudio etwas mehr Zeit dafür, seinen großartigen Körper in Schuss zu halten – und das alles nachdem er sein zweistündiges Joggingprogramm absolviert hatte. Sie nippte an ihrem Wasser und lehnte sich an die Wand ihres privaten Fitnessstudios, während sie versuchte, Wesley nicht anzustarren, der gerade einen Arm hinter den Rücken legte und einarmige Push-ups machte. Sein Tanktop war an den Seiten tief geschlitzt und saß locker, sodass man seine ausgeprägten, knallharten Muskeln sehen konnte. Großer Gott, wenn er so weitermachte, würde sie noch anfangen zu sabbern. Sie tupfte sich das Gesicht ab und zwang sich, den Blick abzuwenden und durch das Fenster in den grauen Morgenhimmel über Manhattan hinauszusehen.

Es war falsch, den eigenen Trainer und Life-Coach anzuhimmeln. Das war eine ganz blöde Idee, und selbst Daph, die normalerweise die Meisterin der schlechten Entscheidungen war, wusste das genau. Er war ihr Ernährungsberater, ihr Bodyguard, ihr Trainer und ihr ständiger Begleiter. Als sie vor vier Monaten aus der Entzugsklinik gekommen war, hatte ihr Label ordentlich was springen lassen und ihr Wesley an die Seite gestellt. Damit verdiente er seinen Lebensunterhalt: Er brachte Promis wieder auf den rechten Weg zurück und half ihnen, ihr Leben in den Griff zu bekommen. Sobald ihm das gelungen war, zog er weiter. Selbst wenn er zum Anbeißen aussah, durfte sie in sein Verhalten nichts hineininterpretieren.

Sie sagte sich, dass das ohnehin das Beste war, während sie beobachtete, wie er noch einen Satz anstrengender Übungen absolvierte, nur um ihr zu demonstrieren, wie fit er war. Wesley war klug, witzig und ausgesprochen diszipliniert. Insofern war er völlig anders als jeder, den sie bisher kennengelernt hatte. Er trank nichts Stärkeres als grünen Tee, rauchte nicht und ging nie feiern. Sie vermutete sogar, dass er gesüßte Lebensmittel nicht anrührte. Eigentlich war sie davon sogar überzeugt, denn seitdem er bei ihr eingezogen war, hatte sie selbst keinen Zucker mehr zu sich genommen, und er aß immer dasselbe wie sie. Ständig gab es nur Eiweiß, Spargel und so viel gottverdammtes langweiliges Wasser, dass sie schon glaubte, bald wegschwimmen zu müssen.

Immer wenn sie Lust auf etwas Ungesundes hatte, nahm Wesley es ihr sofort wieder aus der Hand. Zigaretten waren die Einstiegsdroge für Crack. Limonaden waren ungesund und machten einen abhängig von Zucker. Cronuts waren streng verboten. Kaffee gab es nur schwarz und entkoffeiniert. Außerdem ging Wesley die Einkäufe durch, die ihre Haushälterin erledigte, und warf alles weg, was er nicht gutheißen konnte. Er trieb Daphne in den Wahnsinn, und ebenso ihre Haushälterin.

Aber die Plattenfirma liebte ihn natürlich, da seine Methoden funktionierten. Seitdem er zu ihrem Leben gehörte, war sie so clean, wie man nur sein konnte – und das konnte man durchaus als etwas Gutes ansehen.

Das Problem war nur, dass sie sich nicht länger vor all ihren Problemen verstecken konnte, wenn sie clean war. Irgendwie hatte sie es in den letzten, von den Drogen bestimmten Jahren geschafft, alle, die ihr nahegestanden hatten, aus ihrem Leben zu vergraulen. Sie hatte sich eingeredet, dass sie das nicht weiter schlimm fand. Dass ihre Fans diese Lücke ausfüllten. Sie hatte so getan, als würde es ihr nichts ausmachen, dass ihre Freunde, mit denen sie früher wilde Partys gefeiert hatte, sich nicht mehr meldeten und dass ihre Familie sie schon vor einer ganzen Weile aufgegeben hatte. Nach außen hin war alles okay.

Sie hatte Wesley und ihre Musik, und an den meisten Tagen reichte ihr das auch.

Doch das diesjährige Weihnachtsalbum war gestrichen worden, da ihre Plattenfirma erst sicherstellen wollte, dass es ihr besser ging. Sobald das erreicht war, würde Wesley zum nächsten Klienten weiterziehen.

Dann wäre sie wieder allein.

Ihre Finger zuckten, und sie ließ sich gegen die Wand sinken. Wenn sie nur daran dachte, sehnte sie sich schon nach einer Zigarette. Sie leckte sich die Lippen und blickte wieder auf die Skyline hinaus, als könnte sie dort die Antwort auf all ihre Fragen finden.

»Weiter geht's, Daph.« Wesley stand auf und ging federnden Schrittes zur Hantelbank. »Wir fangen mit zwanzig Kilo an und sehen dann weiter, okay?«

»Okay«, murmelte sie lustlos und folgte ihm.

Er stutzte und musterte sie irritiert. »Was ist los?«

Sie ging genervt an ihm vorbei. »Was soll schon los sein? Ich hab nur gesagt, dass ich die verdammten Gewichte stemmen werde.«

Er reichte ihr eine Hantel. »Aber du hast gar nicht rumgemeckert. Irgendwas stimmt doch nicht.«

Sie riss ihm die Hantel aus der Hand. »Ach, halt die Klappe, Wesley.«

»Abwechselnde Armbeugen«, wies er sie an und baute sich mit verschränkten Armen vor ihr auf, um ihr zuzusehen. »Und jetzt erzähl mir endlich, was los ist.«

Daphne beugte gehorsam den Arm und ignorierte seine zweite Aufforderung.

»Daphne«, warnte er sie, als sie weiterhin nur schweigend die Hanteln stemmte. »Das ist Teil unserer Abmachung.« Er deutete auf sich. »Wir arbeiten Probleme zusammen auf und fressen nichts in uns rein. Hast du das vergessen?«

Sie sah ihn gereizt an. »Ich bin nur müde, okay? Ich habe keine Lust mehr auf die Gewichte, das Training und ständig Salat zu essen, anstatt mal was beim Chinesen zu bestellen. Und ich bin es leid, dass ich rund um die Uhr einen Aufpasser habe.« Sie drückte ihm die Hanteln in die Hand. »Außerdem kann ich diese verdammte Weihnachtsmusik und Manhattan nicht mehr ertragen. Mir geht dieser ganze Mist auf den Zeiger, und ich will zurück nach Kalifornien. Hier gefällt es mir nicht. Ich habe keine Lust mehr auf das ständige Trainieren und würde wahnsinnig gern eine rauchen.«

Kaum hatte sie die Worte ausgesprochen, taten sie ihr auch schon leid. Wieso hackte sie auf ihm herum, wo er ihr doch nur helfen wollte?

Wesley sah sie einfach nur mit undurchdringlicher Miene an.

Verdammt! Sie nahm ihm eine der Hanteln aus der

Hand. »Ja, ich weiß. Ich benehme mich wie ein Arschloch, und du kannst es kaum erwarten, mich endlich loszuwerden.«

»Das habe ich nicht gesagt.«

»Du musst es auch gar nicht aussprechen. Ich habe es noch immer geschafft, jeden zu verscheuchen.«

Er schüttelte den Kopf. »Du warst süchtig. Das war eine andere Situation.«

»Ach ja? Erzähl das meiner Familie.« Das Lachen, an dem sie sich versuchte, blieb ihr im Hals stecken und klang erbärmlich. »Nächste Woche ist Weihnachten, und meine Schwester heiratet, aber glaubst du, eine der beiden hätte mich mal angerufen? Sie wollen nicht mal ein dummes Hochzeitsgeschenk von mir haben, weil ich die reinste Katastrophe bin.«

»Das warst du«, korrigierte er sie. »Aber du bist auf dem Weg der Besserung.«

»Ja, hurra. Sechs Monate Entzugsklinik und weitere sechs Monate clean. Ein ganzes gottverdammtes Jahr.« Sie wackelte mit einem Finger und machte mit dem anderen Arm die Hantelübung. »Die warten doch nur darauf, dass ich wieder rückfällig werde.«

»Aber das wird nicht passieren. Du bist viel stärker geworden.«

Er klang so zuversichtlich, dass sie beinahe angefangen hätte zu weinen. »Jetzt hör aber auf, Wesley. Du kennst mich besser als jeder andere. Ich bin nicht stark. Ich jammere und protestiere, und der einzige Grund, aus dem ich mich so gut halte, ist, dass du ständig neben mir stehst und mir auf die Finger haust, sobald ich die Hand nach etwas ausstrecke, das nicht gut für mich ist.«

»Das stimmt doch gar nicht ...«

»Und ob es stimmt!«, brach es aus ihr heraus. »Das ist doch dein Job!«

»Es liegt nicht an mir, Daphne. Du bist viel stärker, als du wahrhaben willst.« Er legte eine Hand auf ihre Rechte, in der sie die Hantel hielt. »Und ich werde nicht immer da sein.«

»Ich weiß.« Auch das stimmte sie sehr traurig. Bei der Vorstellung, dass Wesley sie verlassen könnte, fühlte sie sich ganz leer. Nicht weil sie ihn brauchte, sondern weil sie ihn mochte. Er war der einzige Mensch auf der Welt, der sie noch nicht aufgegeben hatte; die einzige Person in ihrem Leben, die sie nicht für ein Stück Dreck hielt.

»Du musst daran glauben, dass du stark bist«, sagte er leise und streichelte mit dem Daumen ihren nackten, verschwitzten Arm. »Du bist Daphne Petty. Du hast zwanzig Millionen Alben verkauft und hattest fünf Nummer-eins-Hits. Deine Konzerte sind immer ausverkauft. Deine Fans warten sehnsüchtig auf deine nächste Platte. Das alles bedeutet etwas.«

Tat es das wirklich? Sie hatte das alles erreicht und sich gleichzeitig die Birne zugekokst. »Es bedeutet überhaupt nichts, wenn mich die ganze Welt hasst.«

»Ich hasse dich nicht.«

Ihr wurde ganz warm, und mit einem Mal spürte sie Verlangen nach diesem Mann in sich aufsteigen. Sie war sich seiner Hand auf ihrem Arm überdeutlich bewusst ... ebenso wie der Tatsache, dass sie seit einem ganzen Jahr mit keinem Mann mehr geschlafen hatte. »Du wirst dafür bezahlt, mich nicht zu hassen.«

»Das hat nichts damit zu tun«, entgegnete Wesley und

zog die Mundwinkel hoch. »Und ich kann mir nicht vorstellen, dass dich deine Schwestern hassen. Du hast doch selbst gesagt, dass du sie weggestoßen hast. Warum meldest du dich nicht einfach mal bei ihnen? Besorg ihnen doch ein Weihnachtsgeschenk.«

»Sie wollen mich nicht sehen.«

»Das weißt du doch gar nicht. Und du wirst es auch erst wissen, wenn du ihnen die Hand reichst.«

Sie dachte darüber nach und blickte dann zu ihm auf. »Was ist mit deiner Familie? Willst du über Weihnachten ein paar Tage frei haben?«

»Darüber reden wir später.« Seine Miene veränderte sich und wurde zu der, die sie während des Trainings zu fürchten gelernt hatte. »Und da du anscheinend keine Lust auf das Hanteltraining hast, machen wir eben noch weitere Liegestützsprünge.«

Daphne stöhnte laut. »Du bist wirklich ein Folterknecht.«

Warum in aller Welt verliebte sie sich ausgerechnet in diesen Mann? Sie musste völlig verrückt geworden sein.

* * *

Gretchen: Ich muss doch mal hören, wie es meinen Brautjungfern geht. Was macht ihr alle, und ist eine von euch gegen Erdnüsse allergisch?

Audrey: Oh Mann. Du wirst doch jetzt nicht schon vor dem großen Tag die Nerven verlieren, oder?

Gretchen: Jetzt mach dich nicht lächerlich. Sonst noch jemand?

Taylor: Ich bin allergisch gegen Oliven.

Gretchen: Es wird keine Oliven in den Sachen geben, die ich backe. Versprochen! Und es ist völlig normal, dass man mal nachfragt, wie es seinen Brautjungfern geht! In drei Tagen ist der Junggesellinnenabschied. Da fällt mir ein … Vielleicht sollte ich dafür was backen.

Greer: Augenblick mal. Warum backst du, Gretchen? Was ist aus dem wundervollen Bäcker geworden, den wir erst letzte Woche getestet haben? Du hast ihm ein ziemliches Sümmchen hingeblättert!

Gretchen: Der war ein Croquembouche-Verächter.

Brontë: Ein Croque-was?

Greer: Oh nein. Was machst du denn, Gretchen? Hast du den auch gefeuert? Du kannst doch für die Hochzeit nicht alles selbst machen.

Gretchen: Damit hätten wir jetzt alle bis auf … Augenblick mal, wer fehlt noch? Irgendjemand hält hier Funkstille!

Gretchen: ALARMSTUFE ROT!

Gretchen: Wer hat sich noch nicht gemeldet?

Gretchen: Ich kriege noch einen Nervenzusammenbruch, wenn diejenige nicht bald was von sich hören lässt.

Chelsea: Ihr bringt mich noch um. Was ist nur los mit euch? Es ist sieben Uhr früh! Wieso schlaft ihr nicht? Mein Handy piept die ganze Zeit, als wäre irgendwo Krieg ausgebrochen.

Gretchen: Oh, Gott sei Dank. Da ist Chelsea.

Greer: Kann ich dir irgendwie helfen, Gretchen?

Taylor: Soll ich rüberkommen und dir beim Backen helfen?

Audrey: Ich kann meinen Babysitter anrufen, wenn ich vorbeikommen soll. Oder ich bitte Reese, sich heute um

Chloe zu kümmern. Er wollte sowieso mit ihr in den Park gehen.

Gretchen: Du liebe Güte! Chloe ist gerade mal drei Monate alt, Audrey. Was soll sie denn im Park?

Audrey: Ihren Daddy anspucken und frische Luft schnappen?

Edie: Das ist ja süß. Ich glaube, meine Eierstöcke sind gerade explodiert.

Chelsea: Du hast Eierstöcke? Ich dachte, du hast nur Katzen.

Edie: Natürlich habe ich Eierstöcke. Sie zwingen mich dazu, immer mehr Katzen aufzunehmen. Apropos, möchte eine von euch eine? Erst gestern haben wir eine unglaublich süße Katze aufgenommen, die leider viel zu scheu für das Café ist.

Edie: Hallo?

Brontë: Ähm …

Edie: Okay, okay. Ich hab's verstanden.

Taylor: Ich finde, wir Brautjungfern sollten einschreiten und Gretchen heute aushelfen.

Edie: Ich kann gegen Mittag da sein, wenn ich meine Termine verschiebe.

Audrey: Ich auch. Dann sage ich Reese, dass er sich um Chloe kümmern muss.

Greer: Ich hatte sowieso nichts vor und bin in einer Stunde da, Gretchen.

Taylor: Ich auch!!

Brontë: Ich rede schnell mit Marjorie und sage ihr Bescheid, dass ich erst morgen kommen kann, und dann mache ich mich auf den Weg.

Chelsea: Ach, verdammt. Okay, ich stehe auf. In einer

Minute. Sebastian ist wach und freut sich, mich zu sehen.

Taylor: Das wollen wir gar nicht wissen!!

Gretchen: Ihr könnt es zwar nicht sehen, aber ich heule gerade Rotz und Wasser. Ich liebe euch alle.

* * *

Daphne stand vor der Tür des Buchanan-Herrenhauses und zögerte. Sie hatte einen Weihnachtsstern als Einweihungsgeschenk in der Hand, was ihr jetzt jedoch albern vorkam, da ihre Schwester ja schon seit über einem Jahr hier wohnte. Es war auch nicht die Größe des Hauses, die bewirkte, dass sich ihr Magen zusammenzog – schließlich hatte sie letztes Jahr sogar auf der privaten Geburtstagsparty eines Prinzen gesungen und schon mehrere Gebäude gesehen, gegen die dieses hier klein aussah.

Was sie nervös machte, war die Tatsache, dass sie uneingeladen hier auftauchte und davon ausging, nicht erwünscht zu sein.

Sie drehte sich zu dem Taxi um. Wesley saß auf dem Rücksitz und beobachtete sie. Er reckte einen Daumen in die Luft und sah sie mit zuversichtlicher Miene an. Da war wieder dieser »Du schaffst das, Daph«-Blick, mit dem er sie ständig bedachte. Aus irgendeinem Grund fühlte sie sich jetzt besser. Vielleicht konnte sie das ja wirklich. Möglicherweise hatte sie Glück und Gretchen knallte ihr nicht die Tür vor der Nase zu.

Aber sie hätte sich besser gefühlt, wenn Wesley mit reinkommen würde. Am liebsten hätte sie ihn zu sich gewunken, aber sie wusste, dass sie das allein schaffen musste.

Nur dadurch konnte sie wachsen und sich verändern, hatte er ihr auf der Fahrt hierher erklärt. Sie musste lernen, allein zurechtzukommen. Heute machte sie einen kleinen Schritt, der Teil eines längeren Wegs war, und es würde ihr guttun, wenn sie ihre Familie ohne Begleitung besuchte. Sie brauchte ihn nicht an ihrer Seite, hatte er behauptet und sie stolz angesehen. Als wäre sie jemand, auf den man stolz sein konnte.

Komischerweise fühlte sie sich noch immer wie Daphne, die Katastrophe. Sie fragte sich, ob das jemals aufhören würde.

Vermutlich nicht.

Sie strich mit einer Hand über ihren rotblonden Pferdeschwanz und rückte ihre Sonnenbrille zurecht. Da sie wieder ihre natürliche Haarfarbe trug und seit Beginn der Entziehungskur zehn – nein, fünfzehn – Kilo zugenommen hatte, wurde sie auf der Straße kaum noch erkannt. Die Menschen hielten weiterhin Ausschau nach der dünnen und glamourösen Daphne Petty, dem Superstar mit dem aquamarinfarbenen Haar, dem knappen Kleidchen und der dicken Schicht Make-up. Eine altbackene, ungeschminkte Rothaarige wurde kaum eines Blickes gewürdigt. Okay, manchmal schon. Wenn die Paparazzi einen Tipp bekamen, musste sie wieder eine weitere Woche lang schreckliche Fotos von sich in den Klatschzeitungen sehen, die meist gephotoshopt waren, damit sie darauf völlig kaputt aussah. Anschließend gab es dann immer eine Menge Telefonate und Diskussionen mit der Plattenfirma über ihre Fortschritte.

Wenn ihr Wesley nicht im Nacken saß, dann die Plattenfirma, und das hatte sie vor allem Cade Archer zu verdanken. Seitdem er so viele Aktien gekauft hatte, dass er mit im Vorstand saß, war es mit dem »Hier hast du noch was von dem guten Zeug, bevor du auf die Bühne gehst, Daphne« vorbei. Stattdessen hieß es »Wie war deine Yogastunde heute, Daphne?« oder »Hier hast du ein tolles Rezept für Quinoa mit Äpfeln, Daphne«.

Aber ... so schlimm war das gar nicht. Es war nur anders. Die meiste Zeit gefiel es ihr sogar. Sie genoss es regelrecht, dass man etwas von ihr verlangte, anstatt nur darauf zu warten, dass sie wieder Mist baute. Das war eine sehr angenehme Veränderung.

Der Taxifahrer hupte, und sie wirbelte herum und zeigte den Mittelfinger. Sie wusste, dass Wesley sie so auffordern wollte, endlich anzuklopfen, anstatt unschlüssig vor der Tür herumzustehen, aber, verdammt, sie konnte sich ja wohl so viel Zeit lassen, wie sie wollte. Schließlich stand sie nicht jeden Tag bei ihrer Schwester auf der Matte und wollte Abbitte leisten.

Daphne holte tief Luft und wappnete sich. Dann klopfte sie an.

Und wartete.

Eine sehr, sehr lange Minute geschah gar nichts. Dann hörte es sich an, als würde eine Horde lachender Frauen zur Tür kommen. Einen Augenblick später wurde die Tür aufgerissen und eine lächelnde Gretchen stand da und sah aus wie immer: leicht zerzaust, ihre Nerdbrille auf der Nase und lässig gekleidet. In Daphne stieg leichter Neid auf. Was immer auch geschah, Gretchen schien immer zum Lachen aufgelegt zu sein.

Doch ihr Lächeln verblasste, als sie Daphne erkannte.

»Äh, Überraschung.« Daphne reichte ihr den Blumentopf. Es gelang ihr nicht einmal, die Maske aufzusetzen, die sie bei den Treffen mit ihren Fans immer zur Schau trug. Dies war ihre Schwester, ihr konnte sie nichts vormachen.

Gretchen riss die Augen auf und musterte Daphne von Kopf bis Fuß. »Ach du Scheiße! Ist nicht wahr!«

Daphne erschauderte leicht. Es schneite, und sie war nicht unbedingt dafür gekleidet, eine Stunde lang vor der Tür rumzustehen. »Komme ich ungelegen?«

»Meine Fresse, machst du Witze?« Gretchen packte Daphne am Arm. Einen Augenblick später presste Daphne die Nase an Gretchens Schulter, und der Weihnachtsstern wurde zwischen ihnen zerquetscht. »Daph! Du siehst toll aus! Was machst du denn hier?«

Seltsamerweise stiegen ihr heiße Tränen in die Augen. Keine Schuldzuweisungen? Keine Vorwürfe? Sie hatte damit gerechnet, dass ihre Schwester ihr einen Vortrag über all das halten würde, was sie im Leben falsch gemacht hatte, aber ganz vergessen, dass sie es hier mit Gretchen zu tun hatte. Gretchen verzieh schnell. Daphnes Zwillingsschwester Audrey würde nicht so leicht zu überzeugen sein. »Hey, Schwesterherz. Ich dachte, ich komme mal vorbei und wünsche dir frohe Weihnachten.«

»Ich kann es nicht fassen, dass du in New York bist! Das ist ja perfekt!«

»Ist es das?« Daphne erwiderte Gretchens Umarmung. In ihrem Kopf ging alles durcheinander. Einerseits war sie heilfroh, dass Gretchen sich freute, sie zu sehen ... Andererseits hatte sie aber auch Schuldgefühle, weil sie schon seit einigen Wochen in New York war und sich erst jetzt meldete. Doch Audrey, ihre gottverdammte Zwillingsschwester, hatte ihr ja auch überdeutlich zu verstehen gegeben, dass sie nie wieder Kontakt zu ihnen aufnehmen sollte. Daran hatte sie sich gehalten, auch wenn es ihr sehr schwergefallen war. Aber Daphne wusste selbst, dass sie großen Mist gebaut hatte.

Die Schuldgefühle konnte sie sich allerdings nicht erklären. Anscheinend ging es ihren Schwestern sehr gut, und keine der beiden hatte es im ganzen vergangenen Jahr auch nur geschafft, ihr mal eine SMS zu schreiben.

Doch als Gretchen Daphne umarmte, war alles gut. Die Vergangenheit war vergessen, und sie wusste, dass sie sich falsch verhalten hatte. Verletzte Gefühle hatten hier nichts zu suchen. Das hatte sie in der Therapie gelernt. Sie hatte sehr viele Brücken hinter sich abgerissen, und wenn jemand kein Teil ihres Lebens mehr sein wollte, dann konnte sie ihm das nicht verdenken.

Was noch lange nicht hieß, dass es nicht wehtat.

»Komm rein!«, sagte Gretchen aufgeregt und zog Daphne mit sich. »Hunter ist nicht da, daher kannst du ihm auch nicht Hallo sagen. Er ist einfach der Beste.« Sie strahlte Daph an.

Daphne hielt den Weihnachtsstern unbeholfen in der Hand und wusste nicht, was sie damit anfangen sollte. Im Flur standen mehrere Frauen, die Schürzen trugen und sie neugierig musterten. Ein oder zwei flüsterten hinter vorgehaltener Hand miteinander, und Daphne konnte nur hoffen, dass es daran lag, dass sie sie erkannten, und keinen schlimmeren Grund hatte. Dennoch war es ihr unangenehm. »Soll ich lieber ein anderes Mal wiederkommen?«

»Ach, Unsinn. Wann hast du dich denn je dafür interessiert, was andere denken?« Gretchen grinste ihre Schwester an, wurde jedoch schlagartig ernst, als sie merkte, dass diese nicht darüber lachen konnte. »Entschuldige. Ich wollte damit nur sagen, dass du nicht ungelegen kommst. Wir sind mitten bei der Weihnachtsbäckerei.«

»Weil sie ständig ihre Caterer feuert«, warf eine winzige Frau mit dunklen Haaren ein, die eine knallrote Strickjacke trug. »Was normalerweise kein Problem wäre, aber dummerweise findet in vier Tagen ihre Hochzeit mit zweihundert Gästen statt, und sie hat jetzt niemanden mehr, der für sie backt.«

»Es ist Weihnachten, Greer«, fauchte Gretchen. »Wenn die keinen verdammten Croquembouche für eine gottverdammte Hochzeit backen können, dann haben sie es auch nicht verdient, für mich zu arbeiten.«

»Ich kann auch keinen Croquembouche backen«, erklärte eine Frau mit einem *Doctor-Who*-Schal.

»Sei still, Taylor.« Gretchen hakte sich bei Daphne unter und zog ihre Schwester mit sich. »Komm rein. Du kannst Karamell machen.«

Die Frauenhorde zog plappernd und lachend durch das Haus, und Daphne schaute sich überrascht um. Ihre flatterhafte große Schwester hatte es erstaunlich gut getroffen. Das Haus war riesig und geschmackvoll mit einer Mischung aus alten und neuen Möbelstücken eingerichtet. Und die Küche, in die sie sie führten, sah aus wie aus einem Märchenbuch mit den unzähligen mit Teig gefüllten Schüsseln.

Daphne stellte den Weihnachtsstern auf die Arbeitsplatte. »So ... Was soll ich denn machen? Ich könnte Weihnachtslieder singen und sogar ein bisschen tanzen, aber ich muss dich warnen: Ansonsten bin ich in der Küche nicht zu gebrauchen.«

»Das geht schon in Ordnung. Du kannst mir einfach

Sachen anreichen.« Gretchen ging zur Arbeitsplatte, schnappte sich eine Schüssel und blickte kaum auf, während sie den Teig umrührte. »Ich kann es immer noch nicht fassen, dass du wirklich da bist. Erzähl doch mal, woran du gerade arbeitest.«

Gretchens Lächeln und Interesse wirkten echt, und Daphne entspannte sich ein wenig. »Die Plattenfirma will, dass ich ein Weihnachtsalbum aufnehme. Für dieses Jahr sind wir ein bisschen spät dran, aber sie wollen sicherstellen, dass ich genug Zeit habe, um mich zu erholen.« Sie fügte nicht hinzu, dass die Plattenfirma noch daran zweifelte, ob sie bei einer teuren Tournee nicht irgendwann rückfällig werden würde. Das konnte sie den Leuten auch nicht verdenken, schließlich war es in der Vergangenheit schon vorgekommen. Daher musste sie jetzt als Nächstes ein schmalziges Weihnachtsalbum aufnehmen. Das wiederum bedeutete, dass sie im Jahr danach keine andere Platte rausbringen konnte, aber aus irgendeinem Grund hatte sie kein Problem damit. Wenn sie auf Tour ging, waren da ständig Partys und andere Menschen, und damit wollte sie nichts zu tun haben, jedenfalls noch nicht.

Wenn das passierte, würde Wesley nicht mehr Teil ihres Lebens sein, denn dann wäre sie auf den rechten Weg zurückgekehrt – allerdings mit gebrochenem Herzen und einsam.

»Hey, Gretchen?« Eine ihr nur zu gut vertraute Stimme kam aus dem Nebenzimmer. »Ich habe gerade im Internet Croquembouche-Rezepte gesucht, und laut Martha Stewart soll man ihn so spät wie möglich machen, weil …« Audrey hatte die Küche betreten, entdeckte Daphne und verstummte.

Oh. Daphne starrte ihre Zwillingsschwester ein wenig sehnsüchtig an. Seit ihrer letzten Begegnung war Audrey irgendwie weicher geworden und hatte ein rundlicheres Gesicht bekommen. Das konnte unter anderem daran liegen, dass sie vor wenigen Monaten Mutter geworden war, aber es war schon merkwürdig, das Gesicht ihrer Schwester zu sehen und sich wieder einmal bewusst zu werden, dass sie einander sehr ähnlich sahen, sogar ihre Haarfarbe und ihre Lippen waren identisch. Und das bewirkte, dass alles auf einmal noch viel schmerzhafter war.

Als Kinder hatten sie einander sehrnahegestanden. Sie hatte mit ihrer Schwester in einem Bett geschlafen, Kleidungsstücke mit ihr getauscht, ihr Tagebuch gelesen und keine Geheimnisse vor ihr gehabt. Aber irgendwann war da diese Kluft zwischen ihnen entstanden, und als Daphne Karriere gemacht hatte, war die Beziehung zu ihrer Schwester zerbrochen. Daphne hatte Drogen genommen, getrunken und Partys gefeiert, während Audrey immer »verantwortungsbewusster« geworden war. Sie arbeitete sechzig Stunden die Woche, leistete an den Wochenenden ehrenamtliche Arbeit und war im Grunde genommen mit nichts von dem, was Daphne so trieb, einverstanden. Nach der letzten Überdosis hatte Daphne eine Krankenschwester gebeten, Audrey anzurufen, aber die hatte sie einfach im Stich gelassen.

Selbst jetzt, nach der monatelangen Therapie, der Entziehungskur und genug Zeit, um ihre Wunden zu lecken, tat es immer noch furchtbar weh. Sie war immer davon ausgegangen, dass ihre Zwillingsschwester diejenige wäre, die auf jeden Fall zu ihr hielt. Aber da hatte sie sich geirrt. Als Teil ihrer Therapie hatte sie gelernt, zu verzeihen und zu verstehen. Zu erkennen, dass sie immer wieder andere Menschen vor den Kopf gestoßen und ihre Gefühle verletzt hatte und dass sie ihnen vergeben musste, wenn sie nichts mehr mit ihr zu tun haben wollten. Die meiste Zeit gelang ihr das auch, und sie hatte Verständnis.

Aber als sie in dieses Gesicht blickte, das ihrem eigenen so ähnlich war, und mitansehen musste, wie Audrey auf einmal distanziert wurde; als sie erkennen musste, dass ihre Zwillingsschwester sie noch immer verabscheute, da tat es trotz allem höllisch weh.

* * *

Gretchen rührte nervös den Teig um und beobachtete die Zwillinge, die sich anstarrten. Sie hatte nicht die geringste Ahnung, was sie tun oder auf wessen Seite sie sich stellen sollte. Links neben ihr war Daphne, die impulsive, nichtsnutzige Süchtige. Allerdings schien sie eine neue Seite aufgeschlagen zu haben, denn sie sah glücklicher und gesunder aus als seit Jahren – und ihr Blick wirkte eindeutig verzweifelt. Auf Gretchens rechter Seite stand Audrey, die verantwortungsbewusste, verlässliche, bodenständige Audrey, die so viele Male die Scherben aufgesammelt hatte, wenn Daphne wieder einmal zusammengebrochen war. Wenn Gretchen ihren Gesichtsausdruck richtig deutete, war sie nicht bereit, Daphne noch eine weitere Chance zu geben.

Und Gretchen stand unschlüssig in der Mitte. Was sollte sie jetzt machen? Einen Witz erzählen? Die eine Schwester zwingen, einen Croquembouche zu backen, während sich die andere um den Karamell kümmerte? Die Arme in die

Luft werfen und schreiend weglaufen? Während sie nervös den Teig durchrührte, rasten ihre Gedanken. Die Brautjungfern waren still geworden, und man konnte die Anspannung im Raum beinahe mit den Händen greifen.

»Möchte jemand kosten?«, rief Gretchen und lachte schrill und unsicher, was selbst in ihren Ohren schrecklich klang.

»Ist alles okay, Gretchen?«, erkundigte sich Edie und beäugte sie fragend.

Derweil starrten sich die Zwillingsschwestern weiter an und schienen ihre Umgebung gar nicht wahrzunehmen.

Ja, es wurde eindeutig Zeit, dass sie etwas unternahm. Gretchen trat vor und drückte Edie ihre Schüssel in die Hand. »Fangt schon mal mit dem Croquembouche an. Ich muss mich jetzt mit meinen Schwestern unterhalten.« Bevor Edie protestieren konnte, drehte sich Gretchen um, packte ihre Schwestern am Arm und zerrte sie mit sich aus der Küche. »Halt die Stellung, Greer.«

»Ich?«, rief Greer entsetzt. »Ich kann doch nicht mal kochen.«

»Aber du bist Hochzeitsplanerin«, stellte Chelsea fest. »Also verplan uns.«

In der Küche brach Gelächter aus. Ihre Freundinnen würden schon zurechtkommen. Aber ihre Schwestern mussten sich unbedingt aussprechen, damit es nicht zur Katastrophe kam.

Die Zwillinge schwiegen, als Gretchen sie durch den Flur führte. Glücklicherweise befand sich eines der zahlreichen Studierzimmer in der Nähe der Küche, und genau dort führte Gretchen die beiden hin. Nachdem sie die Tür hinter sich geschlossen hatte, drehte sie sich zu ihnen um. »Okay, ich denke, wir sollten uns mal unterhalten.«

Audrey verschränkte die Arme vor der Brust und bedachte Gretchen mit einem eiskalten Blick. Sie vermied es tunlichst, Daphne anzusehen. »Ich wüsste nicht, was es da noch zu sagen gäbe.«

Wie unangenehm.

»Vielleicht …«, begann Gretchen.

»Ich habe etwas zu sagen«, unterbrach Daphne sie.

Oh Mann. Gretchen rechnete mit dem Schlimmsten und konnte deutlich erkennen, wie sich Audrey versteifte.

Daphne sah erst Gretchen und dann Audrey an. Ihre Miene wurde sanfter, und in ihren Augen schimmerten Tränen. »Du siehst wunderschön aus, Aud, und so glücklich.« Sie lächelte Gretchen an. »Und du auch. Ich freue mich so für euch beide.«

Gretchen bekam ganz feuchte Augen und schniefte laut.

»Tu das nicht«, sagte Audrey und hob eine Hand. »Lass es einfach, okay.«

Bei diesen Worten schlich sich ein verletzter Ausdruck auf Daphnes Gesicht. »Was soll ich nicht machen?«

Audrey schloss die Augen, und ihre Gesichtszüge verhärteten sich. »Versuch nicht, uns Honig ums Maul zu schmieren, damit wir dich wieder mit offenen Armen aufnehmen.«

»Sie soll es nicht tun?«, fragte Gretchen und musterte ihre Schwestern besorgt.

»Nein«, antwortete Audrey mit ausdrucksloser Stimme. »Sie hatte unzählige Gelegenheiten und hat jedes Mal geschworen, sie würde sich ändern. Doch sobald mal irgendetwas nicht so lief, wie sie es sich vorgestellt hat, ist sie doch wieder in ihre alten Muster zurückgefallen. Und ich habe die Nase voll davon. Ich will mir deinetwegen nicht mehr die Augen ausweinen und mir Sorgen um dich machen müssen. Ich habe genug davon, deinetwegen zu leiden. Ich habe jetzt eine Familie, Daphne. Ich bin glücklich. Und momentan wüsste ich nicht, wo dein Platz darin sein sollte.«

Daphne zuckte zusammen.

»Vielleicht hat sie sich wirklich geändert«, gab Gretchen zu bedenken, der Daphne leidtat. »Denn du siehst richtig gut aus, Daph. Sehr gesund und ...«

»Das hat sie früher auch schon getan, aber sie ist immer wieder abgerutscht«, fiel ihr Audrey ins Wort. »Außerdem finde ich ihr Timing sehr verdächtig.«

Daphne runzelte die Stirn und verschränkte die Arme vor der Brust. Einen Augenblick lang sah sie Audrey verblüffend ähnlich. »Augenblick mal. Welches Timing? Weil bald Weihnachten ist? Wirfst du mir etwa vor, dass ich meine Familie an den Feiertagen sehen möchte?«

»Ich rede doch nicht von Weihnachten! Ich meine die Hochzeit!« Audrey zeigte mit einem Finger auf Gretchen. »Versuchst du etwa, ihr die Show zu stehlen?«

»Was? Nein!« Daphne sah Gretchen entgeistert an. »Warum sollte ich so etwas vorhaben? Ich möchte doch nur, dass ihr beide glücklich seid.«

»Ich glaube dir nicht«, erklärte Audrey mit zittriger Stimme. »Und genau das ist das Problem, Daphne. Ich kaufe dir einfach kein Wort mehr ab. Ich kann dir nicht mehr vertrauen. Und es ist völlig egal, wie oft du strahlend zurückkommst und alles wiedergutmachen willst, weil wir deinetwegen viel zu oft haben leiden müssen!« Bei diesen Worten machte sie eine Handbewegung, die Gretchen und sie einschloss. »Wenn du an unserer Stelle wärst, würde es dir da anders gehen?«

»Nein«, gab Daphne mit leiser, verletzter Stimme zu. »Ich schätze nicht.«

Großer Gott, ich muss irgendwas sagen, dachte Gretchen. Daphne sah aus, als wäre sie den Tränen nahe. Audrey ging es nicht besser. Was konnte sie tun, um die Lage zu retten? »Hey«, krächzte sie schließlich. »Seht es doch mal positiv. Vielleicht findet die Hochzeit ja auch gar nicht statt.«

Weil das so furchtbar klang, fing Gretchen an zu weinen.

»Ach, du liebe Güte«, stieß Audrey aus und kam zu ihr gelaufen. Sie hatte schon wieder diesen mütterlichen Tonfall aufgesetzt, was eigentlich albern war, schließlich war Gretchen die Ältere. »Was redest du denn da?«

»Komm und setz dich erst mal«, versuchte Daphne, sie zu beruhigen. Sie nahm Gretchens Arm und führte sie mit sanfter Hand zu einer Chaiselongue, von denen es in diesem Zimmer gleich mehrere gab. »Das sind nur die Nerven. Jede Braut wird vor der Hochzeit nervös.«

»Da hast du recht«, stimmte ihr Gretchen zu und wischte sich mit einer Hand die Tränen von den Wangen. »Aber das ist nicht alles ...« Sie musste an die Frau denken, die sie in Hunters Büro gesehen hatte. »Ich glaube, irgendjemand erpresst Hunter und versucht, ihn dazu zu bringen, mich nicht zu heiraten.«

»Was? Wie könnte jemand wollen, dass ihr nicht heiratet?«

»Gute Frage, oder?«, jammerte Gretchen. »Ich bin schließlich ein super Fang!«

Daphne rieb Gretchen den Rücken. »Was meinst du damit, dass er erpresst wird?«

Gretchen putzte sich die Nase mit dem Taschentuch, das Audrey ihr reichte, und erzählte den beiden weinend die ganze Geschichte. Wie die Frau mit irgendwelchen Fotos in Hunters Büro marschiert war, von der verdächtigen Unterhaltung und dass sie ganz offensichtlich sehr viel Geld von ihm wollte. »Ich kann es immer noch nicht glauben, dass jemand meinen süßen Hunter erpresst.«

Die Zwillingsschwestern schwiegen.

Gretchen putzte sich noch einmal die Nase. Als die beiden noch immer nichts sagten, kam ihr das langsam komisch vor. »Was ist?«

»Könnte es sein …«, begann Daphne zaghaft.

»… dass er dich betrügt?« Audreys Stimme klang ernst. »Und dass er deswegen erpresst wird?«

»Was?« Gretchen keuchte auf und sprang auf die Beine. Sie drückte die Arme ihrer besorgten Schwestern zur Seite. »Nein! Auf gar keinen Fall! Hunter würde keine andere Frau ansehen. Er liebt mich.« Sie schüttelte den Kopf. »Ihr seid ja verrückt. Der Mann betet den Boden an, auf dem ich gehe.« Immerhin hatte sie Hunter erst entjungfert. Sie hatte ihm geholfen, hin und wieder mal aus dem Buchanan-Herrenhaus rauszukommen, anstatt sich hier zu verstecken. Er züchtete Rosen für sie. Er hatte sogar einen Ehevertrag abgelehnt, als Gretchen diesen Vorschlag gemacht hatte. Er liebte sie – mehr als alles auf der Welt.

Sie kannte ihn und wusste, dass er sie nicht betrog. »Es muss etwas anderes sein«, beharrte sie kopfschüttelnd und wandte sich flehentlich an Daphne. »Du bist doch die Expertin. Sag mir, was ich machen soll.«

»Ich?« Daphne legte die Hände an die Brust. »Wieso bin ich Expertin für Erpressungen?«

Audrey stieß eine Mischung zwischen einem Schnauben und einem Kichern aus.

Daphne warf ihr einen gereizten Blick zu.

Aber Gretchen winkte ab. »Ich rede doch nicht von Erpressungen, sondern davon, dass du gewieft bist und dich mit Männern auskennst. Sie ist in der Beziehung doch eine völlige Niete.« Sie deutete auf Audrey. »Sie hat einfach den ersten Kerl geheiratet, der ihr schöne Augen gemacht hat.«

»Hey«, protestierte Audrey. »Warum gehst du plötzlich auf mich los? Außerdem ist Reese ein richtiger Traummann. Er hat heute klaglos Chloe genommen und mir ermöglicht herzukommen.«

»Wie geht es dem Baby?« Daphne sah ihre Zwillingsschwester wehmütig an. »Hast du Fotos dabei?«

Audrey zögerte, zog dann aber doch ihr Handy aus der Tasche und tippte auf dem Display herum. »Ich bin keine besonders gute Fotografin, aber hier ist eins von ...«

»Moment mal! Könnten wir uns bitte wieder auf mich konzentrieren?«, fauchte Gretchen. »Die Frau in der Klemme. Hallo?«

»Entschuldige«, sagte Daphne, ließ das Handy jedoch nicht los und schaute sich die Fotos an, die Audrey ihr zeigte. »Was sollen wir denn machen, Gretchen? Ich helfe dir gern bei allem, was dir vorschwebt. Soll ich einen Privatdetektiv engagieren?«

Gretchen schüttelte den Kopf. »Ich heirate in ein paar

Tagen, da will ich nicht ...« Sie rang die Hände und zerfetzte das Taschentuch zwischen den Fingern. »Ich würde ihm so gern helfen, aber er will nicht mit mir darüber reden.«

»Willst du meinen Rat hören?«, fragte Audrey. »Es könnte auch gar keine Erpressung sein. Vielleicht ist das alles nur ein Missverständnis.«

»Für mich hat es sich aber nach Erpressung angehört«, erwiderte Gretchen skeptisch. Sie musste an die selbstgefällige Miene der Frau denken und an Hunters entsetzten Gesichtsausdruck, als er Gretchen bemerkt hatte. Er hatte ausgesehen, als wäre er auf frischer Tat ertappt worden. Aber er liebte sie, da war sie sich ganz sicher. Sie zweifelte nicht im Geringsten an ihm. Doch sie hatte beim besten Willen keine Ahnung, worum es bei der Sache sonst gehen konnte. »Ich möchte einfach nur, dass er mit mir darüber redet. Was immer es auch ist, wir können es gemeinsam aus der Welt schaffen.«

»Du müsstest ihn verführen ...«, murmelte Daphne und ging weiter die Fotos auf dem Handy durch. Einen Augenblick später kreischte sie auf. »Großer Gott, sieh sie dir an! Sie ist so niedlich, Aud!« Sie legte eine Hand an die Wange und sah aus, als wäre sie zu Tränen gerührt. »Sie sieht dir so ähnlich. Und mir! Das ist ja nicht zum Aushalten.«

Audreys fest aufeinandergepresste Lippen zuckten ein wenig, und ihre Anspannung schien nachzulassen. »Ich finde ja, dass sie eher Reese ähnlich sieht.«

»Verführen? Was meinst du damit?«, wollte Gretchen wissen und schnippte mit den Fingern. »Könnten wir uns bitte konzentrieren?«

»Entschuldige«, sagten die beiden Schwestern gleichzeitig und sahen sich erschrocken an.

Dann räusperte sich Daphne. »Ich meine damit, dass du ihn verführen solltest. Ich rede von heißem, wildem Sex. Wenn ihm die Sache zu schaffen macht, wird er Schuldgefühle haben. Die wenigsten Männer können ein Geheimnis für sich behalten, wenn sie von einer Frau so richtig um den Verstand gebracht werden.«

»Hmm«, murmelte Audrey. »Da hat sie recht.«

Gretchen rieb sich die Hände. »Okay, dann springe ich Hunter an, sobald er mir das nächste Mal über den Weg läuft. Das ist nicht weiter schwer, da ich das sowieso tun würde.«

»Okay, aber leg noch eine Schippe drauf«, riet Daphne ihr. »Mach ihn so richtig heiß. Und dann lässt du ihn nicht ran.«

Gretchen sah sie entsetzt an. »Was?«

»Du willst doch etwas von ihm, oder nicht?«

Gretchen seufzte. »Ich will bloß den Mann heiraten, den ich liebe.«

»Dann lass es auf sich beruhen«, erwiderte Daphne direkt und gab Audrey das Handy zurück. »Du musst selbst entscheiden, wie wichtig dir die Sache ist. Wenn du glücklich bist, dann bleib es und vergiss die Angelegenheit.«

Das war leichter gesagt als getan. Geduld gehörte nicht gerade zu Gretchens Stärken. »Hm … Das könnte ich tun.« Vielleicht würde sie ihn aber doch einfach verführen und versuchen, ihm die Informationen auf diese Weise zu entlocken. Das hörte sich jedenfalls vielversprechend und nach jeder Menge Spaß an. »Wir sollten lieber zurück in die Küche gehen.« Sie rieb sich den Bauch. »Ich bekomme auch langsam Hunger. Was ist mit euch?«

Audrey stand auf. »Ich habe irgendwie das Gefühl, dass

du uns im Laufe der Woche mit jeder Menge Süßkram vollstopfen wirst. Gut, dass ich im Gegensatz zu Taylor ein weites Kleid trage.«

»Ich muss passen«, erklärte Daphne. »Ich zähle meine Makros.«

»Du machst was?«

»Ich zähle meine Makronährstoffe. Wesley notiert sich alles, was ich esse oder trinke, damit ich immer weiß, wie viele Kalorien ich zu mir genommen habe. Die Plattenfirma will verhindern, dass ich zu viel zunehme.« Sie lächelte reumütig. »Als ob es dafür nicht längst zu spät wäre.«

»Du siehst toll aus«, gab Audrey widerwillig zu.

»Weil ich genauso aussehe wie du«, neckte Daphne ihre Schwester.

Auf einmal wurde Gretchen wieder ganz weinerlich, weil es jetzt fast nicht mehr den Anschein hatte, als würden die beiden einander hassen. Himmel, sie war in letzter Zeit echt eine Heulsuse. »Wer ist Wesley?«, wollte sie wissen und wechselte schnell das Thema, um nicht schon wieder zu weinen.

Zu ihrer Überraschung errötete Daphne. »Er ist mein Trainer und Life-Coach.«

»Wieso wirst du denn rot?«, hakte Gretchen nach. »Geht ihr etwa miteinander ins Bett?«

»Was? Nein!« Daphnes Röte intensivierte sich. »Ich bin für ihn nur ein Job.«

»Aber du wünschst dir, es wäre mehr?«, fragte Audrey, als sie auf den Flur traten.

Daphne seufzte nur.

* * *

Seine wundervolle, redselige Gretchen war während des Abendessens ungewöhnlich schweigsam. Sie machte es sich mit einem Buch gemütlich, während er noch ein paar letzte E-Mails las, und auch als sie ins Bett gingen, blieb sie recht still.

Das machte ihm Sorgen.

Hunter zog sie an sich und legte die Arme um sie. Er gab ihr einen Kuss auf den Hals. »Ist alles in Ordnung?«

Sie lächelte geistesabwesend. »Ich habe nur nachgedacht.«

Das war nun erst recht alarmierend. »Kommen dir wegen der Hochzeit etwa Zweifel?«

Sie zuckte schockiert zurück. »Was? Nein! Wieso fragt man mich das ständig?«

Die Unsicherheit nagte an ihm. »Wer hat dich das denn noch gefragt?«

Gretchen schüttelte den Kopf und legte ihre Hände auf seine. »Ich denke nur über eine merkwürdige Unterhaltung nach, die ich heute geführt habe.« Sie seufzte, sagte aber nichts weiter.

Hunter wartete, doch sie schwieg. Er zermarterte sich das Gehirn, hatte aber nicht die geringste Ahnung, was mit ihr los sein könnte. Hatte sie herausgefunden, dass er ihr eine Insel gekauft hatte, und war damit nicht einverstanden? Das konnte er sich nicht vorstellen. Sie hatte ihm noch nie vorgeschrieben, wie er sein Geld auszugeben hatte, und wenn er ihr mal ein übertriebenes Geschenk machte, hatte sie sich immer darüber gefreut. Er gab ihr einen Kuss auf die Wange. »Und, hast du schon einen neuen Caterer eingestellt?«

»Nein.« Sie seufzte leise. »Ich werde in den nächsten

Tagen einfach sehr viel backen. Da ich mit allem, was man mir gezeigt hat, nicht zufrieden war, werde ich es eben selbst machen müssen.«

Er runzelte die Stirn. »Das ist eine Hochzeit mit zweihundert Gästen, Gretchen.«

Sie gähnte. »Ja, aber wir reden hier von der Weihnachtsbäckerei, und die macht mir immer großen Spaß. Außerdem haben meine Schwestern versprochen, dass sie mir helfen.«

Das war mal wieder typisch für Audrey … Augenblick mal. »Deine Schwestern?«

»Mmmh, hmmm. Daphne ist heute hergekommen. Sie hat mir eine Topfpflanze mitgebracht.«

Er setzte sich aufrecht hin. »Warum war sie hier?« Sofort überkam ihn der Drang, seine Verlobte zu beschützen. Daphne hatte Gretchen in der Vergangenheit sehr wehgetan. Sie war eine verantwortungslose und selbstzerstörerische Frau, und die Tatsache, dass sie nur wenige Tage vor der Hochzeit hier aufkreuzte, ließ bei ihm alle Alarmsirenen losgehen. War Gretchen deshalb so besorgt und distanziert?

Noch viel wichtiger war allerdings die Frage, wie er das wieder in Ordnung bringen konnte.

»Sie wollte nur mal Hallo sagen und sich entschuldigen. Sie ist nämlich momentan in der Stadt.« Gretchen gähnte und kuschelte sich wieder an ihn. »Sie sieht gut aus. Das ist echt witzig, da sie Audrey auf einmal wieder ähnlich sieht. Als das zuletzt so war, waren sie noch Teenager.«

»Ist sie wieder auf Drogen?« Falls dem so war, wollte er sie auf keinen Fall in Gretchens Nähe haben. Seine Verlobte war auch so schon gestresst genug.

»Ich glaube nicht. Das ist schwer zu sagen. Aber sie hat erzählt, dass sie jetzt einen Personal Trainer hat.« Sie drehte sich in seinen Armen, drückte die Nase an seinen Hals und drängte sich noch enger an ihn. »Oder einen Life-Coach. Jedenfalls jemand, der auf sie aufpasst. Wir haben gebacken, aber sie wollte noch nicht mal kosten oder sich die Finger ablecken. Sie meinte, das wäre ihrem Trainer nicht recht.«

»Das klingt aber gar nicht nach dem, was du mir sonst so über deine Schwester erzählt hast«, stellte Hunter fest und fuhr mit den Fingern durch ihr zerzaustes Haar. Ihm war jede Ausrede recht, um sie berühren zu können.

»Ja, nicht wahr? Es ist fast so, als wäre sie wieder die normale Daphne. Die aus der Zeit vor den Drogen.« Sie presste die Nase gegen seine Kehle. »Und jetzt fühle ich mich ganz schlecht, weil ich sie nicht zur Hochzeit eingeladen habe, während ihre Zwillingsschwester meine Trauzeugin ist.«

Aha. Er vermutete, dass ihr vor allem das auf der Seele lag. Erleichtert darüber, dass sie es ihm gestanden hatte, drückte er ihr einen Kuss auf den Scheitel. Gretchen im Arm zu halten, sie zu streicheln, zu lieben und zu wissen, dass diese Liebe erwidert wurde, war der Grund dafür, dass sich jeder Tag wie ein Geschenk anfühlte. Ein sehr kleiner Teil von ihm fürchtete sich davor, sie könnte eines Tages aufwachen und ihre Meinung ändern. »Du hast ein weiches Herz.«

»Vielleicht sogar zu weich.« Sie seufzte. »Ich bin ein Jammerlappen. Audrey ist die Starke von uns. Aber ... Daphne ist meine kleine Schwester. Sie gehört zur Familie. Ich finde, wir sollten sie einladen. Immerhin ist Weihnachten, und es ist meine Hochzeit. Ich fühle mich schrecklich bei dem Gedanken, dass sie nicht dabei sein wird.«

»Dann lad sie ein.«

Gretchen kicherte. »Dann bringt mich Audrey um.«

»Es ist nicht Audreys Hochzeit.«

»Ich denke darüber nach, aber ich sollte besser nichts überstürzen – nicht, dass Daphne doch noch die Alte ist und nur besser gelernt hat, ihre Sucht zu verbergen.«

»Wofür du dich auch entscheidest, meine Unterstützung hast du.« Er streichelte ihren Rücken. Sie schmiegte sich mit ihren weichen Kurven perfekt an ihn. Auch wenn er wusste, dass sie sich vorgenommen hatte, für die Hochzeit ein wenig abzunehmen, konnte er keinen Unterschied feststellen und vermutete, dass die Diät ebenso wie die Caterer Schnee von gestern geworden waren, sobald sich Gretchen etwas anderes in den Kopf gesetzt hatte. Aber er freute sich darüber. Er mochte sie so, wie sie war, und genoss es, sie in den Armen zu halten. Alles andere war ohne Bedeutung. Erneut dachte er an die bevorstehende Hochzeit und die »Überraschungsflitterwochen«, die sie auf ihrer neuen Insel verbringen würden. »Und ... Hast du dir schon überlegt, was du dir zu Weihnachten wünschst?«

»Einen Ehering?« Sie gähnte. »Wollen wir uns wirklich noch zu Weihnachten beschenken? Wir heiraten Heiligabend. Ich kann dir vielleicht noch eine Schneeflocke schnitzen, habe aber beim besten Willen keine Zeit mehr zum Shoppen.«

»War ja nur so ein Gedanke.«

Sie tätschelte seine Schulter. »Lass uns einfach etwas Kleines machen, okay?«

Etwas Kleines. Nun ja, die Insel war im Vergleich zu anderen klein. »In Ordnung.« Er gab ihr einen Kuss auf die Stirn, ließ die Hände weiter nach unten wandern und umfing ihre Pobacken.

»Willst du mich etwa verführen, Hunter?« Sie rückte ein Stück von ihm ab und sah ihn fragend an.

Er küsste ihre hochgezogene Augenbraue. »Wäre das denn so schlimm?«

»Na ja, ich hatte mir überlegt, dass wir damit warten sollten, bis wir verheiratet sind.«

Hunter erstarrte. »Was?«

Gretchen drückte ihn kichernd von sich weg, bis er auf dem Rücken lag. »Das war doch nur Spaß.« Sie hockte sich über ihn und drückte Küsse auf seine nackte Brust. »Ich wollte nur dein dummes Gesicht sehen.«

»Sehr witzig.«

Sie wurde wieder ernst und sah ihm in die Augen. »Gibt es da irgendwas, was du mir sagen willst, Hunter?«

»Etwas, was ich dir sagen will?« Vielleicht, wie sehr er sie liebte und dass er der glücklichste Mann der Welt war? Dass sie die Perfektion in Menschengestalt darstellte und er jeden Augenblick mit ihr genoss? Doch das alles sagte er ihr ohnehin schon jeden Tag. »Es gibt nichts, das du noch nicht wüsstest, Gretchen.«

Sie lächelte ihn unglaublich sanft und süß an. Dann hob sie verschwörerisch die Augenbrauen, beugte sich vor, um seinen Bauchnabel zu küssen, und ließ die Lippen weiter nach unten wandern.

* * *

Gretchen: Hey, Leute!! Ich habe eine Frage an meine Brautjungfern.

Gretchen: Hallooooo?

Chelsea: Großer Gott, kannst du dich nicht mal zu einer normalen Uhrzeit melden?

Gretchen: Was ist denn? Es ist sieben Uhr dreißig an einem Freitag. Du weißt doch, was heute ist, oder? Mein Junggesellinnenabschied!

Greer: Alles ist arrangiert, falls du das wissen wolltest. Wir haben Tische im Hunk-O-Rama reserviert.

Taylor: Wow.

Gretchen: Und ... Ich wollte wissen, ob irgendjemand was dagegen hat, wenn ich Daphne frage, ob sie mitkommen will. Die Frage geht auch an dich, Audrey.

Edie: Moment mal, Daphne Petty? Deine Schwester, die berühmte Sängerin? Was sollten wir schon dagegen haben?

Taylor: OMG! Ich bin ein großer Fan. Sie soll kommen!

Chelsea: Ich habe nichts dagegen.

Brontë: Du weißt doch, was ich denke: Es ist deine Hochzeit.

Greer: Ich muss nur anrufen und einen Platz mehr bestellen. Das ist überhaupt kein Problem.

Gretchen: Audrey?

Audrey: Was soll ich sagen, Gretch? Du weißt, was ich über sie denke. Ich liebe sie und kann sie gleichzeitig nicht ausstehen. Ich wünschte, ich könnte ihr vertrauen, aber das kann ich nicht. Aber Bron hat recht, es ist deine Hochzeit. Wenn du sie dabei haben möchtest, soll sie mitkommen.

Gretchen: Und ihr werdet mir deswegen nicht die Hölle heißmachen?

Audrey: Niemals! Sei nicht albern.
Greer: Soll ich die Reservierung ändern?
Gretchen: Ja! Ich rufe sie gleich an.

* * *

Daphne presste die Finger an die Lippen und lächelte.

»Leg das Handy weg«, rief Wesley von der anderen Seite des Fitnessstudios zu ihr herüber. »Die Pause ist vorbei. Jetzt geht es mit den Squats weiter.« Er grinste sie breit an. »Und tu bloß nicht so, als wäre das was Geschäftliches gewesen. Ich kenne dich, Daph.«

»Es war auch nichts Geschäftliches!«, erwiderte sie, legte das Handy zurück und warf sich das Handtuch über eine Schulter. »Meine Schwester hat mir eine SMS geschickt! Sie will, dass ich heute Abend mit zu ihrem Junggesellinnenabschied komme.« Sie war unglaublich aufgeregt und hüpfte zurück zu Wesley. »Ich freu mich ja so!«

Wesleys freches Grinsen verblasste, und er schüttelte den Kopf. »Tut mir leid, Daph, aber ich halte es für besser, wenn du nicht hingehst.«

Seine Worte waren wie ein Schlag in die Magengrube. Die ganze Aufregung und Freude darüber, dass sie gebeten worden war, den Abend zusammen mit ihren Schwestern zu verbringen, verpufften. Sie fühlte sich ernüchtert. »Aber … ich habe nichts vor. Heute stehen keine Aufnahmen an. Alle sind im Weihnachtsurlaub. Ich würde sowieso nur zu Hause rumsitzen.«

Er griff nach einem Springseil. »Ich weiß, und ich will auch kein Spielverderber sein, Daph. Aber ich halte das für keine gute Idee. Du solltest lieber zu Hause bleiben und an deinen Aufzeichnungen arbeiten.«

Sie sollte an ihren Aufzeichnungen arbeiten? War er völlig verrückt geworden? Daphne starrte ihn entgeistert an. Er bot ihr nicht einmal an, ihr Gesellschaft zu leisten. *Sie sollte an ihren Aufzeichnungen arbeiten?* »Das ist ein Junggesellinnenabschied, keine Orgie. Ich werde hingehen und mich einfach mit meinen Schwestern amüsieren.«

Wesley sagte nichts und reichte ihr das Springseil.

Sie riss es ihm aus der Hand und entfernte sich einige Schritte.

Er beobachtete sie, bis sie bei fünfzig Sprüngen angekommen war. Als sie eine Pause machte, fragte er: »Wird dort Alkohol getrunken?«

Daphne zuckte mit den Achseln. »Ich werde nichts trinken. Ich habe seit der Entzugsklinik keinen Alkohol mehr getrunken und keine Drogen mehr genommen. Das weißt du. Du klebst schließlich seitdem an mir wie eine Klette.«

»Ich gehe ja auch nicht davon aus, dass du schwach wirst und einen Rückfall erleidest, Daph. Aber das wird sehr schwer für dich. Du bist eine trockene Abhängige und kannst es jetzt nicht gebrauchen, in eine Situation zu geraten, in der die Versuchung zu groß sein könnte.«

Okay, jetzt war sie richtig sauer und nicht nur verletzt und beleidigt. »Das ist unfair. Warst du nicht derjenige, der gesagt hat, ich soll wieder Kontakt zu meiner Familie aufnehmen? Und jetzt bist du dagegen? Kannst du dich mal entscheiden?«

Wesley ging kopfschüttelnd zur Hantelbank. »Du bist wütend auf mich und hörst mir gar nicht richtig zu ...«

»Oh, ich habe jedes einzelne gottverdammte Wort gehört«, fauchte Daphne. »Ich höre dir sehr genau zu. Und wenn ich mich recht erinnere, hast du gesagt, ich müsse an meinen Aufgaben wachsen. Würdest du dann bitte zulassen, dass ich auch genau das tue?«

»Du bist wütend«, stellte er fest, drehte sich um und reichte ihr die Hanteln. Seine Miene verriet ihr, dass ihn ihre Reaktion überraschte. »Daphne, es ist mein Job, dir beizustehen …«

»Keine Sorge, ich vergesse nicht, dass es nur dein Job ist«, unterbrach sie ihn verbittert und riss ihm die Hanteln aus den Händen.

Er schwieg einige Sekunden lang und seufzte dann, als sie mit den Übungen anfing. »Na gut, Daph. Wenn du glaubst, dass du stark genug bist, um diese Party zu überstehen, dann geh hin.«

»Habe ich mich nicht das ganze letzte Jahr über benommen? Habe ich nicht jeden einzelnen Karottenstick gegessen, den du mir vorgehalten hast, und auf Eis verzichtet, weil es deinen Worten zufolge eine Einstiegsdroge ist? Habe ich nicht jeden Tag mit dir trainiert?« Sie bewegte die Arme immer schneller, da sie so zornig war. »Kann ich nicht mal einen Abend ausgehen und mich mit meinen Schwestern treffen? Gretchen heiratet. So etwas wird nie wieder passieren.«

Er blinzelte langsam, und sein Gesicht glich einer ausdruckslosen Maske. Schließlich nickte er. »Na gut. Du willst wachsen? Dann geh heute Abend zu der Party.«

»Danke«, knurrte sie. »Das werde ich tun.«

»Schön.«

»Schön!«

»Aber zuerst wirst du trainieren«, fügte er hinzu und

griff nach schwereren Hanteln. »Fünfzehn Übungen hiermit, und danach noch einen zweiten Satz mit diesen hier.«

Aus irgendeinem Grund ärgerte sich Daphne noch mehr über seine Nachgiebigkeit als über seine anfängliche Ablehnung.

* * *

Daphnes Limousine fuhr um einige Minuten nach sieben vor dem Hunk-O-Rama vor. Selbst im Wagen war der donnernde Bass aus dem Club wie ein Herzschlag zu spüren. Der Türsteher hatte eine Weihnachtsmütze auf und trug einen roten Bodysuit, der nichts der Fantasie überließ. Vor der Tür standen lachende und plaudernde Frauen, und Daphne überprüfte ein letztes Mal den Sitz ihrer Perücke. »Findest du die Sonnenbrille übertrieben?«

»Die Sonnenbrille schreit förmlich: ›Promi in Tarnung‹«, sagte Wesley, der neben ihr saß. »Aber da du ein Promi bist, ist das auch nicht unpassend.«

Daphne schnitt eine Grimasse und nahm die Brille wieder ab. »Ich will einfach nicht, dass die Presse mitbekommt, wie ich in einen Stripklub gehe, verstehst du?«

»Ich bezweifle, dass uns jemand gefolgt ist«, erklärte Wesley. »Die Straßen waren so gut wie leer, und mir ist kein Wagen hinter uns aufgefallen. Soll ich mich noch einmal umsehen, bevor du aussteigst?«

»Nein. Du hast vermutlich recht. Außerdem ist bald Weihnachten, da gibt es bestimmt genug andere Promis, die gerade irgendetwas Aufregendes machen.« Sie zögerte und schenkte Wesley ein Lächeln. »Na gut, dann gehe ich jetzt mal rein.«

»Ich würde dir ja viel Spaß wünschen, aber wir wissen beide, dass das keine gute Idee wäre.« Er zog leicht die Mundwinkel hoch.

Sie tätschelte seinen Arm. »Ich bin stärker, als du denkst.«

Er strich ihr kurz mit den Fingern über die Hand. »Das weiß ich, Daphne, aber darum geht es hier gar nicht.«

Die leichte Berührung brachte sie ganz durcheinander.

»Amüsier dich«, sagte er im nächsten Augenblick und stieg aus, damit er um den Wagen herumlaufen und ihr die Tür öffnen konnte.

Sie hielt ihren Mantel fest zu und trat auf die Straße. Nachdem sie Wesley einmal angelächelt hatte, legte sie eine Hand an ihre braune Pagenschnittperücke. Das Ding sah völlig bescheuert aus und war daher perfekt, da sie nicht erkannt werden wollte – hoffte sie zumindest.

Ihre Hoffnung wurde jedoch zunichtegemacht, als sie zur Tür kam.

»Den Ausweis bitte.« Der Türsteher streckte eine behandschuhte Hand aus.

Ach, verdammt. Sie zog ihren Ausweis aus der Tasche, gab ihn dem Mann und starrte ungeduldig in den Klub. Vielleicht kannte er ihren Namen ja nicht.

»Großer Gott!«, rief er aus und machte einen dramatischen Schritt nach hinten. Dann sah er ihr ins Gesicht und grinste breit. »Daphne Petty? Ich liebe Sie! Ich tanze sogar zu zwei Ihrer Songs!«

Sie legte einen Finger an die Lippen und schaute sich um, ob jemand etwas mitbekommen hatte.

Er verzog das Gesicht. »Mist! Entschuldigung! Sind Sie undercover hier?«

»Ich gehe auf den Junggesellinnenabschied meiner Schwester.«

»Ja klar, natürlich! Ich hatte nur …« Er holte sein Handy hervor. »Können wir schnell ein Selfie machen? Bitte! Das ist das Beste, was mir je passiert ist.«

»Na klar.« Wenn er schon so nett fragte …

Sie posierte neben ihm für die Kamera und schaltete automatisch ihre öffentliche Persönlichkeit ein. Während sie mit dem Türsteher plauderte und flirtete, beantwortete sie seine Fragen und gab ihm auch noch ein Autogramm. Jemand anderes wurde auf sie aufmerksam, und plötzlich musste sie lauter Autogramme geben und sich mit mehreren Leuten fotografieren lassen, während sie diese alberne Perücke trug. Das war ja wieder mal typisch.

Als sie endlich durch die Tür ging, waren über zwanzig Minuten vergangen, und sie war davon überzeugt, dass ihre Fotos bald im Internet zu sehen sein würden. Doch dagegen konnte sie jetzt nichts mehr tun. Bevor sie hineinging, drehte sich Daphne noch einmal um, aber ihr Wagen war verschwunden. Wesley war weggefahren, um … Tja, was er vorhatte, wusste sie auch nicht. Wenn er nicht an ihrer Seite war, schlief er im Allgemeinen oder trainierte.

»Kann ich Ihnen nachher einen ausgeben?«, fragte der Weihnachtsmannstripper, als er ihr die Tür aufhielt. Die Musik war so laut, dass der Bass ihre Haut vibrieren ließ und er schreien musste, damit sie ihn verstehen konnte. »Ach, lassen Sie mich einfach alles zahlen.«

Sie zwinkerte ihm zu und hob abwehrend eine Hand. »Das ist sehr nett von Ihnen, aber ich werde heute nichts trinken.«

Er sah enttäuscht aus, nickte aber.

Der Klub war nicht besonders groß und sehr voll. Die lange Y-förmige Bühne befand sich in der Mitte des Raums, und weiter hinten konnte sie mehrere Nischen und eine lange Bar erkennen. Aber Daphne konnte sich nicht vorstellen, dass Gretchen und ihre Freundinnen dort sitzen würden. Bei einem Junggesellinnenabschied wollten sie alles hautnah mitbekommen. Daphne bahnte sich einen Weg durch die vielen anwesenden Frauen, während sich auf der Bühne ein Mann drehte und mit den Händen über seine glänzende Haut strich. Sie blickte kurz zu ihm hinüber, aber er war nicht annähernd so gut gebaut wie Wesley. Ihr Geschmack hatte sich drastisch verändert, seitdem sie mit Wesley trainierte. Außerdem war er ihre große Stütze und hatte Humor, was sie ebenfalls ansprach. Doch sie hatte trotzdem genug Dollarscheine dabei, die sie heute Abend unters Volk bringen wollte. Ihre Schwester sollte sich an ihrem Junggesellinnenabschied amüsieren. Gretchen konnte das gebrauchen – bei ihrer letzten Begegnung hatte sie sehr gestresst gewirkt.

Ein Brautschleier fiel ihr ins Auge, als ein neuer Song erklang. Der Mann auf der Bühne drehte sich um und beugte sich vor, und da war Gretchen, die einen Brautschleier trug und dem Tänzer Geld in den String schob. Neben ihr waren noch weitere bekannte Gesichter zu sehen, darunter Daphnes Zwillingsschwester Audrey.

»Da ist meine Schwester!«, brüllte Gretchen, als Daphne näherkam. Sie nahm sie in die Arme und hatte den Stripper ganz vergessen, der sich abwandte und zu einer anderen Frauengruppe weiterging. »Komm her!«

Daphne ließ kichernd zu, dass Gretchen sie enthusiastisch umarmte. »Bist du etwa schon betrunken?«

»Ich amüsier mich nur«, rief Gretchen ihr ins Ohr. »Setz dich zu mir.«

Daphne quetschte sich neben Gretchen auf die Bank, zog ihre Jacke aus und sah sich um. Der kleine Tisch quoll schon jetzt über vor Gläsern, und die Frauen saßen so dicht an dicht, dass sich ihre Oberschenkel berührten. Audrey hatte auf Gretchens anderer Seite Platz genommen und ein Glas Wasser vor sich stehen. »Sie ist schon wieder schwanger«, rief Gretchen als Erklärung, griff nach ihrem Fruchtcocktail und stürzte ihn herunter. Ihnen gegenüber hatten Taylor, Chelsea, Brontë und Edie ebenfalls Drinks in der Hand, während die hochschwangere Greer auf ihrem Handy herumtippte.

Gretchen zog das Schirmchen aus ihrem Glas und steckte es Daphne hinters Ohr. »Du musst mitfeiern, Schwesterherz.«

»Nein, danke.« Daphne hob die Hände und schüttelte den Kopf. Sie hatten in der Entzugsklinik sehr lange darüber gesprochen, dass man Versuchungen meiden sollte. Zwar hatte sie weitaus schlimmere Drogen zu sich genommen als Alkohol, aber sie wollte gar nicht erst wieder in diesen Teufelskreis geraten. Sie neigte nun einmal dazu, etwas bis ins Extrem durchzuziehen, und wusste nie, wann sie aufhören musste. Darum war Wesley auch immer so energisch, damit sie wachsam blieb.

Am heutigen Abend schien es jedoch nur darum zu gehen, etwas zu feiern. Die anderen lachten und tranken, leerten ihre Gläser und bestellten eine neue Runde. Daphne nahm ein Wasser mit Zitronenscheibe, und der Kellner versuchte mehrere Minuten lang, sie davon zu überzeugen, zusammen mit den anderen Shots zu trinken.

Taylor verschüttete ihren Drink, sodass die Geldscheine und Servietten nass wurden, und als eine Kirsche zu Daphne herüberrollte, hatte sie den starken Drang, diese aufzuheben und in den Mund zu stecken.

Sie war selbst erschrocken, wie leicht ihr das gefallen wäre.

Die Shots wurden gebracht, und alle stießen an, mit Ausnahme von Daphne und den Schwangeren. Der Kellner stellte mit einem Augenzwinkern ein Glas vor Daphne ab, was sie nur noch verzweifelter machte. Warum wollten sie alle zum Trinken bewegen? Konnte man nicht auch ohne Alkohol Spaß haben? Es fiel ihr schwer, sich auf die Unterhaltungen zu konzentrieren, da die Stripper, die laute Musik – sie glaubte, eines ihrer eigenen Lieder zu erkennen – und die Tatsache, dass alle um sie herum tranken, sie verwirrten. Sie bemerkte, dass sie Gretchen dabei beobachtete, wie sie das Glas an die Lippen hob, und wie Edie nach jedem Shot das Gesicht verzog. Ihr lief das Wasser im Mund zusammen, als sie mitansah, wie Taylor einen weiteren Drink mit diesen verdammten Kirschen darin bekam.

Sie wollte etwas trinken.

Sie sehnte sich danach, wenigstens einen Schluck zu nehmen. Ihr Mund schien auf einmal staubtrocken geworden zu sein, und ihr Verlangen nach Alkohol war dermaßen intensiv, dass es sie überraschte. Aber ein einziger Drink konnte doch nichts schaden, oder? Als sie jedoch nach dem Shotglas griff, das vor ihr stand, musste sie an Wesley und seine blöden Karottensticks und grünen Tees denken.

Er wäre so enttäuscht von ihr, wenn sie einknickte und einen Rückfall hatte.

Ihr brach am ganzen Körper kalter Schweiß aus. Gretchen lachte und brüllte Daphne etwas ins Ohr, als der nächste Song begann, aber Daphne war, als würden die Wände immer näher rücken. Sie schüttelte den Kopf und stand auf. »Tut mir leid, ich kann nicht ... Ich muss gehen.«

»Ist alles in Ordnung?«, rief ihr Audrey über den Lärm hinweg zu.

Als ob sie mit Audrey darüber sprechen konnte. Audrey war immer perfekt. Sie traf stets die richtigen Entscheidungen. Daphne nickte und trat vom Tisch weg. »Ich kann nicht bleiben«, rief sie den anderen zu, aber ihre Worte gingen vermutlich im Lachen und den anzüglichen Witzen unter, da der nächste Tänzer auf die Bühne kam.

Wenige Augenblicke später stürzte Daphne ins Freie, und die kalte Dezemberluft traf sie wie eine Wand. Sie rieb sich die Arme und merkte erst jetzt, dass sie ihren Mantel liegen gelassen hatte. Aber das war unwichtig. Sie konnte sich einen neuen kaufen, wollte jedoch auf keinen Fall wieder da reingehen. Nicht solange alle tranken und sich amüsierten, wo ihr doch gerade klar geworden war, dass sie das niemals wieder tun konnte. Nicht, wenn sie clean bleiben wollte.

Dieser Gedanke war so deprimierend, dass sie in Tränen ausbrach. Sie presste sich eine Hand an die Stirn und ging einige Schritte, um von der lauten Musik wegzukommen. Andere Passanten gingen an ihr vorbei und ignorierten sie. Auch der Türsteher, der zuvor noch so begeistert von ihr gewesen war, hatte jetzt etwas anderes zu tun. Sie war allein.

Und sie musste sich eingestehen, dass sie wahnsinnig

gern einen Drink, eine Zigarette und etwas zum Reinziehen gehabt hätte. Am besten alles. Verdammt.

Wieder schluchzte sie und wischte sich die laufende Nase ab. Mann, sie war wirklich am Ende. Was sollte sie nur tun, wenn Wesley weiterzog? Wie lange würde sie ohne ihn stark bleiben? Diese Vorstellung machte sie noch melancholischer, und sie weinte weiter, schlang die Arme um ihren Oberkörper und ging zur nächsten U-Bahn-Station.

Aber als sie um die Ecke bog, stand Wesley vor ihr.

Er trug eine dicke Jacke und seine Laufschuhe und musterte sie mit einem vielsagenden Blick. Dann stieß er sich von der Wand ab, an der er gelehnt hatte, und trat auf sie zu. Er zog seine Jacke aus und legte sie ihr um die Schultern.

»Hast du mir nachspioniert?« Daphne weinte noch immer und wischte sich die tränennassen Wangen ab.

Er schüttelte den Kopf. »Aber ich habe schon geahnt, was passieren würde, und auf dich gewartet.«

Jetzt fühlte sie sich noch schlechter. Er hatte gewusst, dass sie nicht durchhalten würde. »Verdammt.« Sie zog sich zitternd seine Jacke an. »Ich kann es kaum ertragen, dass du recht hattest.«

»Ich freue mich auch nicht darüber.« Er legte ihr zur Beruhigung einen Arm um die Schultern. »Jetzt komm. Wollen wir was essen gehen?«

Wow, das klang fast zu gut, um wahr zu sein. Sie presste sich an ihn. »Pancakes?«

»Nein, aber gleich um die Ecke ist ein tolles veganes Restaurant, das lange geöffnet hat. Dort gibt es sehr leckere gesunde Gerichte.«

Das war mal wieder typisch Wesley. Aber Daphne stöhnte nicht mal. Sie war nicht überrascht. Außerdem fühlte es sich sogar richtig gut an, dass er eisern und unverändert blieb, während sie am Boden zerstört war. Wesley ließ nicht zu, dass sie versagte.

Als sie in dem kleinen, gemütlichen Restaurant saßen, waren Daphnes Tränen beinahe versiegt. Kurz darauf hatte sie eine Tasse heißen grünen Tee in den Händen. Sie fühlte sich schon wieder fast normal und protestierte nicht einmal, als Wesley Tofu-Salat-Wraps und würzige Linsensuppe für sie beide bestellte. Das waren zwar keine Pancakes, aber damit konnte sie leben.

Wesley rührte seinen Tee nicht an. Er musterte Daphne mit wissender Miene und so verständnisvoll, dass es fast schmerzte. »Möchtest du darüber reden?«

Sie schüttelte den Kopf, machte aber trotzdem den Mund auf. »Ich ... Sie haben alle getrunken«, sagte sie und rieb sich mit einer Hand das Gesicht. »Zuerst hat es mich gar nicht gestört, aber dann haben sie immer mehr getrunken und hatten so viel Spaß, und ich ... Es wurde immer schlimmer. Ich habe sie beobachtet, weil ich nichts trinken konnte, und je länger ich zugesehen habe, desto mehr wollte ich mitmachen. Es schien immer leichter zu werden, einfach etwas zu trinken.«

»Aber du hast es nicht getan?«

»Nein«, bestätigte sie und freute sich albernerweise, als Wesley lächelte. »Obwohl ich es wirklich wollte. Aber mir war klar, wenn ich noch länger bleibe, würde ich mir wenigstens einen Drink gönnen. Aus diesem einen würden zwei werden, dann zehn, bis sie mich schließlich rauswerfen müssten, wenn sie schließen, und ich in einem Monat wieder in der Entzugsklinik sitze.« Sie griff seufzend nach ihrer Teetasse und trank einen Schluck. Der Tee war ungesüßt und schmeckte etwas bitter, was sie irgendwie als beruhigend empfand. »Es ist schrecklich, dass ich so schwach bin.«

»Du bist nicht schwach«, widersprach Wesley ihr und legte eine Hand auf ihre. »Aber du hast dich in eine Situation gebracht, in der du unmöglich stark bleiben konntest. Du warst clever genug, das zu erkennen und von dort zu verschwinden. Das hat nichts mit Schwäche zu tun. Es geht darum, dass man gar nicht erst in eine Lage kommt, in der man scheitern könnte.«

Warum war er nur so diszipliniert? Sie blieb ganz still sitzen, weil seine Hand noch immer auf ihrer lag und sie dieses Gefühl genoss. Es kam nur selten vor, dass Wesley sie berührte, und sie merkte erst jetzt, wie sehr sie sich danach gesehnt hatte. Daher umklammerte sie ihre Teetasse mit der anderen Hand und lächelte ihn traurig an. »Wann wird es einfacher?«

»Es wird nie einfacher.« Wieder streichelte er ihren Handrücken. »Aber du wirst stärker.«

Das klang ... deprimierend. »Immerhin habe ich meine Schwestern gesehen.« Ihr Handy summte. »Sie wundern sich bestimmt, weil ich so früh gegangen bin.«

»Sie werden es verstehen, wenn du ihnen den Grund dafür erklärst«, meinte er und nahm seine Hand weg. Er hob seine Teetasse hoch und sah durch das Fenster auf die verschneite Straße hinaus.

Sie folgte seinem Blick. Das Restaurant gegenüber war weihnachtlich geschmückt und hatte eine Menora in einem und einen Weihnachtsbaum in einem anderen Fenster stehen. »Es tut mir leid, dass du den Abend damit verbracht hast, auf mich zu warten.« Allerdings war sie nicht besonders lange im Club geblieben; kaum mehr als eine Stunde.

Er zuckte mit den Achseln und nickte der Kellnerin zu, die die Suppenschüsseln vor ihnen abstellte. »Du bist mein Job, Daphne. Da ist es doch selbstverständlich, dass ich für dich da bin. Das gehört dazu.«

Na super. Es war immer wieder so aufbauend, von ihm daran erinnert zu werden, dass sie sein Job war. »Aber es ist bald Weihnachten. Vielleicht solltest du nach Hause fahren und für ein paar Tage deine Familie besuchen. Ich werde es mir vermutlich zu Hause gemütlich machen und tagelang Weihnachtsfilme gucken.« Sie würde jedenfalls auf keine Party mehr gehen. Der heutige Abend hatte ihr gereicht.

Wesley erwiderte nichts. Das war auch in Ordnung. Manchmal war er sehr ruhig. Daphne nippte an ihrem Tee und widmete sich danach ihrer Suppe, die sehr dickflüssig war und köstlich schmeckte. Irgendwie tröstete die Suppe sie sogar noch mehr, als es Pancakes getan hätten. Erst nach einiger Zeit wurde ihr bewusst, dass Wesley noch immer schweigend aus dem Fenster starrte. »Wes?«

Er schaute sie an, und seine Augen wirkten dunkler als üblich, fast schon verhangen. »Ich werde meine Familie nicht besuchen.«

»Wieso nicht? Hast du zu viel zu tun?«, neckte sie ihn, auch wenn sie ganz genau wusste, dass er momentan nur mit ihr beschäftigt war. »Denn ich hätte nichts dagegen, wenn du dir mal freinehmen willst.«

Er presste die Lippen aufeinander, schaute kurz erneut aus dem Fenster und sah ihr dann in die Augen. »Hast du dich nie gefragt, wie ich zu diesem Job gekommen bin, Daphne?«

Sie runzelte die Stirn und rührte in ihrer Suppe herum. »Ich dachte, du magst das ganze Training, den Fitnesskram und all das einfach.«

»Ha.« Er lachte freudlos auf. »Nein. Das hat erst danach angefangen. Ich habe mit siebzehn meinen Bruder umgebracht.«

Sie erstarrte. Schweigen senkte sich auf sie herab. Daphne blickte Wesley an und wusste nicht, ob sie richtig gehört hatte. »Du hast ...«

Er nickte langsam. »Ich habe meinen Bruder umgebracht. Weil ich betrunken Auto gefahren bin. Ich war minderjährig und ständig betrunken. Mein Vater war Alkoholiker. Schon sein ganzes Leben lang. Ich habe ihm zuerst das Bier und später den Whiskey geklaut, genau wie mein großer Bruder. Wir haben die Schule geschwänzt, um uns zu betrinken. An jenem Tag haben wir ein Auto vom Schulparkplatz geklaut und damit eine Spritztour gemacht. Ich saß am Steuer und bin mit hundertfünfzig Sachen von der Straße in einen See gerast. Der Wagen hat sich überschlagen, und ich bin nur rausgekommen, weil ich nicht angeschnallt war. Mein Bruder schon.« Wieder starrte er aus dem Fenster. »Ich hatte mehrere Brüche an Armen und Beinen, aber ich habe es überlebt. Laut der Gerichtsakten war mein Blutalkoholwert dreimal so hoch wie erlaubt. Dabei hatte ich an diesem Tag nicht mal besonders viel getrunken.«

Daphne blinzelte und wusste nicht, was sie sagen sollte. »Ich ... Das tut mir so leid, Wesley.« Du liebe Güte. Dagegen sahen ihre Probleme ja richtig unbedeutend aus. Sie hatte meist nur getrunken und Drogen genommen, weil sie einsam gewesen war oder sich ungeliebt gefühlt hatte. Aber ihretwegen hatte niemand sein Leben verloren. Als sie an Gretchen und Audrey dachte, zuckte sie innerlich zusammen.

Wesley nickte langsam und blickte auf seine Suppenschüssel herab. Er rührte darin herum, aß aber nichts. »Ich war zu alt für das Jugendgefängnis, daher habe ich die Aussage verweigert und kam für zwei Jahre hinter Gitter. Wegen Totschlags. Danach habe ich weniger getrunken und angefangen zu trainieren. Es hat noch ein weiteres Jahr und einen zweiten Unfall gebraucht«, er deutete auf die Narbe an seiner Stirn, die ihr schon aufgefallen war, nach der sie sich aber nie erkundigt hatte, »bis mir klar geworden ist, dass ich sterben werde, wenn ich so weitermache. Ich bin in eine Entzugsklinik gegangen und habe mir diesen strikten Lebensstil angewöhnt, weil ich fand, dass ich meinem Bruder das schuldig bin. Meine Eltern haben mir seinen Tod nie verziehen.«

Sie hatte einen ganz trockenen Mund und trank schnell einen Schluck Tee. »Ich … ich weiß nicht, was ich sagen soll, Wesley.«

»Ich erzähle dir das nicht, damit du Mitleid mit mir hast, Daphne.« Er zuckte mit einer muskulösen Schulter. »Du sollst begreifen, dass ich weiß, was du gerade durchmachst. Wenn du mich für hart hältst, dann bin ich das nur, weil ich das alles auch erlebt habe. Bin ich unfair oder gnadenlos, so weiß ich trotzdem, wie es dir gerade geht. Als ich dir vorhin gesagt habe, dass du noch nicht bereit bist …«, er legte erneut die Hand auf ihre, »da wusste ich, dass du es noch nicht bist. Ich wollte dir nicht ans Bein pinkeln. Ich kenne dich einfach nur besser, als du dich selbst kennst.«

»Verstehe. Tut mir leid.«

»Dir muss nichts leid tun, Daph.« Wesley warf ihr einen genervten Blick zu. »Würde ich Mitleid wollen, könnte ich mir ein Schild umhängen. Wir treffen alle ständig Entscheidungen, und manche sind eben schlecht. Die Art, auf die du dich wieder aufrappelst, zeigt erst, was für ein Mensch du bist. Mein Leben war beschissen, und ich habe mich für einen anderen Weg entschieden. Meine Eltern können mir nicht verzeihen, aber das ist ihre Art, mit allem umzugehen. Ich kann es ihnen nicht verdenken. Ich habe mich erst für einen und später für einen anderen Weg entschieden. Und das ist genau der Grund, warum ich dir helfen möchte. Weil ich das alles durchgemacht habe und weil ich dich verstehe.«

Nun konnte sie ihn auch ein bisschen besser verstehen. Aus diesem Grund wirkte er also immer so fokussiert und entschlossen. Seine schlimme Vergangenheit war seine Motivation. Daphne empfand sehr viel Mitgefühl und Zuneigung für ihn. »Und ich dachte, du stopfst mich nur die ganze Zeit mit Grünzeug voll, weil du ein Sadist bist.«

Er schnaubte. »Das Zeug ist gut für dich und verleitet dich nicht zu schlechten Entscheidungen. Aber es liegt ganz bestimmt nicht daran, dass ich dir den ganzen Tag lang dabei zusehen möchte, wie du Karotten isst.«

»Nein, dir wäre es lieber, wenn ich Bananen esse«, konterte sie und versuchte, die Sache humorvoller zu nehmen. »Ich habe eine ganz besondere Technik.«

Zu ihrer Überraschung errötete er leicht.

Die Unterhaltung erstarb, als sie sich beide der Suppe widmeten, aber aus irgendeinem Grund fühlte sich Daphne jetzt, nachdem sie seine schreckliche Geschichte gehört hatte, nicht mehr so allein und weniger wie eine Versagerin. Es war gut zu wissen, dass Wesley sie immer verstehen würde.

Vielleicht war er ja doch nicht so perfekt, wie sie immer gedacht hatte.

* * *

Gretchen: Mann, ich bin die schlechteste Schwester aller Zeiten.

Daphne: Guten Morgen …?

Gretchen: Ich kann mich kaum noch an letzte Nacht erinnern. Ich weiß nur noch, dass da sehr viel Alkohol und viel zu viel Babyöl war, außerdem erinnere ich mich vage, dass du gegangen und nicht wieder zurückgekommen bist.

Gretchen: ☹

Gretchen: War es meine Schuld? Bin ich so schlimm, wenn ich betrunken bin?

Gretchen: Habe ich was Falsches gesagt? Muss ich mich bei dir entschuldigen?

Daphne: Ha, ha. Nein, niemand hat meine Gefühle verletzt. Es lag nur an mir.

Gretchen: Bist du sicher?

Daphne: Es war … sehr schwer, euch beim Trinken zuzusehen, daher bin ich lieber gegangen, um nicht schwach zu werden.

Gretchen: Oh Gott. Jetzt fühle ich mich noch zehnmal schlechter als eben.

Gretchen: Du kommst frisch aus der Entziehungskur, und ich lade dich zu einer Junggesellinnenparty ein!

Gretchen: Ich muss den Verstand verloren haben. Es tut mir so leid!!

Daphne: Es ist schon okay. Außerdem hattet ihr das seit Langem geplant. Ich habe mich trotzdem gefreut, dass du mich eingeladen hast.

Gretchen: Ich wollte nur, dass wir ein bisschen Zeit zusammen verbringen, verstehst du? Seitdem du berühmt geworden bist, machen wir überhaupt nichts mehr zusammen.

Daphne: Ich würde dich auch gern öfter sehen. Ganz im Ernst. Ich werde die nächsten Monate in New York bleiben und vermisse meine Familie. Wird Audrey damit einverstanden sein?

Gretchen: Das ist mir völlig egal! Ich würde dich ja schamlos für heute einladen, um für das Probeessen heute Abend alles vorzubereiten, aber das wäre bestimmt zu viel verlangt …

Daphne: Du hast recht, das ist total schamlos. ☺

Gretchen: Ich habe die Bäcker gefeuert und werde bestimmt die nächsten zehn Stunden in der Küche stehen.

Daphne: Ach, du Arme. Ist es okay, wenn ich in einer Stunde da bin?

Gretchen: Du bist die Beste. Und das Beste ist, dass du nichts naschen wirst, weil dein scharfer Trainer gleichzeitig ein Sklaventreiber ist.

Daphne: Ha ha ha.

* * *

Ein Bohrer kreischte über ihren Köpfen, als Daphne gerade versuchte, einen Kuchen zu glasieren. Sie schrak zusammen und hätte beinahe den Spritzbeutel fallen lassen.

»Mann!«, fauchte Gretchen wütend und fuchtelte mit einem Teigschaber in Richtung Decke. »Ich bringe diese Handwerker um, wenn sie nicht bis morgen fertig sind!«

»Was ist das überhaupt für ein Lärm?«, fragte Daphne und beugte sich über einen der Muffins, um ihn mit etwas Zuckerguss zu verzieren. Sie war für die Dekoration zuständig, da Gretchen erklärt hatte, ihre »Hilfe« beim Backen würde alles nur noch schlimmer machen. Sie hatte kein Problem damit, und es machte Spaß, in der großen Küche zu sitzen und das ganze weihnachtliche Gebäck zu verzieren. Da Gretchen das Backen so sehr liebte, würde sie ihre Gäste mit Süßigkeiten überschütten, anstatt ein stinknormales Dinner abzuhalten. Die mit Pudding gefüllten Eierpunschmuffins waren eine ziemliche Versuchung, aber Daphne hatte noch nicht einen Bissen gekostet. Der Warnschuss vom Vorabend hatte ihr gereicht. Immer wieder musste sie an Wesley und seine traurige Geschichte denken. Es war kein Wunder, dass er so in seiner Arbeit aufging. Er hatte ja nichts anderes. Irgendwie machte sie das traurig – gab es denn niemanden auf der Welt, dem er etwas bedeutete?

Abgesehen von ihr natürlich.

Vielleicht sollte sie ihm ein Geschenk besorgen. Aber was? Außerdem war heute schon der Dreiundzwanzigste, und sie würde sich beeilen müssen. Hmpf. Normalerweise kümmerte sich ihre Assistentin um solche Sachen, aber Snoopy hatte sich einen Monat freigenommen, um ihre Familie zu besuchen, und Daphne hatte die Feiertage überhaupt nicht auf dem Schirm gehabt. Doch sonst hatte sie auch kaum jemanden beschenkt …

»Wasserschaden«, erwiderte Gretchen, die wütend den Eischnee aufschlug.

»Was?« Daphne blickte von den Muffins auf.

Wieder deutete Gretchen zur Decke. »Wir haben einen Wasserschaden neben Hunters Büro. Ich habe es selbst noch nicht gesehen, aber Hunter sagt, es wäre ziemlich schlimm. Die Handwerker sind jetzt schon seit Wochen da.« Sie schüttelte den Kopf. »Und Hunter hat mir geschworen, dass sie bis zur Hochzeit fertig sind. Ich drehe durch, wenn mitten während der Zeremonie auf einmal ein Bohrer losgeht.«

»Sie werden bestimmt rechtzeitig fertig«, versuchte Daphne, ihre Schwester zu beruhigen. Es war schon komisch, dass sie auf einmal die Ruhige und Gretchen die Panische war. Sonst war es immer umgekehrt.

»Ich habe darüber nachgedacht, was du gesagt hast«, meinte Gretchen, die sich erneut dem Eischnee widmete.

»Was genau meinst du?«

»Über ... du weißt schon ...« Gretchen zuckte mit den Achseln und rührte immer schneller. »Was ich tun würde, wenn ich herausfinde, dass etwas nicht stimmt. Ob ich die Hochzeit abblasen oder irgendetwas verändern würde.«

»Und?«

»Ich würde ihn trotzdem heiraten«, erklärte Gretchen. »Ich vertraue ihm. Ich bin davon überzeugt, dass er mich nie betrügen würde, daher kann es so schlimm nicht sein. Ich werde ihm vertrauen, ihn lieben und mit ihm zusammen durch dick und dünn gehen.«

Daphne lächelte und verzierte einen Muffin mit einem dicken Zuckergusskringel. »Das klingt doch wunderbar.«

»Ja, das finde ich auch. Was ist mit dir und deinem knackigen Trainer?«

Daphne warf ihrer Schwester einen Blick zu. »Woher weißt du, dass er knackig ist?«

»Weil er als Trainer arbeitet, Dummerchen.«

Gutes Argument. Daphne seufzte und nahm sich den nächsten Muffin vor. »Ich bin ziemlich verliebt, aber für ihn bin ich nur ein Job, nichts weiter.«

»Ist ja übel.«

»Das kannst du laut sagen.«

Gretchen hörte auf zu rühren und beförderte den Eischnee in eine andere Schüssel. »Bring ihn heute Abend mit zum Essen und zieh was Heißes an. Zeig ihm die sexy Daphne und nicht nur die, die er aus dem Fitnessstudio kennt. Du weißt doch, wie man einen Mann um den Finger wickelt – das habe ich selbst gesehen. Zeig ihm, dass du an ihm interessiert bist, und er wird Wachs in deinen Händen sein.«

Daphne hielt inne. »Bin ich denn zum Probeessen eingeladen?«

»Jetzt schon.« Gretchen grinste sie breit an. »Das ist schließlich nur für die Familie. Da ich alles selbst zubereite, machen zwei Gäste mehr auch keinen Unterschied.« Sie betrachtete die Muffins und verzog das Gesicht. »Aber ihr solltet vielleicht ein paar Karottensticks einpacken. Der Eierpunsch ist noch das Gesündeste, was es gibt.«

* * *

Daphne hielt die Luft an und betrachtete sich kritisch im Spiegel. Das rote Etuikleid, das sie sich gerade über die Hüften ziehen wollte, stellte eine größere Herausforderung dar als vermutet. Sie drehte sich und beäugte ihre

Rückseite. Das Kleid hatte einen eingearbeiteten BH und einen Rücken aus Netzgewebe, und sie trug darunter nur ihren String, trotzdem war noch genug Stoff vorhanden, dass sie halbwegs anständig aussah. Halbwegs ... Doch der Reißverschluss bereitete ihr Probleme. Es gelang ihr einfach nicht, ihn selbst zuzuziehen. Sie würde wohl in den sauren Apfel beißen und um Hilfe bitten müssen.

Sie konnte das schaffen. Als Daphne Petty, der Superstar, hatte sie reihenweise Männer verführt. Warum bekam sie dann bei der Vorstellung, einen eher stoischen Personal Trainer und Life-Coach zu verführen, kalte Füße?

Wahrscheinlich lag es daran, dass ihr viel an seiner Meinung lag, was sie nicht von sehr vielen Menschen sagen konnte. Und wenn sie es vermasselte, lief sie Gefahr, seine Freundschaft zu verlieren. Das wollte sie auf keinen Fall riskieren.

Daphne war gut darin, anderen Menschen den Kopf zu verdrehen, aber sie auf Dauer an sich zu binden, war nicht gerade ihre Stärke.

Erneut betrachtete sie ihr Spiegelbild und kaute auf ihrer Unterlippe herum. Sie konnte das Kleid auch einfach ausziehen, sich etwas anderes aus dem Kleiderschrank nehmen, sich unten mit ihm treffen und so tun, als wäre alles ganz normal ... oder sie packte den Stier bei den Hörnern.

Daphne zögerte und deutete auf ihr Spiegelbild. »Du schaffst das! Vergiss nicht, wer du bist.« Sie nickte sich noch einmal entschlossen zu, drehte sich um und ging zur Schlafzimmertür. Das Penthouse in Manhattan, das sie gemietet hatte, war groß, aber sie wusste genau, wo sie Wesley finden würde.

Natürlich im Fitnessstudio.

Selbstsicher schlenderte sie durch den Flur, als wäre es alltäglich, dass sie in hochhackigen Schuhen und in einem am Rücken offenen Kleid herumlief. Sie war perfekt, aber dezent geschminkt und hatte ihr Haar zu einer festlichen Frisur hochgesteckt und mit einer weißen Schleife fixiert. Im Großen und Ganzen sah sie sehr weihnachtlich aus – abgesehen vom Reißverschluss. Jetzt musste sie nur noch dafür sorgen, dass ihr Begleiter mitspielte.

Vorsichtig näherte sie sich dem Fitnessstudio und schaute durch die Tür, um herauszufinden, was Wesley gerade trieb. Er stand mit einem Zettel neben den Gewichten und machte sich Notizen. Sie wusste nach dem monatelangen Training an seiner Seite, dass er sich immer sorgfältig aufschrieb, wie viele Übungen er mit welchen Gewichten gemacht hatte. Ihr Wesley war so gewissenhaft.

Na ja, noch war er nicht *ihr* Wesley. Sie hoffte nur, dass es so kommen würde.

Daphne blieb stehen, holte zur Beruhigung noch einmal tief Luft und drückte die Tür auf. Mit möglichst gelassener Miene ging sie auf ihn zu. »Hey, Wesley, kannst du mir bitte den Reißverschluss zuziehen?«

Er drehte sich um, ließ sein Notizbuch sinken und starrte sie verblüfft an. Sein Blick wanderte an ihrem Körper entlang, er musterte ihre Hand, mit der sie das Kleid vorn festhielt, die hochhackigen Stilettos an ihren Füßen und sah ihr dann in die Augen. »Na klar.«

Sie versuchte, nicht zu viel in seine knappe Erwiderung hineinzuinterpretieren, drehte sich um und wandte ihm den nackten Rücken zu. Er sagte nichts, aber sie war sich seiner Nähe überdeutlich bewusst, als er den Reißverschluss langsam nach oben zog.

»Möchtest du mich morgen begleiten?«

»Morgen?«

Sie blieb ganz cool. »Ich brauche einen Begleiter für die Hochzeit.«

»Oh. Klar, ich komme mit.«

Himmel, er klang ja nicht gerade begeistert. Aber das war schon okay. Wenigstens musste sie dann nicht allein hingehen. »Danke.«

»Gern.« Inzwischen hatte er den Reißverschluss bis zu den Schultern hochgezogen. »Ist ganz schön eng hier oben.«

Mann, war das deprimierend. »Bin ich zu dick geworden?« Sie versuchte verzweifelt, den Arm nach hinten zu verbiegen, als ob sie so etwas daran ändern könnte. »Nach diesen ganzen verdammten Liegestützsprüngen passe ich nicht mehr in mein Kleid?«

»So ein Quatsch«, entgegnete Wesley. »Es ist an den Schultern zu eng, weil du mehr Muskeln bekommen hast. Du siehst großartig aus, Daphne, und von Tag zu Tag gesünder. Lass dich nicht entmutigen.«

Er fand also, dass sie großartig aussah? Freude und Erleichterung stiegen in ihr auf. Vielleicht war das hier ja doch kein Fehler und sie hatte die subtilen Hinweise, die er ihr die ganze Zeit gab, schlichtweg nicht mitbekommen. Daphne drehte sich zu ihm um und sah ihm ins Gesicht. Er stand so dicht vor ihr, dass sie den Schweiß auf seiner Haut beinahe riechen konnte, und ... das war heiß. Dann musste sie jetzt nur noch aufs Ganze gehen, dafür sorgen, dass er wusste, wie sie zu ihm stand. Sie legte ihm eine Hand auf die Schulter, stellte sich auf die Zehenspitzen und spitzte die Lippen.

Er rückte von ihr ab und sah sie erschrocken an. »Was machst du denn da, Daphne?«

Sie gab nicht auf und zerrte etwas fester an seinem T-Shirt. »Ich versuche, dich zu küssen.«

Sein Blick ruhte erst auf ihren Lippen, bevor er ihr in die Augen sah. Er machte einen Schritt nach hinten, und sie wäre beinahe gestolpert. »Das geht nicht.«

»Wieso nicht?« Sie versuchte, sich nicht anmerken zu lassen, wie sehr seine Worte sie trafen.

»Ich bin dein Trainer und dein Life-Coach«, erklärte Wesley mit leiser, sanfter Stimme. Er legte ihr die Hände auf die Schultern und drückte sie leicht. »Ich bin dein Mentor. Unsere Beziehung sollte von ultimativem Vertrauen bestimmt sein.«

»Das ist sie doch auch!«

»Das würde sich aber ändern, wenn wir eine romantische Beziehung eingehen. Dann würde sich alles verändern, aber das halte ich für unklug, weil du gerade so gute Fortschritte machst. Du brauchst jetzt Kraft und keinen Freund.«

Ihr war nach Weinen zumute. All ihre Gefühle, ihre Sehnsucht nach ihm und ihr Verlangen beruhten nicht auf Gegenseitigkeit? »Warum können wir nicht beides haben?«

Wesley seufzte und ließ die Hände sinken. »Ich wollte es dir eigentlich erst nach Neujahr sagen, aber ich kann es auch jetzt schon machen. Ich habe mit der Plattenfirma gesprochen, und alle sind sehr glücklich über deine Fortschritte. Sie haben das Gefühl, dass es dir gut genug geht und du dein normales Leben wieder aufnehmen kannst. Snoopy weiß schon Bescheid und wird einen Teil meiner Pflichten übernehmen, und du kannst einen anderen Trainer engagieren, der mehrmals die Woche mit dir arbeitet …«

Daphne keuchte und machte einen Schritt nach hinten. Sie schlug sich eine Hand vor die Brust. »Du lässt mich im Stich?«

Er verzog schmerzlich berührt das Gesicht. »Das stimmt doch gar nicht. Wir wussten beide, dass es nur eine kurzfristige Angelegenheit sein würde, Daphne. Ich bin hier, um dein Leben wieder in die richtige Bahn zu bringen. Du schlägst dich gut, daher werden wir unsere Zusammenarbeit bald beenden können.«

»Verstehe.« Es schnürte ihr die Kehle zu. »Und dann gehst du einfach zurück nach L.A.?«

Er rieb sich peinlich berührt den rasierten Schädel. »Auf mich wartet eine weitere Klientin. Sie ist noch in der Entzugsklinik, müsste aber im Februar rauskommen.«

Daphne stiegen die Tränen in die Augen. »Du verlässt mich also, genau wie alle anderen.«

Er blieb ernst, versuchte sich nicht mal an einem Lächeln. Dabei sah er so niedergeschlagen aus, wie sie sich fühlte. »Du bist stark, Daphne. Ich bin davon überzeugt, dass du mich nicht länger brauchst. In letzter Zeit hast du immer die richtigen Entscheidungen getroffen. Du konzentrierst dich auf deine Musik. Du trainierst mit Hingabe. Du ernährst dich gesund. Du hast sogar wieder Kontakt zu deiner Familie aufgenommen. Das sind alles große Fortschritte, Daphne. Als du freiwillig den Club verlassen hast, wusste ich, dass du bereit bist.« Er sah sie zärtlich an. »Du brauchst mich nicht mehr.«

War er verrückt geworden? Die Vorstellung, er könnte sie verlassen, sie müsste morgens aufstehen und würde den

Tag nicht mehr mit ihm verbringen, war außerordentlich qualvoll. Das lag nicht etwa daran, dass sie das Training oder die Karotten vermissen würde. Ihr würde seine unermüdliche Unterstützung fehlen, seine Versuche, ernst zu bleiben, wenn sie ihm ein Grinsen entlocken wollte. Sie würde ihre fordernde Beziehung vermissen, diese seltenen Augenblicke, in denen er ihre Hand berührte, und die ruhigen Abende, an denen sie sich einfach stundenlang unterhielten.

Sie würde ihren besten Freund und den Menschen, der ihr am nächsten stand, verlieren, weil sie ihr Leben in den Griff bekommen hatte. Das war doch nicht fair. »Was muss ich tun, damit du noch ein Jahr bei mir bleibst? Muss ich rückfällig werden? Mir Koks kaufen und es schnupfen? Oder reicht Gras als Einstiegsdroge aus? Was ist mit einem Bier?« Die Worte fühlten sich gemein und verbittert an, als sie ihr über die Lippen kamen, aber sie konnte sie einfach nicht aufhalten. »Was ist mit einem Schokoriegel? Einem gottverdammten Muffin? Denn ich war die ganze Zeit brav und anständig, nur um am Ende mit leeren Händen dazustehen!«

Er sah sie mit traurigen Augen an, und sie bereute ihre Worte sofort wieder. »Das meinst du nicht ernst, Daphne. Du bist nicht clean, weil ich es so will, sondern weil du dich dafür entschieden hast.«

»Das weiß ich doch, verdammt!« Sie kniff sich in den Nasenrücken und bekam Kopfschmerzen. Himmel, tat ihr der Kopf weh. Sie hätte am liebsten geweint, wusste aber auch, dass dann ihr Make-up verschmieren würde. Wenn sie nach all den Jahren im Showbusiness eins gelernt hatte, dann war das, wie man seine Tränen zurückhielt.

»Ich wollte dir nicht wehtun, Daphne.« Er streckte eine Hand nach ihr aus.

Aber sie schüttelte den Kopf und entzog sich ihm. »Vergiss es, Wesley. Ich muss jetzt auf diese Party gehen.« Sie rückte ihr nicht besonders gut sitzendes Kleid zurecht. »Auf der es Unmengen an Schokolade geben wird. Begleitest du mich auch heute Abend?«

Sein ernster Blick brach ihr beinahe das Herz. »Hältst du das für klug?«

»Wenn du nicht mitkommst, wirst du nie erfahren, ob ich auch brav geblieben bin. Und im Augenblick wüsste ich nicht, warum ich brav sein sollte.« Sie wirbelte herum und lief los.

Als sie gerade mal ein paar Schritte gemacht hatte, hielt er ihre Hand fest. »Daph …«

»Hör auf damit, Wesley.« Verdammt, wenn das so weiterging, würde sie wirklich anfangen zu weinen.

»Hierbei geht es doch gar nicht um mich«, sagte er. »Es geht nicht darum, ob du Schokolade isst oder Drogen nimmst, weil ich dich nicht küssen will. Es geht um Liebe.« Als sie die Augenbrauen hochzog, deutete er auf seine Brust. »Nicht um die Liebe zu mir.« Er berührte ihr Brustbein. »Sondern zu dir? Wann hast du das letzte Mal Liebe für dich empfunden, Daphne?«

Jetzt standen ihr tatsächlich Tränen in den Augen. Sie entzog ihm ihre Hand. »Ich will deinen Life-Coach-Blödsinn nicht mehr hören«, stieß sie mit heiserer Stimme hervor. »Entweder wir sehen uns später, oder wir sehen uns nicht. Ansonsten kannst du gehen, weil wir miteinander fertig sind.«

»Ich werde dich trotzdem morgen begleiten.«

»Wie du willst.«

Als sie sich jetzt abwandte, ließ er sie gehen. Irgendwie machte das die Sache nur noch schlimmer.

Wann hast du das letzte Mal Liebe für dich empfunden, Daphne?

Großer Gott! Warum trafen seine Worte sie jedes Mal aufs Neue bis ins Mark? Wann hatte sie denn das letzte Mal Liebe für sich selbst empfunden? Sie ging ihren Mantel holen und kam dabei an einem Spiegel vorbei. Ihres Wissens nach sah sie gut aus, aber alles, was sie registrierte, waren ihre Sommersprossen, die zahllose Visagistinnen in die Verzweiflung getrieben hatten. Sie sah das dünne, schlaffe Haar, das die Kostümdesigner dazu bewogen hatte, ihr Perücken aufzusetzen. Sie sah die Figur, die zu dick – und jetzt zu muskulös – war, sodass sie auf dem Albencover gephotoshopt werden musste. Sie sah die dünne Unterlippe, die aufgespritzt werden musste, den Unterkiefer, der sie laut eines Producers aussehen ließ wie ein Ei. Sie sah ihre Brüste, die dem Schauspieler, mit dem sie einmal ausgegangen war, nicht groß genug gewesen waren, und ihren Bauch, der laut des Producers, mit dem sie monatelang geschlafen hatte, zu dick war. Sie sah nackte Arme, die leicht wabbelten, was die Klatschpresse zur Genüge auskosten würde, wenn sie Fotos davon zu sehen bekäme, und kräftige Oberschenkel, die vermutlich in einer dieser Ausgaben über Frauen mit dem »schlimmsten Bikini-Body« landen konnten, wenn sie jemand fotografieren würde.

Nachdenklich berührte Daphne ihr Gesicht und wurde immer trauriger. Wann hatte sie aufgehört, im Spiegel eine Person zu sehen, und stattdessen nur einen Haufen unzulänglicher Einzelteile registriert? Warum konnte sie nicht einfach Spaß an der Musik haben und es dabei belassen?

Sie wusste, dass die Plattenfirma bereits eine »kunstvolle« Fotosession plante, bei der ihr Körper verborgen bleiben sollte. Ihr war auch klar, was damit gemeint war: Man würde ihr Haar oder ihr Gesicht in Großaufnahme sehen und den Rest verbergen, damit niemand mitbekam, dass sie nicht mehr sehr dünn war, sondern eine normale Figur bekommen hatte. Jeder in Los Angeles – mit Ausnahme von Wesley, der sich nur dafür interessierte, ob sie Muskeln bekam und das Richtige aß – würde sie für fett halten.

Ach, Wesley. Warum konnte er sie nicht so sehr lieben, dass er ihr eine Chance gab?

Wenn er sie nicht lieben konnte, wie sollte sie sich dann selbst lieben? Sie zog ihren Mantel über und ging hinaus. Es wurde Zeit, das Glück ihrer Schwester zu feiern. Irgendwie entbehrte es nicht einer gewissen Ironie, dass sie die Erfolgreichste der drei Petty-Schwestern war und dennoch die Einzige, die nie die Liebe fand.

* * *

Am nächsten Tag (sehr früh)

Gretchen starrte die Decke an und konnte nicht schlafen.

Heute würde sie heiraten.

Heute würde sie Mrs Buchanan werden.

Heute würden Hunters Geheimnisse ans Licht kommen. Das musste unausweichlich passieren. Dies war ihr

Hochzeitstag. Auf die eine oder andere Weise würde sie mit den Konsequenzen leben.

Und falls sie nicht herauskamen ... Tja, dann würde sie auch damit leben.

Sie drehte sich zur Liebe ihres Lebens um. Hunter schlief noch neben ihr und hatte eine Hand nach ihr ausgestreckt, als wollte er sie berühren oder beschützen, sollte es notwendig sein. Die Narben auf seinem Gesicht waren Schatten im Mondlicht und ließen ihn verhärmt wirken, aber für sie würde er immer umwerfend aussehen.

Sie liebte ihn. Und sie hatte eine Heidenangst. Sie befürchtete, einen großen Fehler zu machen und dass sein Geheimnis so schrecklich war, wie sie vermutete. Sie war besorgt, dass ihre Hochzeit viel zu überladen und zu einem weihnachtlichen Zerrbild werden würde. Und sie hatte Angst davor, dass nach einem Jahr, in dem sie wie eine Besessene geplant hatte, etwas Schreckliches passieren würde.

Am schlimmsten war die Vorstellung, Hunter würde vor dem Altar erkennen, dass er eine vorlaute, ziemlich durchgedrehte Rothaarige doch nicht heiraten wollte. Das Zusammenleben war eine Sache, aber eine Ehe eine ganz andere.

Und sie hatten keinen Ehevertrag gemacht. Gretchen hatte das Thema angeschnitten, da Hunter nicht glauben sollte, sie wäre nur hinter seinem Geld her. Doch er hatte das nicht gewollt, und als sie ihn noch einmal danach fragte, war er richtig wütend geworden. Daher hatte sie die Sache auf sich beruhen lassen, machte sich aber trotzdem Sorgen.

Wenn er sie heiratete, musste er das auch wirklich wollen, so richtig und von ganzem Herzen, denn sobald er ihr den Ring an den Finger gesteckt hatte, konnte sie einen ganzen Haufen seines Geldes beanspruchen. Das machte sie nervös. Was war, wenn er seine Meinung geändert hatte und es jetzt bereute, doch nicht auf einem Ehevertrag bestanden zu haben?

Ach, so viele Ungewissheiten.

Gretchen stand so leise wie möglich auf, da sie Hunter nicht wecken wollte. Doch es gelang ihr nicht, da er ihr sofort über den Arm strich. »Gretchen?« Seine Stimme klang erotisch und heiser, und sie erschauerte am ganzen Körper.

»Ich muss das Brot anrühren«, sagte sie. »Es muss noch eine Weile gehen, bevor ich es in den Ofen schieben kann.«

Er strich ihr mit dem Daumen sanft über den Arm. »Ist alles in Ordnung, Liebling?«

»Ja. Ich bin in Gedanken nur schon beim Backen.« Sie beugte sich zu ihm herüber und gab ihm einen Kuss. »Schlaf weiter.« Als sie sich die Hausschuhe und den Bademantel angezogen hatte, schlief Hunter schon wieder tief und fest. Sie empfand eine solche Liebe zu ihm, aber die Nervosität kehrte auch wieder zurück. Es wurde Zeit, sich am Teig auszutoben.

Eine Stunde später hatte sie sechs Schüsseln Panettone-Teig zum Gehen weggestellt, hielt eine Tasse Kaffee in der Hand und war noch immer nicht zur Ruhe gekommen. Sie hatte das unangenehme Gefühl, keine Kontrolle mehr zu haben, und es kam ihr vor wie die Ruhe vor dem Sturm. Ihr Magen zog sich vor Angst zusammen, und sie konnte das Gefühl nicht abschütteln, dass etwas fürchterlich schiefgehen würde. Das tat es doch immer, oder nicht?

Sie ging mit ihrer Kaffeetasse in ihr Arbeitszimmer. Es lag ihrer Lieblingsküche am nächsten, und hier bewahrte sie ihre Rezepte und Notizen auf. Außerdem stand darin Igors Lieblingsbett, und er lag zusammengerollt darin, als sie hereinkam. Gretchen ging zu ihrem Kater und streichelte sie geistesabwesend.

Hier bewahrte sie auch ihr Hochzeitsgeschenk auf. Das Gemälde, das Sebastian, einer von Hunters Freunden und Trauzeugen, für sie angefertigt hatte, war endlich fertig, und sie betrachtete es besorgt. Das Bild an sich war wunderschön. Es war ein Ölgemälde von ihr, wie sie auf dem Bauch auf einem Satinbett lag und die Decken ihre Nacktheit geschickt verbargen. Irgendwie war es Sebastian gelungen, sie sexy und kokett wirken zu lassen, dabei kam sie sich doch sonst immer wie das personifizierte zerzauste Chaos vor. Auf dem Porträt sah ihr Haar weich und seidig aus, und ihr Blick schien den Betrachter aufzufordern, näherzukommen.

Gretchen war sich nicht sicher, ob sie wirklich die Frau auf dem Bild war. Reichte das als Hochzeitsgeschenk aus? Immerhin heiratete sie einen Milliardär. Er war übertriebene Geschenke gewöhnt und besaß zehn Autos und wenigstens ebenso viele Häuser. Ihre Sorge wurde immer größer. Der Mann konnte sich kaufen, was er haben wollte – würde er da zu ihrer Weihnachtshochzeit nicht mehr von ihr erwarten als ein Bild, das einer seiner Freunde gemalt hatte?

Oh, oh. War das etwa das Erwachsenenäquivalent eines selbst gebastelten Geschenks?

War sie eine Narzisstin, weil sie ihm ein Bild von sich schenkte?

Großer Gott. Was war, wenn das als Weihnachtsgeschenk nicht ausreichte? Vielleicht war es ja genug für die Hochzeit, aber musste sie sich für Weihnachten noch etwas anderes einfallen lassen? Wieso musste sie auch unbedingt Weihnachten heiraten? Hätte sie nicht bis Mitte Januar warten können? Oder bis Februar? War der Termin denn so wichtig?

Doch das Ganze hatte sich so lange hingezogen, dass sie immer verzweifelter geworden war. Sie wollte Hunter heiraten, und sie war besorgt gewesen, dass er es sich noch einmal anders überlegen würde, wenn sie zu lange mit der Hochzeit warteten.

»Ich glaube, ich muss mich übergeben, Igor«, flüsterte sie.

Der Kater wackelte mit seinem drahtigen, nackten Schwanz und musterte sie gereizt. Das war ja mal wieder typisch, jetzt war sogar Igor genervt von ihr. Sie streichelte ihn noch einmal und setzte sich mit ihrem Kaffee ans Fenster. Ein schneller Blick in die Nacht hinaus verriet ihr, dass es schneite, und zwar stark. Wen wunderte es? Es war Heiligabend, und kein vernünftiger Mensch war um vier Uhr früh auf den Beinen, um zu backen. An einem Feiertag sollte Schnee kein Grund zur Besorgnis sein, da die Menschen in ihren Pyjamas zu Hause blieben, aber nein, ausgerechnet heute musste ja ihr Hochzeitstag sein. Besaß Hunter einen Schneepflug? Wieso hatte sie in ihren Notfallplänen nicht an so etwas gedacht? Ihr war doch sonst nichts entgangen, oder?

Ihr Handy summte.

Daphne: Ich weiß, dass es noch sehr früh ist, aber ich kann nicht schlafen. Sag mir Bescheid, wenn du beim Backen Gesellschaft haben möchtest.

Gretchen hätte beinahe geweint. Es war so schön, dass Daphne wieder Teil ihres Lebens war, auch wenn es nur bedeutete, dass sie sich um einen weiteren Menschen Sorgen machen musste. Rasch schrieb sie eine Antwort.

Gretchen: Es ist nicht zu früh, und ich mache Panettoni, du kannst also gern vorbeikommen.

Daphne: Pane-was? Egal, ich mache mich gleich auf den Weg. Wieso bist du schon wach? Kannst du nicht schlafen?

Gretchen: Meine Nervosität treibt mich langsam in den Wahnsinn.

Daphne: Ach, wie süß, dass du das als langsam bezeichnest.

Gretchen schnaubte.

Daphne: Du musst nur noch den heutigen Tag überstehen, Schwesterherz. Ich komme, sobald ich ein Taxi erwischt habe.

Gretchen: Tausend Dank, Daph.

Du musst nur noch den heutigen Tag überstehen. Leichter gesagt als getan. Sie stellte ihre Tasse ab und wollte ihre Katze in den Arm nehmen, aber die lief vorher weg. Himmel, sie konnte nur hoffen, dass das kein schlechtes Zeichen war. Der heutige Tag würde doch wie geplant über die Bühne gehen … oder nicht?

* * *

Es wurde von Stunde zu Stunde schlimmer. Da sie erst um vierzehn Uhr heiraten würde, blieben bis dahin noch mehr als genug Stunden, in denen irgendetwas schiefgehen konnte. Gretchen beschloss, die Zeremonie gleich frühmorgens abzuhalten, falls sie noch einmal an Weihnachten heiraten sollte, dann konnte sie sich wenigstens den Rest des Tages entspannen.

Sie war wegen der Hochzeit so nervös gewesen, dass sie die Hefe im Panettone-Teig vergessen hatte und noch mal von vorn anfangen musste. Es schneite immer weiter, und vor dem Buchanan-Herrenhaus entstand das reinste Schneeparadies. Alles wäre perfekt gewesen, hätte Gretchen an diesem Tag nicht über zweihundert Gäste erwartet.

Um neun Uhr fiel die mittlere Schicht der Hochzeitstorte in sich zusammen.

Um halb zehn rief der Pfarrer an, dass er in Boston festsaß, weil sein Flug ausgefallen war.

Um zehn meldete sich ihre Friseurin, um ihr mitzuteilen, dass ihr Wagen von einem Schneepflug überhäuft worden war und sie nicht kommen konnte. Zehn Minuten später hatte ihre Kosmetikerin dasselbe zu berichten.

Aus einer Laune heraus zog sie ihr Hochzeitskleid über. Es war zu eng. Nachdem sie monatelang versucht hatte, eine Diät zu machen, hatte sie sogar noch zugenommen. Sie war dicker geworden! Das konnte nur an den vielen Torten, Keksen und Croquembouches liegen, über die sie sich den Kopf zerbrochen hatte. Natürlich hatte sie alles probieren müssen. Und sie hatte eine Menge gekostet. Darum war sie jetzt auch zu dick für ihr Hochzeitskleid, obwohl es bei der letzten Anprobe vor zwei Tagen noch gepasst hatte.

Danach schloss sie sich in ihrem Zimmer ein und weinte bitterlich. Was machte es schon für einen Unterschied, wie sie aussah? Unter ihrem Schleier war das alles doch sowieso nicht zu sehen.

Wenigstens der passte ja noch.

* * *

»Sollten wir nicht irgendetwas unternehmen?«, flüsterte Daphne, als Gretchens Weinen durch die Schlafzimmertür nach draußen drang.

»Aber was denn?« Greer, die winzige, hochschwangere Brautjungfer, musterte Daphne besorgt. »Ich habe ja regelmäßig mit Bräuten und Brautmonstern zu tun, aber das hier ... das schlägt dem Fass den Boden aus.« Sie umklammerte ihren Planer und seufzte besorgt. »Mir war ja klar, dass sie sich viele Sorgen macht, aber sie hat immer nur gelacht und gesagt, dass alles schon klappen würde, wenn ich sie gefragt habe. Ich wusste nicht, dass sie kurz vor einem Nervenzusammenbruch steht.«

Taylor presste besorgt die Finger an die Lippen. »Wollen wir uns wieder umziehen? Ist die Hochzeit abgeblasen?«

»Nein, lass dein Brautjungfernkleid ja an! Sie kriegt sich sicher gleich wieder ein«, sagte Greer schnell und schaute Daphne hilfesuchend an. »Wo steckt denn Audrey?«

»Ihr ist schlecht«, antwortete Daphne. Ihre Zwillingsschwester war mit ihrem Baby und ihrem attraktiven Mann hier angekommen und sofort im nächstbesten Badezimmer verschwunden, um sich zu übergeben. Offenbar litt sie nicht nur an Morgenübelkeit, sondern hatte sich auch noch den Magen verdorben, und somit konnte sie Gretchen jetzt nicht beruhigen. Die anderen Brautjungfern standen um

Daphne herum und sahen sie an, als müsste sie wissen, was zu tun war.

Ach, verdammt. Sie musste irgendetwas tun. Sie waren schließlich Schwestern. Wenn ihre Freundinnen ihr jetzt nicht halfen, gelang es Daphne vielleicht, Gretchen aus dem Zimmer zu locken. Sie klopfte an die Tür. »Gretchen? Hier ist Daph. Lass mich rein, damit wir reden können.«

»Verpiss dich«, kam die weinerliche Stimme ihrer Schwester durch die Tür. »Lasst mich alle in Ruhe. Ich komme hier nie wieder raus.«

»Das ist ganz schön dramatisch, findest du nicht?«, fragte Daphne und bedachte die besorgten Brautjungfern mit einem Lächeln, als hätte sie alles im Griff.

»Das ist mir egal. Ich werde einfach hier drin alt werden und sterben.«

Oh ja, Gretchen zog hier ein ganz großes Drama ab. Daphne klopfte erneut an die Tür. »Willst du mir nicht wenigstens erzählen, was los ist? Oder Audrey?« Daphne konnte einen Eimer auftreiben und Audrey hier vor der Tür abstellen, wenn sich Gretchen dadurch dazu bewegen ließ, aus dem Zimmer zu kommen. Heute war ihr Hochzeitstag. Sie hatten keine Zeit für hysterische Anfälle.

Als sie Audrey erwähnte, weinte Gretchen noch mehr.

»Was ist mit Hunter?«, schlug Brontë zaghaft vor.

Diese Idee war Daphne auch schon gekommen. Sie nickte und entfernte sich von der Tür. Manchmal war es am besten, wenn man mit dem Menschen sprach, der einem am nächsten stand – selbst wenn derjenige etwas sagte, das einem nicht gefiel, das man aber hören musste.

So, wie es Wesley bei mir gemacht hat.

Sie dachte darüber nach, während sie durch die Flure des Buchanan-Herrenhauses lief. Nachdem sie Wesley ihre Gefühle gestanden hatte, fühlte sie sich seltsamerweise etwas besser. Gut, er hatte sie abgewiesen, und das tat weh. Und er würde sie verlassen, was sie ebenfalls schmerzte. Aber sie hatte es ausgesprochen. Sie musste das, was sie empfand, nicht länger verbergen. Die ganze Zeit über hatte sie das Gefühl gehabt, nur eine weitere Maske zu tragen, und jetzt, wo diese weg war, fühlte es sich gut an. Zwar hatte sie Liebeskummer und letzte Nacht nach dem Probeessen (bei dem sie auch einige Tränen vergossen hatte, weil sich Gretchen und Hunter ständig so verliebt ansahen) bitterlich geweint, aber heute fühlte sie sich tatsächlich besser. Irgendwie gereinigt, auch wenn es immer noch wehtat. Wenn er ihre Liebe nicht erwiderte, dann konnte sie ihn nun einmal nicht dazu zwingen. Und wenn Gretchen wegen der Hochzeit Zweifel gekommen waren, dann musste sie mit Hunter sprechen, bevor die ganze Sache noch schlimmer wurde.

Das ganze Haus war weihnachtlich dekoriert, und auf jedem Tisch, an dem sie vorbeikam, standen Rosen. Lilafarbene, pinkfarbene, rote. Die Blumen mussten für Hunter und Gretchen irgendeine Bedeutung haben, die Daphne jedoch nicht kannte. Möglicherweise hatte Gretchen ihre Liebe zu Rosen entdeckt, oder Hunter hatte ihr zu Beginn ihrer Beziehung immer welche geschickt.

Großer Gott, was würde passieren, wenn Gretchen Hunter doch nicht heiraten wollte? Der arme Mann wäre am Boden zerstört. Sie hatte ihn beim Probeessen am Vorabend erst so richtig kennengelernt, nachdem sie sich an die letzte Begegnung nicht mehr wirklich erinnern konnte.

Der Mann war anders, als sie erwartet hatte. Seine Narben sahen tiefer und schrecklicher aus, als sie erwartet hatte, und er wirkte sehr ernst und streng. In seiner Gegenwart kam sie sich vor wie ein ungezogenes Kind, obwohl er nicht viel älter als Gretchen sein konnte. Aber Daphne hatte auch sofort erkannt, dass er Gretchen anbetete. Jeder Blick, den er auf sie richtete, jede besitzergreifende Berührung, jede Geste zeigten überdeutlich, dass er Gretchen Petty mit Haut und Haaren verfallen war und alles für sie tun würde.

Was die Vermutung, dass etwas zwischen den beiden passiert sein konnte, noch unwahrscheinlicher werden ließ.

Das endlose Labyrinth aus Fluren im Haus war mit roten Seilen abgesperrt, damit sich die Gäste nicht verliefen. Daphne eilte in den hinteren Teil des Hauses, durch eine gewaltige Doppeltür, die von Dienern geöffnet und wieder geschlossen wurde, und durch einen überdachten, ummauerten Gang, durch den die Gäste halbwegs vor dem Schneesturm geschützt zum großen Gewächshaus gelangen konnten – das aus ihr unerfindlichen Gründen als der Ort auserkoren worden war, an dem die beiden sich das Jawort geben wollten. Als sie hereinkam, war sie sofort von Hitze umgeben. Irgendwo weiter hinten dröhnte ein Generator, und Ventilatoren pusteten warme Luft in das riesige Zelt, in dem die Gäste Platz nehmen sollten. Darin standen Klappstühle in ordentlichen Reihen, die bereits zur Hälfte besetzt waren. Die Rosen, die den Bogen vorn am Altar schmückten, begannen ob der Hitze bereits zu welken, und darunter standen zwei Männer. Einer von ihnen war Hunter, und er schien sich mit dem anderen

Mann, der auch einen Anzug trug, zu streiten. In der ersten Reihe konnte Daphne Wesleys breite Schultern erkennen. Er war also gekommen, obwohl sie sich am Vortag gestritten hatten. Das überraschte sie nun doch. Wesley hatte dem Feiertagsverkehr und dem Schneesturm getrotzt, nur um ihr platonisches Date zu sein.

Sie wäre gerührt gewesen, wenn sie nicht gewusst hätte, dass ihm das alles nichts bedeutete. So tat es ihr jedoch in der Seele weh. Sie waren nur Freunde, und mehr würde zwischen ihnen nie sein. Ihre bittersüße Enttäuschung stellte sich wieder ein, aber sie marschierte tapfer nach vorn und hielt auf den Bräutigam zu.

»Audrey? Hast du dich noch gar nicht umgezogen?«, rief jemand.

Ups. Daphne trug noch immer ihre Jeans, war ungeschminkt und hatte sich die Haare nicht gemacht. Natürlich verwechselte man sie da mit Audrey. Sie hob einen Finger in die Luft, um denjenigen zum Schweigen zu bringen, da sie jetzt keine Erklärung abgeben wollte. Dann eilte sie weiter zu Hunter und zupfte ihn am Ärmel.

Er drehte sich zu ihr um, schaute sie an und erstarrte. »Was ist los?«

»Mir ist klar, dass du die Braut vor der Hochzeit eigentlich nicht sehen solltest, aber Gretchen will nicht aus ihrem Zimmer kommen, um sich anzuziehen. Sie weint und will mit niemandem reden. Irgendwas scheint nicht in Ordnung zu sein.«

Hunter wurde kreidebleich und rannte sofort los.

* * *

Gretchen lief unaufhörlich die Nase. Das hatte möglicherweise etwas mit der Tatsache zu tun, dass sie nicht aufhören konnte zu weinen, aber die Nase nervte sie zunehmend. Sie nahm den kleinen Spiegel von ihrem Schminktisch, schaute hinein, knüllte ein Taschentuch zusammen und stopfte es in ein Nasenloch. Es ragte wie eine merkwürdige Blume heraus, und sie machte auf der anderen Seite dasselbe.

Die Frau, die ihr aus dem Spiegel entgegenblickte, sah fürchterlich aus. Ihr Haar war völlig zerzaust, das Gesicht vom Weinen gerötet. Ihre Nase sah aufgrund der Taschentücher völlig deformiert aus, und ihr Hochzeitskleid hing unförmig an ihr herunter, weil sie es am Rücken nicht zubekam. Irgendwann hatte sie sich auch noch den Schleier aufgesetzt, der schief von ihrem Kopf herunterhing.

Sie sah absolut lächerlich aus, aber wen interessierte das schon?

Ihre Augen brannten und waren geschwollen, und Gretchen betrachtete ihr Spiegelbild noch einmal, bevor sie den Spiegel weglegte. Es war doch logisch, dass sie schrecklich aussah. Das hatte ihr gerade noch gefehlt, wo doch alles an ihrem Hochzeitstag schiefzulaufen schien, obwohl sie sich die größte Mühe gegeben hatte, damit alles perfekt war. Was für ein Reinfall!

Jemand klopfte an die Tür ihres Ankleidezimmers, und sie wurde wieder zornig. Warum konnten die anderen sie nicht einfach in Ruhe lassen? »Verschwindet endlich!«

Sie hörte leises Raunen auf der anderen Seite, dann klang es so, als würden mehrere Personen weggehen. Gut. Sie wusste, dass ihre Brautjungfern und Freundinnen vor der Tür warteten ... aber sie wollte sie jetzt nicht sehen. Sie wollte niemanden sehen. Gretchen legte den Kopf auf die

Armelehne des Stuhls, auf dem sie zusammengesackt war, und schloss die Augen.

Das Schloss klickte.

Sie hob ruckartig den Kopf und runzelte die Stirn. Welches Arschloch …

Hunters breite Schultern erschienen im Türrahmen, und er schloss leise die Tür hinter sich. Dabei sah er Gretchen die ganze Zeit an, und sie stellte fest, dass er in seinem Smoking einfach umwerfend aussah. Was war sie nur für eine glückliche Frau, dass sie diesen Mann an ihrer Seite hatte! Sie liebte jeden Zentimeter von ihm, von den weißen Narben auf seinen Augenbrauen bis hin zu seinen Lippen, die er immer fest zusammenpresste, wenn er etwas sah, das ihm nicht gefiel, so wie jetzt. Nachdem er die Tür verriegelt hatte, kam er auf sie zu. »Gretchen, Liebes. Was ist denn los?«

Oh Mann, und sie hatte Taschentücher in der Nase. Konnte dieser Tag denn noch schlimmer werden? Konnte sie noch abscheulicher aussehen? »Du darfst mich doch vor der Hochzeit nicht sehen!«

»Das mag ja sein, aber alle reden davon, dass die Hochzeit abgeblasen wird, und deine Freundinnen drehen beinahe durch.« Er setzte sich neben sie und zog ihr sanft ein Taschentuch aus der Nase. »Möchtest du darüber reden?«

»Tu das nicht, Hunter! Das ist so eklig!« Sie entriss ihm das Taschentuch, zupfte vorsichtig das andere heraus und rieb sich dann die Nase. »Dies ist kein besonders erotischer Moment.«

»Es muss auch nicht jeder Moment erotisch sein«, erwiderte er mit seiner ernsten, tiefen Stimme. »Die Hauptsache ist, dass wir zusammen sind.«

Verdammt. Ihr stiegen schon wieder Tränen in die Augen, und sie fing erneut an zu weinen. »Hör auf, so verständnisvoll zu sein!«

»Gretchen, Liebling.« Er zog sie an sich, wobei ihre weißen Taftröcke noch weiter zerknitterten, und strich ihr den Schleier und das zerzauste Haar aus dem Gesicht. »Was ist aus meiner impulsiven, albernen, glücklichen Frau geworden?«

»Die wurde gegen eine psychotische Irre ausgetauscht«, stieß Gretchen schluchzend hervor. Sie ballte an seiner Brust die Fäuste, zuckte dann jedoch zurück. »Ich sollte dich lieber nicht anfassen. Ich ruiniere noch deinen Anzug.«

»Scheiß auf den Anzug.« Er tätschelte seine Schulter. »Du kannst dich hier ausweinen.«

Weil er so unglaublich süß war, kamen ihr schon wieder die Tränen, die das frisch gebügelte Revers seines Smokings durchnässten. »Ich wollte, dass unsere Hochzeit perfekt wird, und jetzt ist alles total im Eimer.« Sie schluchzte noch bitterlicher, weil es jetzt, wo sie es ausgesprochen hatte, noch viel schlimmer war. »Die Torte ist ruiniert, meine Croquembouches fallen auseinander, mir passt das Kleid nicht mehr, draußen tobt ein Schneesturm und …«

»Und ich bin hier«, murmelte Hunter und streichelte ihre Wange. »Und du bist hier. Das ist das Einzige, was zählt.«

»Ich weiß, dass ich fürchterlich bin.« Gretchen schniefte laut. »Und dass ich nicht nachdenke, sondern einfach loslege. Aber ich dachte, bei der Hochzeit würde ich zur Abwechslung mal alles richtig machen. Ich habe Monate im Voraus geplant, um nicht in letzter Minute eine böse Überraschung zu erleben. Ich habe eine Diät gemacht. Ich habe wirklich alles versucht, aber je mehr Mühe ich mir gegeben habe, desto schlimmer wurde es.«

»Warst du in letzter Zeit deshalb so besorgt? Weil du mich beeindrucken wolltest?« Er sah sie verblüfft an.

»Ja, das auch. Du bist schließlich ein Traummann, Hunter. Du bist reich, mächtig, klug und so erwachsen. Du arbeitest viel und bist gut in deinem Job. Ich hingegen werde immer wieder gefeuert, und wie in aller Welt soll ich ein Kochbuch schreiben, wenn ich nicht mal meine eigene Hochzeitstorte hinkriege?« Ihre Unterlippe zitterte, und sie drückte sich wieder an seine Brust. »Meine Hochzeitstorte ist in sich zusammengefallen. Das habe ich jetzt davon, dass ich sie mit Pudding gefüllt habe.«

»Mit Pudding? Ich dachte, du wolltest was mit Zitrone machen?«

»Schon, aber Zitrone ist so langweilig, und unsere Hochzeit soll alles andere als langweilig sein.« Sie fing schon wieder an zu weinen. »Ich wollte dich beeindrucken, Hunter. Damit du mich ansehen und stolz sein kannst, weil du mich heiratest, und nicht das Gefühl bekommst, du würdest einen Fehler machen …«

»Einen Fehler?« Er rückte ein Stück von ihr ab, legte ihr eine Hand unter das Kinn und zwang sie, ihn anzusehen. »Wie kommst du denn auf diese Idee, Gretchen? Wieso in aller Welt sollte das ein Fehler sein?«

»Weil ich eine Frau ohne richtigen Job bin und überhaupt nichts mit in diese Ehe bringe, während du ein heißer Milliardär bist? Hallo! Du könntest eine viel bessere als mich finden.«

»Das ist das Lächerlichste, was ich je gehört habe.« Er legte ihr die Hände an die Wangen – auch wenn diese tränenüberströmt waren und ihr schon wieder die Nase lief. »Ich liebe dich, Gretchen. Du bist der erste Mensch, der mein wahres Ich gesehen hat. Die meisten anderen tun nur so, als würden sie die Narben nicht bemerken, oder sehen mir nicht in die Augen. Aber du, du lässt mich nie im Hintergrund stehen. Du ziehst mich ins Licht, und du hast mir ein neues Leben und neue Freunde geschenkt. Wie könnte ich dich nicht mit jeder Faser meines Wesens lieben? Wie könnte ich mir nicht wünschen, für immer mit dir zusammen zu sein? Selbstverständlich will ich dich heiraten.«

Ihre Unterlippe bebte erneut.

»Und jetzt hör auf zu weinen.« Er beugte sich vor und küsste sie. »Ich liebe die wilde, impulsive, alberne Gretchen. Die nervöse, panische Gretchen, die für ihre eigene Hochzeit backen will, musste ja einen Nervenzusammenbruch kriegen.«

»Ja, da hast du vermutlich recht.« Sie kicherte weinerlich und drückte sich an seine Brust. Allein dadurch, dass er da war, fühlte sie sich viel besser. Aus genau diesem Grund waren sie das perfekte Paar – er ergänzte sie. Er kannte sie. Er verstand sie und konnte ihr immer wieder aus der Klemme helfen. Gretchen seufzte. »Eine Weihnachtshochzeit. Ich muss wirklich den Verstand verloren haben. Ach ja, und Weihnachten habe ich damit auch gleich ruiniert. Ich habe dir ein Hochzeitsgeschenk besorgt, aber kein Weihnachtsgeschenk. Damit bin ich wohl die schlechteste Ehefrau aller Zeiten.«

»Geschenke sind mir völlig egal. Du bist das Einzige,

was ich heute will.« Er küsste sie ein weiteres Mal. »Und du darfst mir so etwas nicht vorenthalten.«

Sie keuchte und wich ein Stück zurück. »Das sagt der Richtige! Du hast mir mit deinem großen Geheimnis doch erst recht Angst eingejagt!«

Er runzelte die Stirn. »Was für ein Geheimnis?«

»Jetzt tu nicht auch noch so, als wüsstest du nicht, wovon ich spreche! Ich weiß, dass diese Frau dich erpresst.«

Hunter sah immer verwirrter aus. »Wer erpresst mich deiner Meinung nach?«

»Diese Frau, die Anfang der Woche mit irgendwelchen Fotos in dein Büro gekommen ist.« Sie musterte ihn. Er schien ihr wirklich nicht folgen zu können. »Dann war es doch keine Erpressung?«

Jetzt schien er auch noch wütend zu werden. »Du hast wirklich geglaubt, ich werde erpresst? Warum in aller Welt hast du mich denn nicht darauf angesprochen?«

»Weil ich dich heiraten wollte«, flüsterte sie. »Ich wollte, dass du auf jeden Fall der Meine wirst.«

Seine Miene wurde sanfter. »Gretchen ...«

»Ich weiß, ich weiß. Ich bin total verrückt, und jetzt willst du mich nicht mehr heiraten, oder?«

»Ich liebe dich, und ich kann es nicht fassen, dass du dir in letzter Zeit solche Sorgen gemacht hast.« Er schaute sie aufgebracht an, nahm ihre Hand und drückte ihr einen Kuss in die Handfläche. »Ich würde dich auf der Stelle auf dieses Sofa werfen und dir demonstrieren, wie sehr ich mir wünsche, dass du meine Frau wirst, aber zuerst muss ich dir etwas zeigen.«

»Ach, jetzt bin ich aber enttäuscht«, sagte Gretchen und

stand auf. »Gegen diese Demonstration auf dem Sofa hätte ich nichts einzuwenden gehabt.«

Er bedachte sie mit einem hitzigen Blick, nahm dann aber ihre Hand und zog sie mit sich. »Das hier ist wichtiger. Komm mit.«

Sie machte ein paar Schritte, blieb dann jedoch stehen. Ihr Kleid hing an ihr herunter und ließ sich nicht schließen. »Ich kann nicht. Ich bekomme mein Kleid nicht zu. Auch in dieser Hinsicht bin ich gescheitert.«

Hunter zog sein Jackett aus.

»Nein, Baby, nicht dein ...« Doch sein Blick ließ ihren Protest verstummen, und als er ihr die Jacke um die Schultern legte, zog sie sie eng um sich. Gretchen musste sich eingestehen, dass ihr seine Fürsorge sehr gefiel. Das war schon immer so gewesen. Im Allgemeinen war sie derart in ihr eigenes Chaos verwickelt, dass sie völlig vergaß, wie schön es war, sich einfach zurückzulehnen und Hunter für eine Weile die Kontrolle zu überlassen. Daher schwieg sie jetzt und steckte die Arme in die Ärmel. Als er ihr seine Hand reichte, nahm sie sie.

Hand in Hand verließen sie das Zimmer, und Gretchen zuckte zusammen, als sie durch den Flur liefen, da sie schon fast damit rechnete, ihren besorgten Brautjungfern zu begegnen. Aber da war nur Daphne, die mit dem Handy in der Hand auf sie wartete. »Die anderen sind vorerst gegangen«, erklärte sie ihnen. »Falls jemand fragt, sage ich, dass ihr beide ein bisschen Zeit für euch braucht und nicht gestört werden wollt.« Sie zwinkerte Gretchen zu, als wäre alles in bester Ordnung.

Vielleicht war es das ja auch. Gretchen nickte und ließ sich von Hunter mitziehen.

Erst als sie in den zweiten Stock kamen, auf dem auch sein Arbeitszimmer lag, wurde sie neugierig. Die Tür neben seiner, hinter der sich normalerweise sein Fitnessstudio befand, war wegen der Bauarbeiten mit einer Plastikfolie verhängt. »Stimmt noch was mit dem Haus nicht?«, erkundigte sie sich, als er die Plane zur Seite zog. »Ist der Wasserschaden schlimmer als gedacht? Was …«

Er riss die Folie ab und deutete in den Raum.

Sie ließ seine Hand los und ging hinein. Da das Licht ausgeschaltet war, tastete sie nach dem Lichtschalter und betätigte ihn. Dann schnappte sie unwillkürlich nach Luft.

Sie hatte ihre Traumküche vor sich. Ina Gartens weiße, wunderschöne Küche aus ihrer Fernsehshow war auf wundersame Weise hier nachgebaut worden. Sie sah hohe Küchenschränke, in denen noch die dekorativen Küchenutensilien fehlten, die Ina in ihrer Show hatte, und vor der weißen Bar mit der schwarzen Arbeitsplatte standen noch keine Stühle. Der Herd fehlte auch noch, aber der Doppelkühlschrank war bereits da. Alles war perfekt. Sie ging weiter in die Küche hinein und entdeckte die breite Spülmaschine unter der Kücheninsel. »Was … Was ist das?«, fragte sie staunend und fuhr mit einer Hand über den glänzenden kalten Stein, aus dem die Arbeitsplatte bestand.

»Das sollte eigentlich die Küche aus der Fernsehshow werden, die du so magst, aber die Handwerker haben die Arbeit derart in die Länge gezogen, dass noch nicht alles fertig ist. Zumindest hier«, fügte er hinzu. »Die Küche auf Cata Bay ist komplett ausgestattet.«

Gretchen zog eines der Schubfächer im Kühlschrank auf

und seufzte zufrieden. Ein Sub-Zero-Kühlschrank. Wie wundervoll. »Entschuldige, was hast du gesagt?« Sie drehte sich zu Hunter um und bekam seine Worte erst jetzt richtig mit. »Was ist Cata Bay?«

»Cata Bay ist die Insel, die ich gekauft habe.«

»Du hast eine ganze Insel gekauft?«

»Für uns.« Er kam zu ihr, zog sein Handy aus der Tasche, wischte auf dem Display herum, bis er gefunden hatte, was er suchte, und reichte ihr das Gerät.

Dann zeigte er ihr mehrere Fotos des Hauses, das er entworfen hatte, des Sandstrands, des privaten Docks, des opulenten tropischen Schlafzimmers und der luxuriösen Küche, die genauso aussah wie die, in der sie gerade stand. »Du ... du hast eine Insel gekauft«, hauchte sie. »Und eine dritte Küche hier einbauen lassen. Warum?«

»Diese Küche«, erwiderte er und machte eine umfassende Handbewegung, »wurde gebaut, weil ich dich vermisse, wenn du unten und nicht in meiner Nähe bist. Das mag sich jetzt so anhören, als würde ich klammern oder wollte dich nicht aus den Augen lassen, aber das ist mir egal. Ich möchte dich immer in meiner Nähe haben. Ich mag es, wenn du schimpfst, weil das Brot nicht aufgeht. Ich liebe es, dich in der Küche hantieren zu hören. Und ich finde es wundervoll zu wissen, dass du nicht weit entfernt bist und ich jederzeit aufstehen und dich in die Arme nehmen kann.« Er trat neben sie und streichelte ihren Nacken. »Ich bin süchtig nach dir, und es ist mir völlig egal, ob ich wie eine Klette wirke.«

»Nein, das tust du nicht. Du bist einfach unglaublich«, murmelte sie und strich mit einer Hand über seine Brust. »Ich liebe dich so sehr. Das ist das große Geheimnis? Die

Küche und die Privatinsel?« Als er nickte, lachte sie ungläubig. »Warum eine Privatinsel?«

»Weil du mal Urlaub von all dem hier brauchst. Von der Hochzeit, dem Kochbuch – du bist so gestresst, dass ich mir Sorgen um dich mache. Als ich gesehen habe, dass die Insel zum Verkauf steht, wusste ich sofort, dass sie perfekt für uns ist.«

»Aber das Haus ist doch schon unser Zufluchtsort …«

»Stimmt, aber wenn ich dich auf eine tropische Insel entführe, kannst du gar nicht anders, als dich zu entspannen und knapp bekleidet herumzulaufen.«

Gretchen musste lachen. »Das ist das Lächerlichste und Wunderbarste, was ich je gehört habe.« Sie schlang die Arme um seinen Hals und drückte sich an ihn. »Ich kann es nicht fassen, dass du das alles vor mir geheim gehalten und mich glauben lassen hast, wir hätten einen Wasserschaden. Weißt du überhaupt, wie sehr ich mich über das ganze Hämmern und Bohren geärgert habe?«

»Ja, das weiß ich. Du hast dich ganz verrückt gemacht. Da konnte ich dir doch nicht noch mehr aufbürden. Ich kenne dich doch. Du hättest dir Sorgen gemacht, dass die Handwerker nicht rechtzeitig fertig werden und dass nicht alles so wird, wie du es dir vorstellst, daher habe ich beschlossen, das selbst in die Hand zu nehmen.« Er rieb ihr die Arme. »Außerdem hatte ich Angst, dass du die Idee, hier oben eine Küche einzubauen, für völlig bescheuert hältst.«

»Nein, denn sonst würde ich dich nicht heiraten«, neckte Gretchen ihn. »Es ist mir egal, ob du klammerst. Ich liebe dich, und ich brauche dich auch.«

»Du darfst dir nicht ständig wegen all dieser Dinge den

Kopf zerbrechen, Gretchen. Ich bin Milliardär. Ich kann meiner Frau eine Küche kaufen, wenn mir danach ist, oder eine Insel. Was bringt denn das ganze Geld, wenn wir es nicht genießen können?«

Es schnürte ihr immer mehr die Kehle zu. Hunter war der beste Mann der Welt. »Ich liebe dich.«

»Ich liebe dich auch. Ich werde dich immer lieben.«

»Wir müssen gut aufeinander aufpassen. Ich will mir gar nicht vorstellen, was passieren würde, wenn irgendetwas zwischen uns kommt.«

Er zog die vernarbten Augenbrauen hoch. »Wie beispielsweise eine Erpressung?«

Wieder rieb sie seine Brust. Obwohl sie noch immer völlig durcheinander war, wurde ihr Verlangen nach ihm immer größer. »Ich hätte dich sogar dann noch geheiratet, wenn uns irgend so eine Schlampe einen Strich durch die Rechnung machen will. Das mit dem ›In guten wie in schlechten Zeiten‹ ist mein voller Ernst. Was auch immer diese Frau gesagt hätte, ich wäre weiterhin entschlossen gewesen, Mrs Buchanan zu werden. Nichts könnte mich von dir fernhalten.«

»Gretchen«, murmelte er mit vor Rührung belegter Stimme. »Du bedeutest mir alles. Begreifst du das jetzt endlich?«

Sie nickte. »Ich war wohl zu sehr mit der Hochzeit beschäftigt und dem Versuch, alles perfekt zu machen. Möglicherweise ... habe ich es ein bisschen übertrieben.«

Er streichelte ihren Hals, zog sie an sich und küsste sie. »Wir könnten einfach durchbrennen. All das hier vergessen und abhauen. Wir fahren zum Flughafen und fliegen auf unsere Insel.«

»Ich werde so tun, als hättest du das eben nicht gesagt«, wisperte sie an seinen Lippen. »Denn sonst müsste ich dich allein für den Gedanken, die Hochzeit in unserem eigenen Haus abblasen zu wollen, umbringen.«

»Scheiß auf die Hochzeit«, murmelte er und küsste sie noch einmal. Als seine Zunge ihre Lippen berührte, loderte ihre Erregung auf. »Scheiß auf die Gäste. Scheiß auf das Haus. Ich brenne alles nieder, wenn dich das glücklich macht.«

Großer Gott, seit wann war Brandstiftung denn so erotisch? »Können wir das mit ins Hochzeitsgelübde aufnehmen?«

»Auf jeden Fall.« Er küsste sie erneut und biss sanft in ihre volle Oberlippe. »Sei wieder meine impulsive, kopflose Gretchen. Lass mich das Planen und die Sorgen übernehmen. Sei einfach du selbst. Dann bist du perfekt.«

»Okay«, sagte sie scheu und fühlte sich gleichzeitig unglaublich geliebt und wahnsinnig glücklich.

»Und solltest du jemals wieder versuchen, etwas in diesem Ausmaß zu planen, dann entführe ich dich auf unsere Insel.«

Gretchen kicherte. »Abgemacht.«

* * *

»Okay, das sollte reichen«, sagte Daphne und trat hinter Gretchen hervor. »Was hältst du davon?«

Gretchen drehte sich und versuchte, ihren Rücken im Spiegel zu betrachten. Noch vor einer Stunde hatte sie das Kleid nicht zubekommen und der Reißverschluss sowie die Ösen waren gerade mal zur Hälfte geschlossen gewesen. Als sie jetzt in den Spiegel blickte, sah jedoch alles perfekt aus. »Du bist ein Genie, Daph. Wie hast du das gemacht?«

»Ich habe das Kleid aufgerissen und ein Stück Stretch-Stoff unter jede Achsel geklebt, damit du etwas mehr Platz hast.«

Audrey keuchte auf. »Du hast was?«

»Es sollte doch passen, oder? Jetzt tut es das.« Daphne strich mit einer Hand über Gretchens Rücken. »Der Reißverschluss ist problemlos zugegangen. Das ist einer der Tricks, die ich auf Tour gelernt habe. Mit meinen Kostümen stimmt öfter mal was nicht, aber mit der Klebepistole kann man immer noch was retten. Abgesehen davon wirst du dieses Kleid sowieso nie wieder tragen.«

»Aber trotzdem …«

»Nein, sie hat völlig recht, Audrey. Es sieht super aus.« Gretchen sah erneut bewundernd in den Spiegel. »Sogar die Rockfalten sitzen. Wie hast du das hinbekommen?«

»Mit dem Bügeleisen«, antwortete Daphne stolz.

»Es sieht gut aus«, gab Audrey zu. »Und du siehst wunderschön aus, Gretchen.«

So fühlte sie sich auch. Gretchen warf noch einen letzten Blick in den Spiegel. Man konnte ihr den morgendlichen Nervenzusammenbruch nicht mehr ansehen. Während Daphne mit ihrem Kleid beschäftigt gewesen war, hatte Audrey ihr kalte Gurkenscheiben auf die Augen gelegt, damit die Schwellung abklang. Irgendwann war auch noch Hunters Freund Cade Archer aufgetaucht, und Audrey hatte sich daran erinnert, dass seine Frau Kylie Visagistin war und früher sogar schon für Daphne gearbeitet hatte. Kylie war nur zu gern bereit gewesen, Gretchen zu schminken, auch wenn sie über deren Utensilien mehr als einmal die Nase gerümpft hatte. Als Kylie fertig war, hatte Gretchen außerdem eine ganze Liste mit Produkten, die »gut für ihre Haut« waren und die sie sich dringend besorgen sollte.

Aber sie sah gut aus. Ihre Augen waren stark geschminkt, weil das Kylies Worten zufolge auf Fotos immer am besten aussah. Sie trug falsche Wimpern, den perfekten Lidstrich, ihre Augenbrauen sahen wie verwandelt aus, und der pinkfarbene Lippenstift war ein Traum. Sie trug ihr Haar jetzt in einem tief sitzenden Knoten, nachdem Daphne und Kylie es gemeinsam geglättet hatten. Das schulterfreie Mieder lag eng an, und die kleinen Flügelärmel wirkten wie Verzierungen und nicht so, als würden sie mit Mühe und Not verhindern, dass Gretchen das Kleid verlor. An der Taille lief das Kleid vorn und hinten v-förmig zu, um dann in einen breiten Rock aus Schichten aus Tüll und Taft überzugehen. Es war ein Prinzessinnenkleid, das vermutlich nicht zu einer Frau wie Gretchen passte, doch das war ihr egal. Sie liebte es, und jetzt passte es auch wieder, und Hunter liebte sie. Alles, was ihr bis vor Kurzem solche Sorgen bereitet hatte, war auf einmal unwichtig geworden.

Okay, ihre Hochzeitstorte war ruiniert und die Croquembouches sahen eher aus wie Unfälle, aber auch das störte sie jetzt nicht weiter. Sie würde Hunter heute heiraten, und nichts konnte sie daran hindern. Sie liebte diesen Mann. Er hatte sogar vorgeschlagen, dass sie einfach sein Jackett anbehielt und sie so heirateten, aber der Fotograf hatte sich trotz des Schnees bis zu ihnen durchgearbeitet, und sie wollte auf den Bildern schön und nicht wie ein menschliches Wrack aussehen.

Daphne war heute wunderbar gewesen. Gretchen war erst jetzt bewusst geworden, wie sehr sie ihre Schwester vermisst hatte, die den ganzen langen, stressigen Tag an ihrer Seite geblieben war. Sie drehte sich zu Daphne um und nahm ihre Hand. »Es ist so schön, dass du heute hier bist, und ich bin sehr glücklich, dich wieder in meinem Leben zu haben.«

Daphnes Augen glitzerten verdächtig. »Wirklich?«

»Wirklich.«

»Ich auch«, sagte Audrey und legte eine Hand auf die verschränkten Hände ihrer Schwestern. »Mir ist klar, dass ich zuerst sehr abweisend gewesen bin, aber ich bin sehr stolz auf dich und überglücklich, dass es dir so gut geht und dass du zu uns zurückgekommen bist.«

Daphne schniefte. »Danke. Ich weiß, dass ich in der Vergangenheit vieles falsch gemacht habe, aber ich werde mein Bestes geben, damit ihr stolz auf mich seid.« Dann schüttelte sie den Kopf. »Nein, das nehme ich zurück. Ich werde mein Bestes geben, damit ich stolz auf mich sein kann.«

»Das haben wir uns immer für dich gewünscht«, erklärte Audrey.

»Das hier ist aber nicht das, was ich jetzt will«, rief Gretchen, bevor es noch kitschiger werden konnte und sie ihr schönes Make-up durch weitere Tränen ruinierte. »Ich möchte, dass ihr alle Teil meiner Hochzeitsgesellschaft seid. Eine weitere Brautjungfer bekommen wir auch noch unter. Ich werfe mal wieder alles durcheinander, aber wen interessiert das schon?«

Doch Daphne schüttelte den Kopf. »Es gibt einen guten Grund dafür, dass ich der Hochzeitsgesellschaft nicht angehöre, Gretchen. Ich war die letzten Jahre nicht wirklich Teil eures Lebens.«

»Aber ich möchte, dass du es in Zukunft bist.«

»Das möchte ich auch.«

Gretchen reckte die Arme in die Luft. »Gruppenkuscheln!«

* * *

Daphne beschloss, dass es eine schöne Hochzeit werden würde. Nachdem sie Gretchen verlassen und sich das schlichte beigefarbene Kleid übergezogen hatte, nahm sie neben Wesley Platz. Er nahm ihre Hand und drückte sie. Was war denn das? Händchen halten? Obwohl sie ihm ihre Gefühle gestanden hatte? Wahrscheinlich machte er das nur, weil er glaubte, sie bräuchte seelische Unterstützung. Was irgendwie witzig war, da sie sich eigentlich ziemlich gut fühlte. Es tat zwar weh, dass Wesley sie nicht liebte, aber sie würde es überleben. Sie war stark, das hatte er selbst gesagt. Sie war stark, gesund und freute sich für ihre Schwester.

Einer von Hunters Freunden – Jonathan – hatte sich während seiner ausgedehnten Reisen zum Priester weihen lassen und nahm die Rolle des abwesenden Geistlichen ein. Das Gewächshaus war mit Rosen in den unterschiedlichsten Farben geschmückt, und die blassen, zarten blaulilafarbenen Rosen, die den Mittelgang säumten, passten perfekt zu den Kleidern der Brautjungfern. Abgesehen von einigen weißen Weihnachtssternen am Ende jeder Reihe und kunstvollen Schleifen an den Stühlen enger Freunde gab es hier kaum weihnachtliche Dekoration.

Dann setzte die Musik ein. Daphne kamen die Tränen, als Pachelbels »Canon in D« erklang. Wesley drückte ihr ein weiches Stofftaschentuch in die Hand, und sie tupfte sich damit die Augen ab. Hunter stand vorn im umgeräumten Gewächshaus, blickte mit recht sehnsüchtiger Miene den Gang entlang und wartete auf seine Braut. Daphne stellte fest, dass er nicht im Geringsten stoisch wirkte, auch nicht nervös, eher … eher angespannt, als könnte er es nicht erwarten, seine Braut endlich in den Armen zu halten. Sie war sehr gerührt.

Greer war die erste Brautjungfer, die durch den Gang schritt. Wie alle anderen trug auch sie ein wunderschönes blassblaues Kleid und hatte einen Strauß weißer Rosen in der Hand. Die hochschwangere Greer strahlte vor Glück und warf Asher Sutton, dem Mann an ihrer Seite, immer wieder verstohlene Blicke zu. Danach kamen Sebastian und Chelsea, die beide groß und attraktiv waren, gefolgt von Taylor und Leo. Taylor stolperte auf dem Teppich, aber der kräftige Leo verhinderte, dass sie hinfiel, und sie kicherte nervös, als sie ihren Platz neben den anderen Brautjungfern vorn am Altar einnahm. Hinter ihnen folgten Magnus und Edie, die sehr langsam ging, damit man ihr das Humpeln nicht anmerkte. Als sie sich voneinander trennten, schienen sie sich kaum loslassen zu wollen, und Daphne fragte sich, ob die beiden möglicherweise etwas miteinander hatten.

Danach kam Brontë am Arm von Audreys Mann Reese. Schließlich folgten noch die Trauzeugen: Audrey, Daphnes strahlende, glückliche Zwillingsschwester, und Logan Hawkings, Hunters bester Freund und Brontës Mann. Die Zeit schien im Schneckentempo zu verstreichen, als alle ihre Plätze einnahmen, und Hunters Blick wurde immer sehnsüchtiger.

Dann veränderte sich die Musik.

Etta James' »At Last« drang aus den Lautsprechern. Gretchen erschien im Gewächshaus und hatte einen wunderschönen kaskadenartigen Brautstrauß aus blassblauen Rosen in den Händen. Ihr Schleier verbarg ihr Gesicht, aber selbst von ihrem Platz in der ersten Reihe konnte Daphne ihr strahlendes Lächeln erkennen.

Ab diesem Moment ließen sich ihre Tränen nicht mehr aufhalten.

Sie weinte, als Gretchen nach vorn ging und sich neben ihren Bräutigam stellte, der zum ersten Mal, seit Daphne ihn kannte, ein Lächeln auf den Lippen hatte. Sie weinte, als Hunter Gretchens Schleier anhob und ihr sanft über die Wange strich. Sie weinte, als sich das Paar an den Händen hielt und sein Gelübde sprach und als Gretchen sagte, dass sie »ihm so oft wie möglich einen Klaps auf den Knackarsch geben« würde, woraufhin Hunter rote Ohren bekam. Sie weinte, als die beiden die Ringe tauschten und einander ewige Liebe schworen. Und sie weinte noch etwas mehr, als sich Gretchen und Hunter küssten und verheiratet waren.

Möglicherweise weinte sie auch dann noch, als alle ins Haupthaus umzogen, wo man in einem der vielen Speisesäle ein großes Bankett aufgebaut hatte. Gretchen kam direkt auf Daphne zu und nahm sie in die Arme. Daphne fand ihre Fassung wieder, als die armselige, in sich zusammengesunkene Hochzeitstorte aus der Küche geholt wurde und Braut und Bräutigam sie anschnitten. Obwohl die Torte keinen schönen Anblick bot, waren sich alle einig, dass sie köstlich schmeckte.

Dann fing zu Daphnes Entsetzen die Band an zu spielen, die Bar wurde geöffnet und alle aßen und tranken. Sie verkrampfte sich, fühlte sich unwohl und verspürte ein unangenehmes Verlangen. Nur ein Drink. Nur ein Muffin. Sie sah mit an, wie ihre Zwillingsschwester eine Schüssel mit den verunglückten Croquembouche-Bällchen in die Hand nahm und ihrem Mann, der das Baby auf dem Arm hatte, lachend eins in den Mund stopfte. Ja, das waren die drei Dinge, die sie nicht haben konnte: Süßigkeiten, Drinks und einen Mann, der sie liebte.

Sie seufzte.

Gretchen und Hunter gingen auf die Tanzfläche, als die Band »Thinking Out Loud« von Ed Sheeran spielte, und auf einmal spürte Daphne eine Hand an der Taille. »Du siehst aus, als müsstest du hier weg«, raunte Wesley ihr ins Ohr.

Daphne erschauerte, da er so dicht neben ihr stand, dass sie sein Aftershave riechen und seine Körperwärme spüren konnte. »Ist das so offensichtlich?«

»Nur für jemanden, der dich kennt und weiß, was du durchgemacht hast.«

»Bin ich eine schlechte Schwester, wenn ich die Feier vorzeitig verlasse?«

Er schüttelte den Kopf und drückte kurz ihre Taille. »Jede gute Schwester würde verstehen, warum du hier rausmusst.«

Daphne spürte einen reumütigen Stich, als sie sah, wie Gretchen und Hunter eng umschlungen miteinander tanzten. »Es ist ja nicht so, dass ich gehen möchte.« Ein Kellner ging mit einem Tablett voller Champagnerflöten an ihr vorbei, und erneut spürte sie dieses Verlangen in sich aufkeimen. »Aber ich muss.«

»Sie wird es verstehen«, versicherte Wesley ihr leise und führte sie aus dem Ballsaal.

Wenige Minuten später saßen sie in einem Wagen und fuhren zurück in die Stadt. Obwohl es zuvor noch heftig geschneit hatte, schien jetzt die Sonne, und es war glatt auf den Straßen. Der Fahrer fluchte leise und konnte nur sehr langsam fahren. »Das könnte eine Weile dauern«, teilte er ihnen mit. »Ich hoffe, Sie haben es nicht eilig.«

»Das haben wir nicht«, versicherte Daphne ihm.

»Frohe Weihnachten«, sagte er noch und drehte dann das Radio lauter, damit sie ein wenig Privatsphäre genießen konnten. Bing Crosbys Stimme erfüllte das Wageninnere, und der Fahrer ließ das Fenster zwischen ihnen hochfahren.

Daphne lehnte sich zurück und blickte auf den blendend weißen, schmelzenden Schnee hinaus. Vielleicht würde sie ja doch ein schönes Weihnachtsfest haben. Immerhin war sie zum ersten Mal seit einer gefühlten Ewigkeit wieder mit ihrer Familie vereint. Sie war stark und auf dem besten Weg, ihre Sucht zu überwinden, auch wenn es ihr nicht immer leichtfiel. Und sie war bei jemandem, den sie liebte, auch wenn dieser ihre Gefühle nicht erwiderte.

Als sie Wesley einen Seitenblick zuwarf, stellte sie überrascht fest, dass er traurig aussah. Sie kannte ihn gut genug, um zu wissen, dass ihn etwas bedrückte, wenn er die Stirn leicht runzelte und mit den Fingern auf seinem Bein herumtrommelte. »Ist alles in Ordnung?«

Er zögerte.

Daphne warf ihm einen vielsagenden Blick zu. »Keine Geheimnisse unter Freunden, das hast du selbst gesagt.«

Wesley nickte, und dann beugte er sich zu ihr herüber

und flüsterte ihr ins Ohr: »Es gefällt mir nicht, dass es auf der Hochzeit deiner Schwester Alkohol gab. Das war gedankenlos von ihr, wo sie dich doch eingeladen hat.«

Ach, wie süß. »Sie hat mich gefragt, ob sie die Bar schließen soll, aber da schon so viel schiefgelaufen war, wollte ich ihr das nicht auch noch antun. Außerdem fand ich die Süßigkeiten viel verlockender als den Champagner.«

Er nickte langsam. »Ich kann dir einen Proteinpancake machen, wenn wir nach Hause kommen. Es gibt jetzt auch Pulver mit Eierpunschgeschmack.«

Sie verzog das Gesicht. »Proteinpancakes schmecken widerlich.«

»Meine nicht.«

»Doch, deine auch«, stellte sie lachend klar. Das fühlte sich gut an. Bei ihm zu sein, schien so normal und richtig zu sein, auch wenn sie während der nächsten Stunden hier auf dem Rücksitz des Wagens festsaßen. Wesley hatte den Hauch eines Lächelns auf den Lippen, und sie wollte es noch weiter hervorlocken. »Wenn du weg bist, werde ich einen Tag lang nur richtige Pancakes essen«, neckte sie ihn. »Ich werde zwei Pfund zunehmen und sie mir im Fitnessstudio direkt wieder abtrainieren, aber wenigstens habe ich dann diese Gier nach Pancakes gestillt.«

Er blickte auf seine großen Hände herab, die er in seinem Schoß verschränkt hatte.

Ach, verdammt. Sie hatte mal wieder das Falsche gesagt, nicht wahr? »Entschuldige, Wes. Ich wollte nicht, dass es wie ein Vorwurf klingt. Wenn du das tun musst, dann kann ich es verstehen. Ich muss es nicht gutheißen, aber ich verstehe es …«

Wesley nickte langsam, hob aber nicht den Kopf. Er sah

nachdenklich aus, aber sie kannte ihn und wusste, dass er mit sich rang. Dann holte er tief Luft, schloss die Augen, stieß den Atem wieder aus und sah sie an.

»Was ist?«, fragte sie misstrauisch.

»Meine Pläne haben sich geändert.«

Sie legte verwirrt den Kopf schief. »Was willst du damit sagen?«

»Ich habe meinen Job bei der Plattenfirma gekündigt.«

Daphne riss die Augen auf. »Du hast was getan? Warum?« Bedeutete das etwa, dass er sie schon früher verlassen würde? Sie fand Februar schon schlimm genug, aber die Vorstellung, er könnte schon früher gehen, war kaum zu ertragen. War er deshalb so nervös? Ihr stiegen Tränen in die Augen. »Warum hast du das gemacht, Wes? Warum hast du gekündigt?«

»Damit ich das hier tun kann.« Er beugte sich vor, drehte ihren Kopf zu sich um und küsste sie.

Daphne erstarrte und wusste nicht, wie ihr geschah. Sie blieb ganz still sitzen, auch dann noch, als er sich von ihr gelöst und zurückgezogen hatte. »Ich ... ich verstehe nicht ...«, hauchte sie, während ihr ganzer Körper von diesem kurzen Kuss vibrierte.

»Ich darf mich nicht in meine Klienten verlieben, Daphne. Aber ... Ich kämpfe schon seit sehr langer Zeit gegen meine Gefühle für dich an. Seitdem du aus der Entzugsklinik gekommen und mich bei den ersten Liegestützsprüngen das erste Mal verflucht hast. Mit der Zeit ist es mir immer schwerer gefallen, dich nicht zu berühren.« Er legte eine Hand auf ihre und streichelte sie. »Dabei musste ich doch immer objektiv und stark sein, damit du eine

Schulter zum Anlehnen hast, und das ist mir nicht immer gelungen.«

»So ein Blödsinn. Du hast das ganz großartig gemacht.«

»Ich habe der Plattenfirma vorgeschlagen, dass ich dich im Februar verlassen sollte. Nicht weil ich das wollte, sondern weil ich daran gezweifelt habe, dass ich noch lange die Finger von dir lassen kann.« Er streichelte mit den Fingerspitzen ihre Fingerknöchel, und sie hatte auf einmal Schmetterlinge im Bauch. »Und nach unserem Streit ... da ist mir bewusst geworden, dass ich die Sache falsch angefangen habe.« Er sah ihr in die Augen. »Meiner Ansicht nach brauchst du keinen Life-Coach mehr und auch niemanden, der dir auf die Finger haut, wenn du etwas Falsches essen willst. Du hast mir bewiesen, dass du die richtigen Entscheidungen treffen kannst. Aber ich hoffe«, er streichelte mit dem Daumen ihre Handfläche, »dass du vielleicht bereit für einen Freund bist und dass du mich noch nicht ganz aufgegeben hast.«

Wie kam er denn auf die Idee, sie könnte ihn aufgegeben haben? Daphne schlang ihm die Arme um den Hals und küsste ihn. Er war alles, was sie sich je ersehnt hatte.

Als sich ihre Lippen berührten, spürte Daphne, wie Wesley erschauerte. Sie vertiefte den Kuss, ließ sich von ihren Gefühlen lenken und übernahm die Kontrolle. Schließlich brachte sie ihn dazu, den Mund zu öffnen, damit sie seine Zunge mit der ihren liebkosen konnte. Sobald sich ihre Zungen berührten, zuckte ein Blitz durch ihren Körper. Ihr wurde ganz heiß, und sie konnte gar nicht nah genug an diesen Mann herankommen. Sie küssten sich immer leidenschaftlicher, und er ließ die Hände über ihren Rücken wandern.

Der Wagen geriet ins Schlingern, als sie über eine vereiste Stelle fuhren, und sie wurden voneinander getrennt. Wesley hielt Daphne in den Armen, während sich der Wagen einmal drehte, der Fahrer fluchte und ein Weihnachtslied aus dem Radio drang. Benommen starrte Daphne durch das Fenster und sah mit an, wie die Straße an ihr vorbeiwirbelte, bis sie immer langsamer wurden.

»Verzeihung«, rief der Fahrer. »Ist bei Ihnen alles okay?«

»Alles gut«, hauchte Daphne. »Denke ich.«

Wesley nickte.

Der Fahrer reckte einen Daumen in die Luft und fuhr langsam weiter.

»Tja«, meinte Wesley nach einem Augenblick und leckte sich die Lippen. »Ich dachte bei diesem Kuss zuerst, die Welt wäre aus den Angeln geraten, aber es war wohl doch nur die Straße.«

Sie kicherte. »Kann es nicht auch beides gewesen sein?«

Der Blick, mit dem er sie ansah, war voller Wärme. »Gut möglich.« Er strich mit den Fingern über ihre Wange. »Bist du dir sicher, dass du mich wirklich willst, Daph? Ich bin nun wirklich kein Hauptgewinn. Ich bin trockener Alkoholiker, habe einen Mann getötet und war im Gefängnis. Und ich bin nicht gerade besonders witzig, kann mich nur schwer entspannen und beharre auf eiserner Disziplin.«

»Disziplin kann durchaus Spaß machen«, murmelte sie und schob ihm mit vielsagendem Blick eine Hand ins Jackett.

Zu ihrer Überraschung – und Freude – wurde Wesley rot. »Ich ... ich hatte schon seit sehr langer Zeit keine Freundin mehr.«

»Und ich hatte auch sehr lange keine Beziehung mehr«, gab sie zu. »Keine richtige zumindest, mit jemandem, für den ich wirklich etwas empfinde.« Zwar hatte sie während der Tournee im Drogenrausch durchaus mit Männern geschlafen, aber daran konnte sie sich nicht mal richtig erinnern. Das war alles Teil einer peinlichen Vergangenheit, die sie hinter sich lassen wollte. »Dann finden wir eben gemeinsam wieder heraus, wie das geht.«

Er blickte auf sie herab und streichelte ihre Wange. »Ich habe Angst, dass ich nicht gut genug für dich bin.«

»Warum? Wegen deiner Vergangenheit? Du hast getrunken, ich habe Drogen genommen. Wichtig ist doch nur, dass wir es nicht wieder tun.«

»Nein, weil du ein Superstar bist, reich und berühmt. Weil du der witzigste, klügste Mensch bist, der mir je begegnet ist. Weil du funkelst wie ein makelloser Diamant und ich nur der Kerl bin, der dir Karottensticks gibt, während du dich nach einem Muffin sehnst. Wahrscheinlich bin ich der völlig falsche Mann für dich.«

Daphne schüttelte den Kopf. »Du bist der perfekte Mann für mich. Du hast mich unterstützt und mich angetrieben, wenn ich schwach war. Die anderen lassen mir immer alles durchgehen, und aus genau diesem Grund bin ich früher so oft gescheitert. Ich hatte in der Vergangenheit nie das Gefühl, dass es da jemanden gibt, der mir beisteht. Alle haben immer gesagt, dass ich clean werden soll, und mir doch heimlich Drogen zugesteckt.« Sie lächelte ihn an. »Du bist der erste Mensch, der mir die Wahrheit ins

Gesicht gesagt hat, und … das hat mir irgendwie gefallen.«

»Ich liebe dich«, sagte er ernst und andächtig, und ihr stockte der Atem.

Dann winkte sie ihn mit einem Finger zu sich. »Dann komm her und zeig es mir.«

Er beugte sich vor und küsste sie wieder. Sie legte ihm die Arme um den Hals, und als sie den Kuss vertieften, bestand ihre Welt nur noch aus diesem Rücksitz, der über die vereisten Straßen fuhr. Sie verschränkten die Finger miteinander und hörten Weihnachtsmusik – Lieder über Hoffnung und Freude, Liebe und Frieden. Über die Familie und Liebende unter dem Mistelzweig.

Und endlich war alles gut.